# Ghostman

# Ghostman

## Roger Hobbs

Traducción de Marc Viaplana

Título original: *Ghostman*

Primera edición: octubre de 2013

© 2012, Roger Hobbs
© 2013, de la presente edición en castellano para todo el mundo:
  Random House Mondadori, S.A.
  Travessera de Gràcia, 47-49. 08021 Barcelona
© 2013, Marc Viaplana Canudas, por la traducción

Printed in the United States of America – Impreso en los Estados Unidos De America

ISBN: 978-84-397-2695-1
Depósito legal: B-19.318-2013

1

# Prólogo

*Atlantic City, Nueva Jersey*

Hector Moreno y Jerome Ribbons estaban dentro del coche, en el aparcamiento de la planta baja del Atlantic Regency Hotel Casino, aspirando cristal con un billete de cinco pavos enrollado, un mechero y un trozo de papel de aluminio arrugado. Les quedaban treinta minutos.

Hay tres maneras buenas de atracar un casino. La primera es por la entrada principal. Eso funcionaba en los años ochenta, pero ya no tanto en la actualidad. Igual que en un banco, un par de tíos enmascarados y con armas entraban y encañonaban a la niña mona de detrás de la reja. Ella empezaba a chillar suplicando que no la mataran mientras el gerente entregaba los fajos del cajón. Los malhechores cruzaban otra vez la entrada principal y se largaban en coche, pues el sentido común dictaba que un tiroteo le saldría más caro al casino que lo que pudieras llevarte de la caja. Pero los tiempos cambian. Ahora, a los cajeros los preparan para eso. Las medidas de seguridad son más agresivas. Tan pronto como la alarma silenciosa se dispara, y siempre lo hace, tipos armados aparecen de la nada. También esperan a que te vayas, pero en cuanto sales por la puerta hay cuarenta tíos esperándote con fusiles de asalto AR-15 y escopetas, para abatirte a tiros. No tienes dos minutos de margen, como antes.

La segunda es ir por las fichas. Bajas en ascensor desde las suites, te acercas a la mesa de ruleta de apostadores con mucha pasta, sacas

7

un arma y clavas una bala justo en medio del doble cero. Al sonido del disparo todo el mundo sale corriendo, especialmente el crupier. Los ricos no son valientes, y los empleados menos aún. Una vez que se han dispersado sacas una bolsa y recoges las fichas. Dos balazos más en el techo, para que sepan que vas en serio, y sales corriendo como alma que lleva el diablo. Parece una tontería, pero funciona. No estás asaltando la caja, así que el tiempo de respuesta no es tan corto. Los de seguridad no te estarán esperando fuera, como en el primer caso. Puede que te dé tiempo a llegar al aparcamiento, y de ahí a la autopista. Pero tienes el problema de qué hacer con las fichas. Si te llevas suficientes, digamos por valor de un millón o más, el casino cambiará todas las fichas de la sala por otras de diferente diseño, y acabarás con una bolsa llena de plástico inútil. Peor aún, la tecnología ha hecho obsoleta tal maniobra. Para facilitar el recuento, algunos casinos ya usan fichas con microchip, y sabrán cuáles te has llevado. En menos de seis horas ya te estarán buscando desde Las Vegas hasta Mónaco, y las fichas tampoco valdrán nada. Y si no ocurre ninguna de las dos cosas, lo máximo que puedes esperar es venderlas en el mercado negro, pero si lo haces tendrás que venderlas por la mitad o menos de su valor nominal, pues nadie quiere meterse en ese marrón a menos que pueda sacar el doble de pasta. En resumidas cuentas, las fichas no te llevarán a ningún lado.

Finalmente, la tercera forma de atracar un casino es robar el dinero en tránsito, asaltar un camión blindado. Los casinos mueven un montón de pasta, incluso más que los bancos, pero no suelen guardar enormes palés llenos de billetes de cien en el local, como hacen en las películas. No hay una descomunal cámara acorazada con cientos de millones amontonados dentro de ella, sino cajas más pequeñas y repartidas por todo el casino. Y en lugar de guardar todos esos fajos de billetes hacen lo mismo que cualquier otra institución de este tamaño. Cuando acumulan demasiada pasta, la envían al banco en un camión blindado. Cuando les falta, hacen lo mismo pero al revés. En total, dos o tres remesas diarias.

Sin embargo, asaltar un camión blindado no es realmente factible. Los furgones modernos son como tanques llenos de dinero. Atracar el banco de donde sale el dinero tampoco es una opción, porque los bancos tienen incluso mejores medidas de seguridad que los casinos. La clave está en hacer la jugada en medio de la transacción, cuando cargan o descargan el dinero del camión. Incluso te lo ponen fácil. La mayoría de los casinos no disponen de aparcamiento especial para camiones blindados, no es práctico. Lo que hacen es aparcar el camión junto a una entrada trasera o lateral, siempre una diferente. Los guardias abren la puerta trasera del camión y entran con el dinero por las puertas de cristal. Este es el minuto de oro del atraco profesional. Durante sesenta segundos, un par de veces al día, más dinero del que dos tipos sacarían de media docena de bancos cambia de manos al descubierto, delante de todo el mundo. Lo único que un equipo profesional de atracadores tiene que hacer es reducir a dos o tres tíos rapados y armados y huir en coche antes de que aparezca la pasma. Tan fácil como esto. Por supuesto, tienes que saber el horario de las expediciones, y de cuánto dinero se trata, y por dónde entrará el camión, pero no son detalles imposibles de averiguar. La información es la parte fácil. Escapar, esa es la parte complicada. Si eres capaz de pillar el dinero y desaparecer en dos minutos, serás rico.

Jerome Ribbons consultó su Rolex de oro. Eran las cinco y media de la mañana.

Faltaba media hora para la primera entrega.

Hacen falta meses de planificación para asaltar un casino. Afortunadamente para ellos, Ribbons ya había hecho algo así. Ribbons era un criminal del norte de Filadelfia, con dos condenas en su haber. No era un historial muy atractivo, ni siquiera para la clase de tipo que prepara golpes así, pero significaba que le sobraban motivos para no dejarse atrapar. Tenía la piel del color del carbón y tatuajes azules que se había hecho en el penal de Rockview y asomaban por debajo de su ropa. Se había chupado cinco años de trena por su participación en el atraco a mano armada de un Citibank de Northern Liberties en los años noventa, pero no había

9

cumplido condena por los cuatro o cinco atracos en los que había estado implicado desde que salió. Era un tipo grande. Medía por lo menos metro noventa y pesaba de sobra para compensar su altura. Le asomaban pliegues de grasa por encima del cinturón, y tenía una cara redonda y tersa como la de un niño. Podía levantar doscientos kilos en un buen día, y doscientos cincuenta tras un par de rayas de coca. Era bueno en esto, dijeran lo que dijesen sus antecedentes penales.

Hector Moreno era más del tipo soldado. Metro setenta de estatura, la cuarta parte del peso de Ribbons, pelo corto como hierba del desierto, y huesos que asomaban a través de su piel color café. Había aprendido a disparar en el ejército y era buen tirador, y no parpadeaba excepto cuando le daba un tic. Su hoja de servicio decía licenciamiento deshonroso, pero no había pasado por la cárcel. Al volver a casa estuvo un año haciendo trabajitos en Boston y otro extorsionando a traficantes de jaco en Las Vegas. Este era su primer golpe importante, así que estaba un poco nervioso. Llevaba en el Dodge una farmacia entera, para mantenerse bien despierto. Cosas para tomar, inhalar, esnifar o fumar. Quería quitarse el canguelo a base de speed. No había cantidad de drogas que le bastara. Se habían preparado repasando el plan una y otra vez, pero Moreno necesitaba más que eso. De una sola chupada se acabó un gran pedazo de cristal. Sus ojos se humedecieron. Un amigo suyo había cocinado el cristal en un tráiler, al oeste de Schuylkill. Era Strawberry Quick de baja calidad, pero a él no le importaba. Quería estar colocado y despierto antes del gran evento, no completamente ciego de cristal y disolvente.

Ribbons consultó el reloj otra vez. Veinticuatro minutos.

Ninguno de los dos hablaba. No tenían por qué.

Moreno se sacó del bolsillo una cajetilla de cigarrillos, encendió uno, le pasó el papel de aluminio a Ribbons y exhaló dos bocanadas de humo en rápida sucesión.

Ribbons se adormeció primero la boca echándole un trago a una pinta de whisky. Meterse metanfetamina es una experiencia áspera. Se tomó su tiempo para cazar la gota sobre el papel de aluminio que sostenía entre sus callosos dedos. No era la primera vez que pasaba por esto. El cristal le hacía sentir bien, pero ni de lejos tan bien como el subidón que le daba ponerse la máscara y empuñar el arma. Le gustaba estar siempre en el centro de la acción.

Moreno se lo quedó mirando, se fumó el cigarrillo y le dio varios viajes a la botella de jarabe para la tos. El corazón le dio un salto. Mucha gente de su antiguo barrio habría pagado un buen precio por esa clase de colocón, pero ya nadie se colocaba con jarabe para la tos. Solo él. Te hace ver las cosas como cuando estás a punto de palmarla de fiebre. Ves a Dios esperándote al final del túnel. Nadie le había hablado de la interminable respiración sofocada, la taquicardia o las alucinaciones que tendría cuando el DXM le llegara a la sangre, como un pelotazo de ketamina. Él escuchaba la radio y esperaba.

Moreno tiró el cigarrillo por la ventanilla y preguntó:

—¿Ya has elegido la casa?

—Sí. Una casa victoriana azul. Un bonito lugar cerca del mar. En Virginia.

—¿Y qué dice la dueña?

—Que es un buen sitio para comprar. El trato no será problema.

Se quedaron en silencio un rato, escuchando el informe del tráfico por la radio. No había mucho de que hablar, de todas formas, nada que no hubieran dicho mil veces entre tazas de café, planes de acción y luminosas pantallas de ordenador. No había más que hacer que escuchar los informes del tráfico.

Habían planeado el golpe con muchísima antelación, aunque quizá sería un error decir que lo tenían todo planeado. El hombre que había tenido la idea estaba a cinco mil kilómetros al oeste, sentado junto a su teléfono en Seattle, esperando a hacer la llamada. Era el maquinante. La mayoría de los atracos son operaciones en solitario que nunca despegan. Un par de enganchados al crack tratan de dar un palo en un banco y acaban entre rejas de por vida. Un golpe planeado por un maquinante no es así. Es la clase de golpe del que se oye hablar una vez en las noticias de la noche y nunca más, la clase de golpe que sale bien y acaba bien. Ese era un golpe con plan, coordinación y remate estrictos, la obra de un maquinante de principio a fin. El hombre del plan lo sabía todo y mandaba en todo. A Ribbons y a Moreno no les gustaba mencionar su nombre. A nadie le gustaba.

Traía mala suerte.

No obstante, Ribbons y Moreno no eran unos necios. Se sabían las pautas de las cámaras de vigilancia. Se sabían el camión blindado por dentro y por fuera. Sabían el nombre de los conductores, el nombre de los managers del casino, sus costumbres, su historial, su número de teléfono y qué novias tenían. Sabían incluso cosas que no necesitaban saber, porque era parte del proceso. Había un millón de cosas que podían torcerse. La idea era controlar el caos, no lanzarse a él. En ese momento todo se reducía a los informes del tráfico.

Veinte minutos después, el teléfono de Ribbons sonó con un gorjeo seco y agudo que se iba repitiendo. Una melodía específica de llamada para un número específico. No tenía que contestar. Los dos sabían qué significaba. Intercambiaron una mirada. Ribbons dejó que saltara el buzón de voz, guardó las drogas en la guantera y miró el reloj por tercera y última vez. Faltaban dos minutos para las seis de la mañana.

Acababan de empezar los dos minutos de cuenta atrás.

Ribbons sacó de la guantera un pasamontañas de fibra de algodón y se lo ajustó en la cara hasta que el tejido le quedó bien ceñido. Sin darse prisa, Moreno hizo lo mismo con el suyo. Ribbons conectó los cables de debajo del salpicadero y encendió el motor. En el suelo del coche había un chaleco antibalas KDH, con placas de nivel cuatro diseñadas para detener balas de insurgentes con fusiles de asalto a quince metros de distancia. Ribbons, el hombre de primera línea, tenía que llevar uno. Era él quien se la jugaba. La barriga le asomaba por debajo del chaleco. Debajo de una manta del asiento trasero había un fusil de caza Remington modelo 700 con visor de punto rojo, cargado con cinco balas y modificado con un silenciador AWC Thundertrap de ocho pulgadas y media: el arma de Moreno. Al lado había un Kalashnikov tipo 56 automático y tres cargadores con treinta balas de caza con punta metálica truncada de ocho gramos en cada uno. Ribbons cogió el AK, insertó un cargador, tiró de la palanca para hacer entrar una bala en la recámara, se giró hacia Moreno y dijo:

—¿Estás tan preparado como yo?

—Estoy preparado —contestó él.

Se quedaron otra vez en silencio. Las luces del aparcamiento parpadearon y luego se apagaron. No hacían falta luces después de la salida del sol. Manchas parduscas de óxido cubrían el Dodge Spirit que llevaban. Justo delante de ellos, visible desde el otro lado de la calle, estaba la entrada lateral del casino por donde llegaría el camión. El agua se reflejaba en el parabrisas del coche y aparecía como un caleidoscopio a los ojos de Ribbons.

Noventa segundos antes de la llegada prevista del camión, Moreno salió del coche y tomó posición frente a la calle, detrás de una barrera de tráfico. El aire salado había carcomido el hormigón y había dejado las barras de acero al descubierto. Moreno levantó los ojos hacia las cámaras de vigilancia. Miraban hacia otro lado. Coordinación perfecta. Las medidas de seguridad de un casino son suficientemente rigurosas como para tener cámaras en el aparcamiento, pero no son siempre lo suficientemente rigurosas. Moreno había hecho un estudio de los puntos ciegos de la cámara y los había puesto a prueba semanas antes. A nadie le importa qué pasa en el aparcamiento a las seis de la mañana. Moreno apuntaló el guardamanos del fusil sobre el bloque de hormigón, levantó la tapa del visor, tiró de la palanca y cargó la primera bala.

Entonces salió Ribbons. Mientras las cámaras seguían mirando hacia otro lado, se apresuró a ocultarse detrás de la siguiente columna, en otro punto ciego. Empezó a respirar hondo y rápido para relajarse y estar preparado para echar a correr. El Kalashnikov parecía pequeño en sus enormes manos. Se acercó el arma al pecho y empezó a sentir náuseas, aquella vieja y familiar sensación que le entraba siempre en el estómago. Nervios. No tantos como los de Moreno, pensó, pero nervios; siempre.

Sesenta segundos.

Ribbons contó mentalmente los segundos que faltaban. La coordinación era muy importante. Tenían órdenes estrictas de no moverse hasta el momento exacto. El interior de sus guantes resbalaban por el sudor. No es fácil disparar con precisión con guantes de látex, pero tenía órdenes de no quitárselos hasta el final del día. Estaba tan quieto como un Buda detrás de la columna que lo ocultaba a duras penas, pues era un poco demasiado pequeña para él. Ni siquiera tenía espacio para apartarse la chaqueta y mirar el reloj. Se concentró en respirar: inspirar, espirar, inspirar, espirar. Los segundos iban pasando en su cabeza. Del techo de hormigón caían gotas de agua.

A las seis de la mañana en punto, el camión blindado de Atlantic Armored cruzó la luz verde de la esquina y dobló la calle. El conductor y el guardia llevaban un uniforme marrón. Era un camión de tres metros de altura y cerca de tres toneladas de peso, blanco y con el logotipo de «Atlantic Armored» pintado a ambos lados. Se metió en la zona de descarga del casino y fue frenando hasta pararse debajo del letrero «Regency». Ribbons apenas oía nada debido al sonido de su propia respiración apresurada.

Los vehículos blindados nunca son fáciles. Son máquinas que intimidan, pero no por lo obvio, como los ocho centímetros de blindaje antibalas homologado por el Instituto Nacional de Justicia, o las ruedas reforzadas con cuarenta y cinco capas de kevlar DuPont, o las ventanillas hechas de una especie de policarbonato capaz de detener un cargador entero de munición perforadora del calibre 10 milímetros. No, todo esto es obvio. Lo más peligroso de un camión blindado es lo que hay dentro. Los guardias, por ejemplo, son tipos entrenados en el uso de armas. Dentro del camión hay cámaras que graban todo lo que pasa en el interior. Hay dieciséis portillos para que los tipos de dentro puedan disparar contra los de fuera. Y por si fuera poco, las cajas fuertes llevan placas magnéticas. Si el botín se separa de la placa, un temporizador se pone en marcha. Si el temporizador agota el tiempo, unos paquetitos de tinta metidos entre el dinero explotan y arruinan el premio. Pero

14

para el cerebro de un golpe y un equipo con un plan, todas esas preocupantes particularidades se quedan por el camino. Siempre hay un punto débil. En este caso había dos. El primero era obvio: nada se queda dentro de un camión blindado para siempre. Espera a que los tipos salgan, y blindaje, cámaras y placas magnéticas no significan nada. El otro, sin embargo, requería un poco más de decisión. El otro requería mucha más crueldad.

Mata a los guardias y llévate la pasta.

Había dos guardias, ambos en la cabina delantera. Un conductor y uno que transportaba el dinero; sumaban un par de años de experiencia entre los dos, o eso decía el informe. Uno tenía familia, el otro no. Cuando el camión se paró, ambos salieron. En cuanto cerraron las puertas, un tipo vestido con un traje negro barato salió por la entrada del casino y se les acercó. Era un tipo medio calvo y llevaba un distintivo con un nombre en la solapa. Era el encargado de la cámara acorazada. Cuarenta y pico años de edad y el historial más limpio posible. Ni siquiera una multa de aparcamiento. Se sacó una llave del bolsillo y se la dio al que transportaba el dinero. Por supuesto, incluso con un historial tan limpio como el suyo, nunca se le había permitido entrar en el camión. Ni una sola vez en diez años. Los del uniforme se lo entregarían allí y él lo entregaría a la caja. Esperó en la acera y se frotó las manos.

Treinta segundos.

El conductor se sacó otra llave del cinturón y se la dio al que transportaba el dinero, que abrió la cerradura de la parte trasera y entró. Dentro había una caja fuerte con placa magnética, adosada a la pared lateral del vehículo y cubierta con otra capa de blindaje cerámico antibalas. Su llave abría una de las dos cerraduras; la del encargado de la cámara acorazada abría la otra. Nadie había robado nunca un camión de Atlantic Armored. Sus servicios eran de lo mejor que había, por cortesía de banqueros paranoicos y de cuentas de servicios de hotel muchas veces más valiosas que una flota entera de camiones blindados. La seguridad se tomaba muy en serio en esa ciudad. El artículo en cuestión era un bloque de doce kilos envasado al vacío, lleno de billetes de cien dólares de nuevo cuño, de los que llevan una franja metálica brillante de seguridad en el centro. El bloque estaba subdividido en fajos de cien billetes cada uno, llamados «tiras», por la tira de papel color mostaza que los ataba para facilitar el recuento. En cada tira había diez mil dólares estadounidenses. En cada bloque de doce kilos había 122 tiras, o 1.220.000 dólares comprimidos al tamaño de una maleta grande. El que transportaba el dinero retiró el paquete de la placa magnética. En un cajón de la pared opuesta del vehículo había una bolsa azul de kevlar. El guardia metió el paquete de pasta en la bolsa y luego la bolsa en un carrito que colgaba de la pared. Se puso unas gafas de sol que se sacó del bolsillo y empezó a empujar el carrito por el pavimento. Era grande e incómodo, así que tenía que hacer maniobras con él.

Diez segundos.

Tan pronto como el que transportaba el dinero salió del camión, el conductor desenfundó una Glock 19 y la sostuvo apuntando al suelo junto a su cadera, lo cual era el procedimiento habitual en una remesa de ese tipo. El hombre parecía aburrido. Era su primera entrega del día e iba a haber diez más como aquella, de un casino a otro en diferentes horas de su turno de trabajo. Se acomodó el arma en la mano, con el dedo apartado del gatillo. El que transportaba el dinero cerró otra vez el camión y le devolvió la llave del casino al encargado de la cámara acorazada, que se la colgó del cinturón. El conductor escudriñó el aparcamiento, se giró, dio dos pasos hacia las puertas del casino y les hizo un gesto a los otros dos para que lo siguieran con el dinero.

Era el momento. Ribbons dio la señal.

El fusil dio una pequeña sacudida en los brazos de Moreno. No fue un tiro silencioso, pero sí amortiguado, como el de una pistola de clavos disparada de cerca. La bala alcanzó al conductor en la cabeza, justo debajo del nacimiento del pelo, detrás de la oreja. Le atravesó el cráneo y salió por la nariz. Sangre y materia gris se desparramaron por la acera. Moreno no esperó a ver cómo caía el cuerpo. A esa distancia sabía adónde iba la bala. Maniobró el cerrojo y expulsó el casquillo. Le tomó una fracción de segundo apuntar al siguiente objetivo, como si hubiera hecho eso toda su vida. El encargado de la cámara era el que tenía más cerca, así que le tocaba a él. La bala lo alcanzó en el esternón y le traspasó el corazón. El tercer objetivo ya estaba en movimiento.

El que transportaba el dinero se lanzó hacia el camión blindado. Dio un traspié en la acera, cayó al suelo y estiró la mano hacia la Glock que llevaba en el cinto. Moreno lo siguió con la mira. Apuntó y apretó el gatillo. La bala falló por un palmo. El guardia se levantó apresuradamente y buscó refugio. Moreno le hizo a Ribbons un gesto con la mano. Desde donde estaba no tenía ángulo para acertarle.

Ribbons salió de detrás de su punto ciego y empuñó el Kalashnikov. Empezó a escupir balas, sin silenciador y a ráfagas. Los disparos rompieron el silencio de la mañana como un martillo neumático en plena noche. El cañón del arma de Ribbons escupió una ráfaga de treinta disparos y las puertas de cristal del casino saltaron hechas añicos. Darle al tercer tipo fue cosa de la ley de los grandes números. La mayoría de las balas erraron, pero una no. Una bala alcanzó al encargado del dinero en la columna vertebral, debajo del corazón. El guardia se revolvió en el suelo por el impacto. Dentro del casino, la gente empezó a chillar.

Ribbons saltó por encima de la barrera de hormigón entre el aparcamiento y la calle y echó a correr hacia el camión blindado. Dejó caer el cargador, sacó otro rápidamente y lo insertó en el arma. No había tráfico ni en una dirección ni en la otra. Demasiado temprano para eso. Con una mano mantuvo el fusil en alto, por si a alguien se le ocurría salir del casino y hacerse con el dinero. Ribbons se agachó, sin quitar los ojos de la puerta, y con la mano libre trató de desenganchar la bolsa sujeta con grandes bridas de nailon al carrito. Lo que Ribbons no había tenido en cuenta era lo difícil que iba a ser soltarlas con una sola mano metida en un guante de goma, un cuarto de gramo de metanfetamina en el cuerpo y en medio del calor de julio. La mano le temblaba.

Moreno observaba la calle a través de su mira. «Vamos, vamos, vamos…»

Entonces se disparó la alarma.

Desde el interior del vestíbulo sonó una fuerte sirena con destellos intermitentes, para casos de incendio o terremoto. Ribbons se sobresaltó un instante, y entonces roció con una rágafa las puertas, para disuadir al que pensara en salir del hotel. El retroceso del fusil le empujó el brazo hacia arriba y al mandar balas a las ventanas de la torre del hotel del casino arrancó la R de «Regency» del letrero de neón. Los casquillos de latón iban cayendo en cascada de su arma y tintineaban sobre la acera. Ribbons chilló. El retroceso casi le había roto la muñeca. Cuando recuperó el control de su Kalashnikov le dio una patada de frustración a la bolsa del suelo. A la mierda. Apuntó el arma a la última brida de nailon que quedaba y la hizo volar de un disparo.

El guardia del dinero balbuceaba algo desde el suelo, tendido de espaldas a pocos pasos de distancia. Siguió a Ribbons con la mirada. La sangre manaba en espumarajos de su boca y le corría por toda la cara. Ribbons cogió la bolsa por la correa rota y se la echó al hombro. Al pasar por delante del guardia moribundo, lo miró desde arriba, bajó el fusil y le atravesó la cabeza con una rágafa de balas.

A lo lejos ya se oían las sirenas de los coches de policía atraídos por el tiroteo. A unas ocho manzanas de distancia, a juzgar por el sonido. Tenía treinta segundos para largarse. Ribbons corrió tan rápido como pudo hacia el aparcamiento. Todo él temblaba, a pesar del puñado de barbitúricos que había engullido. Tenía los ojos desorbitados, como los de un guerrero salvaje. Aún no había tráfico. La huida era fácil.

Moreno gesticulaba con la palma abierta para darle prisa. «¡Más rápido, gordo de los cojones!»

Cuando ya lo tenía al alcance del oído, Ribbons gritó:

—¡Pasma al norte! ¡Abre la puta puerta del coche, venga!

Estaban a menos de cinco metros el uno del otro. Las cámaras ya no importaban. Con la cara tapada no los podrían identificar. Ribbons saltó la barrera de hormigón y Moreno le abrió la puerta del copiloto. Moreno conduciría. El golpe entero había tomado

18

menos de medio minuto. Veintiséis segundos, según el Rolex de Ribbons. Tan sencillo como esto: llegas, coges el dinero y te vas. Moreno sonreía como un idiota. Pensaba que todo saldría perfecto. Pero no hay golpe que salga perfecto. Siempre hay algún problema.

Como el hombre dentro de un coche al otro lado del aparcamiento, que los observaba a través de la mira telescópica de un fusil.

Para Ribbons, lo que pasó a continuación fue confuso. Un segundo después de entrar en el coche, oyó un disparo y vio a Moreno herido. Una nubecilla rosada salpicó el aire. Fragmentos de materia gris y de cráneo fracturado alcanzaron a Ribbons de lleno, como metralla de una granada. Ribbons no tenía tiempo para pensar. Alzó el Kalashnikov y esparció plomo a ciegas en la dirección de donde había llegado el sonido del disparo. De uno de los coches que tenía detrás salían destellos de luz, pero Ribbons se quedó sin munición antes de poder apuntar. Salió del Dodge, dejó caer el cargador al suelo, sacó otro y lo insertó. Aún no se había echado el fusil al hombro cuando una bala perforó el parabrisas. Ribbons apuntó hacia los destellos y abrió fuego. La siguiente bala pasó muy cerca de él. Rodeó el coche corriendo hacia el asiento del conductor, mientras disparaba en cortas ráfagas. Una bala lo alcanzó en el hombro. Dio en la placa de cerámica. El fuerte impacto zarandeó a Ribbons, pero él apenas lo notó. Se recuperó y siguió disparando. Otro disparo le dio en el pecho, por encima del vientre. Sintió una fuerte punzada. Ribbons gritó. Se había quedado sin balas.

Soltó un reniego y tiró el fusil vacío al suelo. Se sacó del bolsillo trasero un Colt 1911, estiró el brazo y empezó a disparar con una sola mano, sin ver adónde tiraba. El estúpido pasamontañas se había movido y le tapaba un ojo. Ribbons se cubrió con una rápida sucesión de dobles disparos. Una bala de fusil alcanzó la columna que tenía detrás y levantó una nube de polvo de hormigón y de yeso. Con la mano libre apartó el cuerpo de Moreno del asiento del conductor. Había sustancia gris desparramada por todo el salpicadero. Otra bala dio en el maletero del Dodge. Ribbons oyó cómo

19

rebotaba en el chasis. El motor del coche seguía encendido. Ribbons dio marcha atrás. No se molestó siquiera en cerrar la puerta, que siguió abierta hasta que la inercia la cerró de golpe. Se inclinó sobre el asiento y disparó por la ventanilla trasera. Entonces el espejo retrovisor estalló, a un palmo de su cabeza. «Conduce, idiota.»

Ribbons quemó rueda. El Dodge arrancó tan deprisa que chocó con la hilera de coches que tenía detrás y levantó una lluvia de chispas. Medio cegado por el pasamontañas y la sangre, Ribbons puso el coche en marcha y salió disparado por la bajada que llevaba a la entrada del aparcamiento. Como era temprano, la taquilla del encargado estaba vacía, lo cual le fue bien a Ribbons, que no veía adónde iba. El destartalado Dodge se estrelló contra la máquina de tíquets, golpeó la cabina y salió a Pacific Avenue dando bandazos. El coche viró bruscamente al cruzar un semáforo en rojo, perdió el control y fue a parar al otro lado de la calle, en dirección contraria, hacia Park Place, donde Ribbons se agachó detrás del volante y pisó a fondo el acelerador. Las llantas de sus neumáticos echaban chispas sobre el asfalto. Oía los coches de policía que circulaban a lo lejos, en Código 3 y con las sirenas a todo volumen. Estaban a pocas manzanas de distancia, lo bastante cerca como para ser un problema. Ribbons se quitó el pasamontañas y salpicó de gotas de sudor el panel de mandos. Miró hacia atrás. Por la ventanilla trasera aún no se veía nada. Fue zigzagueando por los anchos bulevares de Atlantic City, con el gas aún a fondo. Moreno, el timonel, había planeado la ruta de escape al milímetro, pero el plan entero se había ido al carajo en solo diez segundos.

Ribbons giró el volante e hizo rechinar las ruedas por un aparcamiento y luego por un callejón.

En menos de diez minutos, todos los coches patrulla y toda la policía estatal en ochenta kilómetros a la redonda estaría buscando la marca y el modelo de su coche. Tenía que esconder el coche y la pasta y esconderse él también, antes de que la policía lo pillara. Pero primero tenía que poner tierra de por medio. No notó la sangre que le empapaba la ropa por debajo del chaleco antibalas hasta que llegó al Martin Luther King Boulevard. Se palpó la herida del pecho. La bala había atravesado el chaleco. Aunque este la había frenado y deformado, la bala había perforado veintisiete capas de kevlar y se había clavado en su carne. No es que doliera, exactamente. Tenía que agradecérselo al cristal de metanfetamina de Moreno y a un chute de heroína. Pero sangraba mucho. Habría de limpiar y tapar la herida si quería seguir con vida. Una cura adecuada debería esperar a más tarde. Tendría que esperar.

El teléfono volvió a sonar. Aquella melodía especial. Quien llamaba toleraba poco la demora, menos la incompetencia y nada el fracaso. La reputación de aquel hombre se basaba en el absoluto temor que imponía, capaz de intimidar a agentes del gobierno y de convertir a asesinos y violadores en obedientes niños de escuela. Sus planes eran precisos, y esperaba que fueran seguidos con precisión. El fracaso ni siquiera se contemplaba. Nadie que Ribbons conociera le había fallado a aquel hombre. Nadie que pudiese contarlo, por lo menos.

Ribbons miró hacia donde estaba el teléfono, bajo el asiento delantero, alargó el brazo y cortó la llamada con el pulgar.

Ribbons trató de concentrarse en la ruta de escape, pero solo podía pensar en su casita azul cerca del mar. Abotargado por los estupefacientes, casi podía oler la vieja casa victoriana y sentir la pintura desconchada en la yema de los dedos. Su primera casa. Conservó esa imagen en la cabeza, como si fuera una manta protectora que aliviara el dolor de la bala alojada en su hombro. Podía hacerlo. Tenía que hacerlo. Tenía que hacerlo.

Las seis y dos minutos de la maldita mañana.

Las seis y dos minutos de la maldita mañana y la policía ya se había desplegado con toda su fuerza y peinaba las calles buscándolo. Las seis y dos minutos de la maldita mañana y las patrullas de carretera y el FBI ya sabían del atraco. Cuatro personas muertas. Más de un millón de dólares robados. Más de cien casquillos de bala en el suelo. Este sería uno de los titulares.

Eran las seis y dos minutos de la maldita mañana y la policía ya había despertado a sus investigadores.

Pasaron dos horas más antes de que alguien me despertara.

# 1

El estridente y agudo gorjeo de un correo electrónico entrante sonó como una campana dentro de mi cabeza. Me desperté sobresaltado y eché inmediatamente mano al revólver. Di unas bocanadas de aire mientras mis ojos se acostumbraban a la luz que entraba por la rejilla de mi ventana de seguridad. Le eché una ojeada al alféizar donde había dejado el reloj. El cielo seguía negro como el carbón.

Saqué el arma de debajo de la almohada y la dejé sobre la mesita de noche. Respiré.

Una vez ya más sereno examiné los monitores. Nadie en la entrada ni en el ascensor. Nadie en las escaleras ni en el vestíbulo. La única persona despierta era el vigilante nocturno, que parecía demasiado ensimismado en el libro que estaba leyendo como para darse cuenta de nada. Mi edificio era un viejo bloque de diez plantas y yo vivía en la octava. Era una especie de lugar de temporada, así que solo en cerca de la mitad de los pisos había inquilinos permanentes, y ninguno de ellos se levantaba temprano. Todos seguían durmiendo o pasaban el verano fuera.

Mi ordenador gorjeó otra vez.

Soy atracador a mano armada desde hace unos veinte años. La paranoia es parte del oficio, igual que el fajo de pasaportes falsos y de billetes de cien dólares debajo del último cajón de mi cómoda. Empecé en este negocio siendo aún adolescente. Asalté varios ban-

23

cos porque pensé que disfrutaría de la emoción. No fui el que tuvo más suerte y probablemente no soy el más listo, pero nunca me han pillado ni interrogado y nunca me han tomado las huellas dactilares. Soy muy bueno en lo que hago. He sobrevivido porque soy extremadamente cauto. Vivo solo, duermo solo, como solo. No me fío de nadie.

Hay quizá treinta personas en el mundo que saben que existo, y no estoy seguro de que todas me crean aún con vida. Por pura necesidad, soy una persona muy reservada. No tengo número de teléfono y no recibo cartas. No tengo cuenta de banco y no tengo deudas. Lo pago todo en metálico siempre que puedo, y cuando no, uso tarjetas de crédito Visa negras, cada una de ellas a nombre de una compañía extranjera diferente. Mandarme un correo electrónico es la única forma de ponerse en contacto conmigo, aunque esto no garantiza que yo responda. Cambio de dirección cada vez que me mudo a otra ciudad. Cuando empiezo a recibir mensajes de gente que no conozco, o si los mensajes dejan de contener información importante, frío el disco duro en el microondas, meto mis cosas en el petate y empiezo de nuevo.

Mi ordenador gorjeó otra vez.

Me pasé la mano por la cara y fui a buscar el ordenador portátil que tenía en el escritorio junto a mi cama. Había un mensaje nuevo en mi bandeja de entrada. Todos mis correos electrónicos son redirigidos a través de varios servicios de reenvío antes de que yo los reciba. Los datos pasan por servidores de Islandia, Noruega, Suecia y Tailandia antes de ser diseminados y enviados a cuentas de correo de todo el mundo. Si alguien rastreara la IP no sabría cuál es la verdadera. Ese correo electrónico había llegado hacía unos dos minutos a mi primera dirección extranjera de Reikiavik, donde el servidor lo había encriptado con mi clave personal cifrada de 128 bits. Desde allí había sido reenviada a otra dirección registrada con otro nombre. Después a otra dirección, después a otra. Oslo, Estocolmo, Bangkok, Caracas, São Paulo. Era una cadena de diez direcciones, con una copia del mensaje en cada bandeja de entrada. Ciudad del Cabo, Londres, Nueva York, Los Ángeles, Tokio. Era indetectable, ilocalizable, privado y anónimo. La información había dado casi dos vueltas al mundo antes de llegar hasta mí. El mensaje estaba en todas esas bandejas de entrada, pero mi clave cifrada podía desencriptar solo uno. Introduje mi clave de acceso y esperé a que el mensaje se desencriptara. Oí cómo el disco duro giraba y el procesador se ponía a trabajar. Las cinco de la mañana.

Fuera no se veía nada en el cielo, excepto algunas luces encendidas en los rascacielos, que parecían constelaciones nubladas. Nunca me ha gustado el mes de julio. Donde nací, el verano es insoportablemente caluroso. Los monitores de vigilancia se habían apagado unos segundos por una caída de tensión la noche anterior y yo me había pasado dos horas revisándolos. Abrí una ventana y puse el ventilador al lado. Desde casa olía el muelle de carga de abajo: cargamento viejo, basura y agua de mar. El muelle se extendía como una gigantesca mancha de aceite a lo largo de las vías del tren. A esa hora de la mañana apenas había media docena de faros de coche surcando la oscuridad. Las barcas de pesca montaban los aparejos sobre las redes y los primeros transbordadores de la mañana salían del muelle. La niebla llegaba de Bainbridge Island y empezaba a extenderse por la ciudad, donde la lluvia había parado y el carguero expreso proyectaba una sombra desde la vía que iba al este. Saqué del alféizar mi reloj de pulsera y me lo puse. Llevo un Patek Philippe. No parece gran cosa, pero dará la hora exacta hasta mucho después de que toda la gente que conozco esté muerta y enterrada, los trenes hayan dejado de circular y el muelle se haya disuelto en el océano.

Mi programa de codificación emitió un sonido. Listo.

Hice clic en el mensaje.

La dirección del remitente había quedado encubierta por todos los reenvíos, pero supe instantáneamente de quién era. De las treinta personas posibles que sabían cómo ponerse en contacto conmigo, solo dos conocían el nombre escrito en la línea de asunto y solo de una de ellas estaba seguro de que vivía.

Jack Delton.

En realidad no me llamo Jack. No me llamo John, ni George, ni Robert, ni Michael ni tampoco Steven. No es ninguno de los nombres que aparecen en mis carnets de conducir y no está en mis pasaportes ni en mis tarjetas de crédito. Mi nombre real no está en ninguna parte, excepto quizá en algún diploma universitario y en un par de historiales académicos guardados en mi caja fuerte. Jack Delton era solo un alias, y lo había abandonado hacía mucho tiempo. Lo había usado cinco años atrás para un trabajo y desde entonces nunca más. Las palabras parpadeaban en la pantalla, con una pequeña etiqueta amarilla al lado, para indicar que era un mensaje urgente.

Hice clic en él.

Era un correo electrónico breve. Decía: «Llama inmediatamente, por favor».

Y había un número de teléfono con un prefijo local.

Me quedé mirándolo un momento. Normalmente, si recibía un mensaje como aquel, ni siquiera me planteaba marcar el número. El prefijo local era el mismo que el mío. Reflexioné un segundo y llegué a dos conclusiones posibles. O el remitente había tenido una suerte extraordinaria o sabía dónde estaba yo. Teniendo en cuenta quién era el remitente, se trataba posiblemente de lo segundo. Podía haberlo hecho de varias maneras, pero ninguna de ellas habría sido fácil ni barata. La sola posibilidad de que alguien me hubiera encontrado debería bastar para que yo saliera corriendo. Tengo por norma no llamar nunca a números desconocidos. Los teléfonos son peligrosos. Rastrear un correo electrónico codificado a través de una serie de servidores anónimos es muy difícil. Pero rastrear a alguien por su teléfono móvil es fácil. Hasta la policía normal puede localizar un teléfono, pero la policía normal no trata con tipos como yo. Los tipos como yo reciben un trato prioritario. FBI, Interpol, el Servicio Secreto. Para esa clase de cosas tienen salas llenas de agentes de policía.

Me quedé un rato con la mirada fija en el nombre que parpadeaba. Jack.

Si el correo electrónico hubiera sido de cualquier otra persona, ya lo habría borrado. Si el correo electrónico hubiera sido de cualquier otra persona, habría cancelado la cuenta y borrado todos mis mensajes. Si el correo electrónico hubiera sido de cualquier otra persona, habría freído mis ordenadores, metido las cosas en el petate y comprado un billete de avión para el primer vuelo que saliera con rumbo a Rusia. En veinte minutos habría desaparecido.

Pero no era de cualquier otra persona.

Solo dos personas en el mundo sabían mi nombre.

Me levanté y me acerqué a la cómoda, junto a la ventana. Aparté un fajo de dinero y un cuaderno amarillo lleno de notas. Cuando no estoy metido en algún trabajo traduzco a los clásicos. Saqué una camisa blanca del cajón, un traje de dos piezas gris del armario y una funda sobaquera de cuero de la cómoda. De la caja que había encima saqué un pequeño revólver cromado: un Detective Special con el guardamonte del gatillo y la espuela del martillo serrados. Cargué el arma con un puñado de balas de punta hueca del calibre 38. Una vez vestido y listo para salir, cogí un viejo teléfono de prepago internacional y marqué el número.

El teléfono ni siquiera sonó. Se conectó directamente.

—Soy yo —dije.

—Eres un tipo difícil de encontrar, Jack.

—¿Qué quieres?

—Quiero que vengas a mi club —respondió Marcus—. Y antes de que me preguntes nada, sigues en deuda conmigo.

## 2

Incluso desde el otro lado de la calle, la cafetería Five Star olía a cigarrillos y a loción para el afeitado. Estaba metida, como un cubo de la basura, entre el callejón de un restaurante y una tienda de porno en la zona de bares de Belltown, a una manzana de la Space Needle de Seattle y muy cerca de South Lake. Había unas cuantas motos aparcadas bajo la farola. El interior estaba iluminado por el débil resplandor de una luz de neón y una máquina de discos llena de brillantes discos compactos. La puerta de entrada estaba abierta de par en par. Ni siquiera a esa hora aflojaba el calor.

El taxista siguió un poco más allá del semáforo en rojo, frenó y paró justo delante de la puerta. Comparado con los sitios donde yo solía trabajar, como São Paulo o Las Vegas, hay muy pocos barrios peligrosos en Seattle, una ciudad casi intachable a ese nivel. Ese barrio era la excepción. El callejón parecía un refugio de indigentes, lleno de mantas y de botellas y peste a cerveza barata y a aceite de motor. Pagué la carrera por el hueco de la protección de plástico y el taxista no perdió tiempo. Se largó tan pronto como yo puse los pies en la acera y solté la puerta.

Eché a andar por el callejón y entré por la cocina. El Five Star era un lugar público, supuse. En un sitio donde cualquiera con ojos u orejas puede ser un testigo, hacerle algo realmente malo a alguien es más difícil. Marcus me estaba diciendo que no quería matarme. Si hubiera querido matarme no se habría molestado en enviarme un mensaje. Él mismo me habría encontrado, me habría

28

puesto una almohada en la cabeza y luego la habría atravesado con una bala, como hacía en los viejos tiempos. Encontrarnos en ese lugar era como quedar delante de una comisaría. Había cierta lógica retorcida en ello. Eso me dio una razón para relajarme.

Marcus no había matado nunca a nadie en su restaurante.

Aun así, tenía muchos motivos para liquidarme. Un trabajo que hicimos juntos se fue al garete, y con él la reputación de Marcus. De la noche a la mañana pasó de eminencia del crimen internacional a narcotraficante de tres al cuarto. Había tenido a su disposición a los mejores profesionales del mundo. Ahora tenía que contratar a escoria de la calle para que lo protegieran. Yo pensaba que después de aquel trabajo no querría volver a verme jamás. Pensaba que antes me pegaría un tiro que mandarme un correo electrónico. Pero de alguna forma yo sabía que este llegaría. Estaba en deuda con él.

El que vigilaba la puerta trasera me estaba esperando. Era un tipo grande, con pantalones vaqueros cortos, que le echó un buen vistazo a mi cara antes de dejarme pasar. Hizo un gesto con la cabeza, como si me hubiera reconocido, pero estoy seguro de que no fue así. He cambiado tantas veces que incluso yo me olvido de qué aspecto tengo. En mi reencarnación más reciente tenía cabello castaño color caramelo, ojos marrones de tono avellana, y la piel blanca de quien no sale nunca a la calle. No es todo cirugía estética. Lentes de contacto, perder peso y teñirse el pelo pueden cambiar más a un hombre que cincuenta mil pavos de bisturí, pero eso no es ni la mitad del asunto. Si aprendes a cambiar tu voz y la manera de andar, en menos de diez segundos puedes convertirte en quien quieras. Pero he aprendido que lo único que no puedes cambiar es el olor. Puedes disimularlo con whisky y perfume y cremas caras, pero tu olor seguirá siendo tu olor. Mi mentora me enseñó eso. Yo siempre oleré a pimienta negra y cilantro.

Al entrar pasé por delante del ayudante de cocina, que se estaba tomando un descanso con un cigarrillo sin filtro, sentado en una lata de concentrado de sopa vuelta del revés. Pasé por detrás de la placa de vitrocerámica de la cocina, donde trabajaba el mexicano encargado de la freidora. Me echó un vistazo y apartó la mirada rápidamente. La cocina olía a beicon, chorizo, huevos fritos y manteca salada. Crucé la puerta de los camareros y seguí andando hacia el fondo del local. Marcus me esperaba en la mesa ocho, bajo un letrero de neón de «Bud Light». Estaba sentado ante un plato de huevos con jamón que no había tocado, y tenía una taza de café a un lado.

No habló hasta que me tuvo cerca.

–Jack –dijo.

–Pensaba que no iba a verte nunca más.

Marcus Hayes era alto y fibroso, como un presidente de empresa de ordenadores. Era delgado como un tallo y parecía incómodo dentro de su propia piel. Los criminales de más éxito no lo parecen. Llevaba una camisa oxford de color azul marino y unas gafas trifocales de culo de botella. Seis años de trullo en el correccional de Snake River en Oregón le habían dañado la vista. Sus iris eran de un azul sin brillo y se desvanecían alrededor de las pupilas. Solo tenía diez años más que yo, pero parecía muchísimo más viejo. La palma de sus manos se había apergaminado. Pero su aspecto no me engañaba.

Era el hombre más brutal que yo había conocido.

Me deslicé en el banco frente a él y eché un vistazo disimulado debajo de la mesa. Ninguna arma. Nunca me han disparado por debajo de la mesa, pero sería bastante fácil hacerlo, especialmente para un hombre como él. Bastaría con una P220 o cualquier otra pistola pequeña con silenciador. Bala subsónica. Una en las tripas, otra en el corazón. Haría que uno de sus cocineros me cortara las manos y la cabeza, me envolviera en bolsas de basura y lo arrojara todo al muelle. Sería como si yo no hubiera existido.

Marcus estiró los dedos de la mano con un gesto de ligero enfado.

–No me insultes –me dijo–. No te he hecho venir para matarte.

–Pensaba que me habías borrado de tu agenda. Pensaba que nunca querrías volver a trabajar conmigo.

—Pues te equivocabas, obviamente.

—Ya lo veo.

Marcus no dijo nada. No le hacía falta. Le miré fijo a los ojos. Él extendió la mano con la palma abierta sobre la mesa y movió la cabeza como si estuviera decepcionado.

—Las balas —me dijo.

—No sabía qué intenciones tenías —contesté.

—Las balas, por favor —repitió Marcus.

Obedecí sin darme prisa. Saqué el revólver de la funda sobaquera con dos dedos, para que viera que no pensaba usarlo. Abrí el cilindro y expulsé la munición. Dejé el puñado de balas de punta hueca sobre la mesa, junto a su plato. Las balas repiquetearon sobre la madera con el mismo sonido que unos cubiertos. Rodaron un poco hasta que se pararon entre él y yo.

Volví a enfundar el arma.

—¿De qué se trata? —pregunté.

—¿Conocías a Hector Moreno?

Asentí lentamente con la cabeza, sin comprometerme.

—Está muerto —dijo Marcus.

No reaccioné de ninguna forma especial. No era realmente noticia. Moreno andaba detrás del pijama de pino desde que lo conocí. Un par de años atrás yo estaba en un bar en Dubai, tomándome un zumo de naranja antes de coger el coche e irme a casa. Era un sitio elegante, lleno de tíos con traje. Moreno apareció detrás de mí, todo engalanado con un flamante Armani de raya diplomática. Fumaba Winstons No Bull y daba caladas de dos en dos. Hablaba intercalando palabras de un idioma que yo no entendía. Árabe, o quizá persa. Cuando acabamos de hablar encendió a escondidas una pipa de crack en el aparcamiento. Yo olía la farlopa en su ropa y veía cómo le latía el corazón bajo las costillas. Moreno tenía tanto de soldado como yo de Papá Noel.

—¿Qué tiene que ver eso conmigo? —le pregunté a Marcus.

—¿Lo conocías bien?

—Lo suficiente.

—¿Cuánto?

31

—Tanto como te conozco a ti, Marcus, y sé que me has hecho venir para que te escuche, no para hablar de un farlopero que conocí en un encargo.

—Aun así, Jack —dijo Marcus—, esta mañana le han volado los sesos a Moreno y merece nuestro respeto. Fue uno de los nuestros hasta el final.

—El día que un asesino como Moreno merezca mi respeto, yo mismo me volaré los sesos.

Nos quedamos en silencio unos segundos mientras yo examinaba la cara de Marcus. Sus ojos parecían cansados. En su taza de café había círculos marrones. El café no humeaba. No había jarritas para la leche, ni sobres de azúcar vacíos. Solo círculos marrones resecos y una mancha negra de sedimento que empezaba a media taza. Se la habían servido tres horas antes por lo menos. Nadie pide café a las tres de la mañana.

—¿De qué se trata? —repetí.

Marcus se metió la mano en el bolsillo y sacó un fajo de billetes de veinte dólares atado con una goma elástica, grueso como un libro de bolsillo. Lo dejó sobre la mesa.

—Esta mañana —me explicó— mi golpe con Moreno ha salido mal. Cadáveres por todas partes, botín desaparecido, policía husmeándolo todo.

—¿Qué quieres de mí?

—Quiero que hagas lo que mejor sabes hacer —respondió—. Quiero que lo hagas desaparecer.

# 3

Cinco mil dólares no parecen cinco mil dólares. Nunca lo parecen, incluso cuando los has contado ya dos veces, tal como seguro que Marcus había hecho. Cinco de los grandes siempre parecen una pila de papel verde, de seis centímetros de ancho, quince de largo y veinte de alto. Podrían ser dos mil pavos, o podrían ser veinte mil. En cierto momento el cerebro no puede contar tan rápido. Simplemente, parece un montón de pasta.

Marcus empujó la pila de billetes hacia mí, entre las balas.

Me quedé mirando el dinero.

—Con el debido respeto, Marcus, no me levanto de la cama por menos de doscientos mil.

—No es una oferta, Jack; es dinero para gastos. Harás esto por mí porque sigues en deuda conmigo. Hace cinco años que estás en deuda conmigo.

No podía discutir eso. Ni siquiera estoy seguro de si quería discutirlo.

Marcus me lo explicó todo. Empezó treinta minutos antes del atraco y me contó la historia entera como si narrara un combate de boxeo, golpe por golpe. Había algo desmadejado en su forma de expresarse, parecía que hubiera aprendido a hablar leyendo telegramas o dejando mensajes en un contestador automático. Para él todo era una serie de hechos, recitados en ráfagas cortas, sin darse tiempo para respirar entre palabra y palabra.

—Supongo que no te has enterado, pues aquí aún es temprano, pero en la Costa Este ha salido en todas las noticias. Ha habido cuatro muertos, incluido Moreno. El objetivo era un grueso ladrillo de billetes de banco que iba a entrar en el casino. Tan fácil como puedas imaginarte, un golpe de treinta segundos. Pensé que ni siquiera dos idiotas como él y su compinche podían cagarla. Solo tenían que evitar unas pocas cámaras, acoquinar a un par de tipos del camión blindado y largarse en coche. Después de escaquearse de la pasma debían enfilar hacia el norte, a un trastero de alquiler, llamarme y esperar.

—Pero a Moreno le han pegado un tiro —dije yo.

—Y a mí no me ha llamado nadie.

—¿Por qué metiste a Moreno en esto, para empezar? Y no creo que su socio fuera mucho mejor.

—Eran de usar y tirar.

Reflexioné un momento.

—¿De cuánto era el botín?

—Un millón y pico en billetes de cien dólares. La cantidad exacta dependía de los números del casino. Primer fin de semana de julio, primera entrega del día, debía de acercarse al millón doscientos mil o trescientos mil. Lo suficiente para cubrir la necesidad de efectivo de la mañana después de la noche anterior.

—¿Cómo sabes que a Moreno le han pegado un tiro?

Marcus señaló con la cabeza el televisor del rincón.

—A uno de los atracadores le han pegado un tiro. Un tipo de piel blanca. El socio de Moreno era negro. ¿Alguna vez has visto en la tele la foto de uno de los tuyos sacada de una cámara de vigilancia?

—Sí.

—Yo he visto dos.

—¿Cuándo se ha malogrado el golpe?

Marcus consultó el reloj. Igual que yo, llevaba un Patek Philippe.

—Ya hace casi cuatro horas —respondió.

Puse la mano sobre el dinero.

—¿Quieres mi consejo? Espera. Cuatro horas no son nada. Cuatro horas después de mi último golpe no había tenido tiempo de recobrar el aliento, y mucho menos de llamar a nadie. Toda la pasma de Las Vegas me iba detrás. No sabía quién había muerto, no sabía a quién habían detenido, no sabía quién tenía los cheques, no sabía nada. Lo único que tenía en mente era llegar al refugio y ocultarme hasta que aquel infierno y el fiscal del distrito se apaciguaran. Y si crees que los reporteros de la tele saben qué ha pasado, te equivocas. Puede que a las once de la mañana Moreno ya haya salido del quirófano y esté en la cárcel del condado. No se sabrá nada en firme hasta el mediodía como muy pronto, y tú no podrás hacer nada hasta que la polvareda se aclare; mañana, probablemente. Sé que te preocupa que ese tipo negro…

—Ribbons. Jerome Ribbons.

—Sé que te preocupa que Ribbons se esfume, pero tienes que esperar y ver qué pasa. Si lo atosigas demasiado, puede pensar que vas tras él por pifiar el golpe, y entonces nunca aparecerá.

—No es asunto que pueda esperar —dijo Marcus—. Lo que Ribbons y Moreno han robado es extremadamente peligroso. Solo tengo cuarenta y ocho horas de margen.

—¿El dinero es peligroso?

—Sí, el dinero, el dinero en efectivo. Los malditos billetes sin marcar, retractilados, con números de serie consecutivos, genuinos billetes de la Reserva Federal, enviados especialmente de Washington D.C. a la sucursal de la Reserva Federal en Filadelfia, para ser distribuidos a los casinos del sur de Nueva Jersey. Los billetes, Jack.

—¿Qué les pasa?

Marcus señaló con la cabeza el fajo de billetes de veinte que yo tenía en la mano.

—Aún llevan la carga federal —respondió.

# 4

«Carga federal.»

Las dos palabras que nadie quiere oír.

Especialmente yo, y eso que nunca he tenido que vérmelas con una carga federal. Es el perverso remate de la absurda historia que es la seguridad de un banco. Tiene que ver con cómo transporta dinero la Reserva Federal. Cuando la Oficina de Grabado e Impresión de Washington termina una tirada, pone los billetes recién impresos en una máquina que agrupa el dinero en tacos de mil billetes, subdividido en mazos de cien billetes cada uno. Al final del proceso envasan el dinero al vacío con celofán, para facilitar el transporte. Imprimen quinientos millones de dólares cada día. Se gastan millones solo en film de plástico para envolver, porque una tirada puede llegar a pesar quinientas toneladas. El envasado al vacío puede reducir en una cuarta parte el volumen de cada taco, lo cual significa un transporte más eficiente. Una vez envuelto, el dinero se carga en camiones. Los camiones lo llevan al Departamento del Tesoro, donde un ordenador escanea el dinero y se acuñan los números de serie. Entonces los camiones llevan el dinero a uno de los once bancos que forman la red central de la Reserva Federal. Los bancos de la Reserva Federal escanean el dinero por segunda vez, lo ponen en diferentes camiones y lo distribuyen a bancos más pequeños por todo el mundo. Los bancos receptores escanean el dinero por tercera vez, rompen el celofán y lo hacen circular entre la masa. Pero no es todo inflación. La Reserva cambia billetes nuevos por viejos, de manera que la cantidad de dinero en circulación es casi el mismo, con un pequeño porcentaje de más o de menos cada año. Los bancos pequeños recogen los billetes viejos, los envían a los bancos grandes y estos los devuelven al Departamento del Tesoro, donde los trituran y los queman. Un largo ciclo.

Para tipos como yo, un palé de sesenta toneladas de billetes de cien dólares nuevos suena demasiado bonito para que sea cierto. Y es así porque, por lo que yo sé, es demasiado bonito para que sea cierto. Nadie ha intentado nunca atracar un camión de la Reserva Federal, por no decir llevárselo, porque nadie es tan estúpido. Es imposible. La razón está en que al gobierno le importa una mierda lo que le pase al dinero mientras lo transportan. Lo protegen hasta el no va más, con personal armado y vehículos señuelo vacíos y lo que sea, pero en el momento en que piensen que los malos pueden llegar a llevarse un camión, le pegarán fuego al cargamento entero. Para resumir, la Reserva Federal solo le paga al gobierno unos diez centavos por cada billete que imprime, lo cual básicamente cubre el coste de tinta y papel. Si el dinero se quema no cuenta en el balance final. Lo único que el banco pierde es papel. Simplemente, piden más a la imprenta y unos cuantos bancos pequeños tienen que apañarse con billetes viejos durante un tiempo. Pero si los cacos roban el dinero y consiguen escapar, cada dólar perdido en la remesa es inflación. Claro que un par de miles de millones no es mucho, comparado con el PIB total, pero incluso el más mínimo incremento de inflación daña la credibilidad del sistema monetario de Estados Unidos. La noticia del robo volaría de Boston a Bangladesh en menos de diez horas. Y cuando se supiera que hay una brecha en el sistema, todas las bandas del país tratarían de asaltar la Reserva Federal. Un desliz y el Tío Sam tendría todo un problemón.

Y con esto tiene que ver la carga federal.

La carga federal es esencialmente una bomba de tinta colocada en todo el dinero que sale de Washington. Entre cada par de cientos de billetes hay un artefacto explosivo muy fino, casi indetectable. Ese artefacto se compone de tres partes. Hay un paquete de tinta indeleble, una batería que hace también de carga explosiva, y un localizador GPS que actúa como detonador. Cuando los camiones federales transportan el dinero por todo el país de un banco a otro de la red del sistema, guardan esos grandes tacos envueltos en celofán sobre una placa electromagnética. La placa tiene un cargador de batería inalámbrico, como los que ya hay para los teléfonos móviles. Tan pronto como el dinero se retira de la placa, la batería de los artefactos explosivos ocultos entre los billetes empieza a gastarse. Si las baterías se agotan, la pasta salta por los aires. Si se corta prematuramente el celofán, la pasta salta por los aires. Si el localizador GPS se conecta con el satélite equivocado, la pasta salta por los aires.

Los grandes almacenes suelen poner etiquetas electrónicas en su ropa cara, ¿verdad? Si algún chaval atontado trata de escaquear un Vera Wang por la puerta principal de la tienda de superlujo Nordstrom, una señal es transmitida por radiofrecuencia a la pequeña chapa de identificación del vestido. Ya sabéis, esa pieza redonda de plástico. La alarma de la puerta se dispara porque las barras RFID perciben que un vestido no comprado se mueve. Si esto no basta para detener al chaval, un paquetito de tinta indeleble pegado a la base del vestido estallará a medio metro de la puerta, ya en la calle. Entonces, se estropea la ropa y se detiene al chaval. Los grandes almacenes hacen esto porque si un artículo de ropa se estropea de esta manera, le pueden reclamar al ladrón una pérdida por el total del precio de venta al público, más los honorarios del abogado, más la indemnización por daños y perjuicios. Además, la posibilidad de que la ropa estalle es un poderoso elemento disuasorio. En la carga federal, el principio es el mismo. Si alguien roba el dinero, un temporizador se pone en marcha. A menos que un encargado de cámara acorazada calificado lo escanee con un código de recepción muy particular, y lo haga dentro de un límite de tiempo, pocos días generalmente, el dinero se va al carajo. La carga federal es el beso de la muerte.

Los bancos corrientes usan la misma tecnología, pero sin el GPS. Si entras en un banco y pides que te den toda la pasta, tal como yo he hecho varias docenas de veces, en ocasiones también habrá paquetes de tinta escondidos en el botín. Por lo general están programados para explotar en un par de minutos, así que cuando sales a la calle, la pasta estalla y la policía sabe que tienen que buscar al tipo manchado de tinta indeleble. Esos paquetes de tinta pueden ser burlados separando el dinero en diferentes bolsas de plástico grueso, de manera que si un paquete de tinta explota no estropea todo el botín. Pero los paquetes federales son diferentes. Los paquetes federales van todos atados juntos. Imaginaos que el camión se averiara, o que la placa electromagnética dejara de funcionar. Pensad en el tiempo que el dinero federal pasa en el depósito, en un enorme palé de rodillos, mientras alguien hace todo el papeleo. Pensad en lo que deben de tardar dos tipos fornidos en mover cien millones de dólares de un camión a otro. Es un sistema lento. El temporizador federal está programado para cuarenta y ocho horas, en parte por las deficiencias del sistema, en parte porque cuarenta y ocho horas es el máximo tiempo razonable que tiene la policía para capturar a los criminales y recuperar el dinero usando el GPS.

Tragué saliva.

—¿Qué diablos hacía un casino con dinero federal? —pregunté.

—Ponerlo en circulación —respondió Marcus—. Un casino corriente mueve más pasta en una semana que media docena de bancos. Ya casi nadie va con efectivo. Los clientes pagan con plástico las fichas y esperan recoger las ganancias en billetes. Todas las cámaras acorazadas de Atlantic City juntas no podrían cubrir las necesidades de un casino como el Regency en un fin de semana de mucho movimiento como este, así que el casino consiguió calificación de banco. Puede sacar dinero directamente de la Reserva Federal, porque ningún banco privado puede satisfacer el líquido necesario. En el Regency hay cien cajeros automáticos y treinta cajeros con ventanilla de atención personal. Como diez bancos juntos. Ha sido así desde hace dos años.

—¿Cómo pensabas ocuparte del aparato localizador? ¿Con un emisor de interferencias de GPS?

—Una bolsa forrada con plomo. El truco más fácil del mundo.

—¿Y cómo demonios pensabas lidiar con la carga federal?

—Eso no es asunto tuyo.

—Y un carajo que no.

—El dinero era para un bisnes de drogas —dijo Marcus.

—Eso no explica nada.

—El dinero depende de un temporizador de cuarenta y ocho horas que se ha puesto en marcha a las seis, hora atlántica. Se suponía que iba a deshacerme de él antes de las seis, hora atlántica, del lunes. Allí son ahora casi las diez de la mañana. Esto significa que tengo menos de cuarenta y cuatro horas para ocuparme de ello, o soy hombre muerto.

—¿Cómo pensabas hacerlo?

Marcus me miró como si tuviera a un tonto en la mesa.

Un tipo como él hace bisnes cada día. Nada falla nunca. Por supuesto que Marcus iba a usar para algún bisnes su parte del botín. No es solo una maniobra que da mucho dinero, sino también inteligente. Es la manera más rápida, más fácil y más provechosa de colocar mercancía robada. Por supuesto que Marcus iba a hacerlo.

—Contesta a mi pregunta —espeté.

—No me estás entendiendo, Jack —dijo Marcus dejando escapar poco a poco las palabras—. Íbamos a usar la pasta en un bisnes de drogas.

Silencio.

Mis manos se deslizaron por el borde de la mesa.

—Nunca has tenido la intención de desarmar el dinero. Ibas a endilgárselo a algún pobre capullo que no sabía lo que le estaban colocando —le dije.

Una compra de drogas es exactamente tan simple como suena. Una persona lleva la droga. La otra lleva la pasta. Hacen el intercambio. Rara vez es más complicado que esto. Yo hice mi primer bisnes de drogas cuando tenía catorce años. Puse una moneda de cinco centavos sobre el banco del parque; el camello me puso una bolsita de cinco centavos en el regazo y se largó. Si yo pude hacerlo entonces, cualquiera puede hacerlo. Un juego de niños.

El bisnes de Marcus no era diferente. Era solo mayor. Con un millón de pavos en efectivo, Marcus y su par de socios podían comprar un coche lleno de material a precio de cártel. Un millón en ácido puro cabría en una botella pequeña de agua. Un millón en heroína llenaría el maletero de un turismo. En cocaína ocuparía el asiento trasero también. En hierba haría falta una furgoneta. El vendedor no haría siquiera preguntas sobre el dinero envuelto en celofán. Lo cogería y se marcharía.

Bum.

Treinta horas después habría un camello menos en la ciudad. Cuando el casino hiciera estallar la pasta, el proveedor de Marcus se encontraría con diez mil o más billetes de cien pavos inservibles y un localizador conectado directamente con el gobierno federal. Camellos del nivel de Marcus pueden arrostrar una pérdida de un millón o más si las cosas se tuercen, pero muy pocos camellos sobrevivirán a un enjambre de agentes del Servicio Secreto entrando a matar en helicóptero. Marcus no había atracado un casino porque quisiera el dinero. Lo había atracado porque quería un arma. Marcus no le estaba robando a un casino. No.

Le estaba robando a un cártel.

—Me estás tomando el pelo —le dije.

Marcus se acercó un par de centímetros hacia mí.

—Para ti no es más que un trabajo de limpieza. No importa en qué problema me he metido. No te pago por el golpe. No te pago para que te enredes con los casinos. Quiero pagarte para estar seguro, estar del todo seguro, de que Ribbons me llama, de que no lo trincan y de que entrega el dinero donde tiene que ir, antes de que se agoten los dos días del temporizador. Tú eres mi póliza de seguros, Jack.

—Estás loco de remate.

—¿Sabes cuánta gente fuma cristal en el noroeste del Pacífico? —dijo Marcus—. Todo el mundo. Hay una demanda enorme. La roca pura se paga a entre sesenta y noventa el gramo. La mitad de lo que cuesta la cocaína, pero cincuenta veces más en volumen. Y eso suponiendo que sea cristal de calidad media. Es el doble del precio de lo que cuesta en la frontera. Es cincuenta veces lo que cuesta cocinarlo. Piensa en los beneficios. Solo en este bisnes, con un competidor importante pudriéndose en la cárcel o en un sitio peor por el dinero envenenado, estaríamos en condiciones de sacar beneficios de ocho cifras. De montar media docena de laboratorios. De ser dueños de cada esquina desde aquí hasta San Francisco. En seis meses podría convertir los cien mil dólares que le pagué a Moreno en un negocio de setenta y cinco millones de dólares, así que cuando dije que era un gran día de pago es porque lo era realmente: era el gran día de pago. Todo se reduce a esto que tienes delante: montones y montones de pasta.

Le eché una larga mirada al dinero.

—Para mí es lo mismo —dije yo— que le compres metanfetamina a alguien o que trates de cocinarla tú mismo. Yo no trato con drogas. Ya conoces mis normas. Solo trabajo por pasta o por amor al arte, nada más. Sin excepciones.

—¿Por qué crees que puedes elegir?

—Porque me vas a dejar salir vivo de aquí —contesté—. Y seguiré en deuda contigo.

Marcus se mordió el labio y me lanzó una mirada fulminante.

—Tengo un avión esperando para llevarte a Atlantic City. Cuando llegues allí, conozco a varios que te conseguirán lo que te haga falta. Si no vas a hacer ningún bisnes para mí, quiero que encuentres el dinero y me llames. Y después ya me apañaré. Solo necesito que me limpies esa mugre antes de que se esparza por los otros cuarenta y ocho estados y me encierren. No pienso ir al talego porque a Moreno le volaran los sesos, y me da igual lo que te ocurra a ti después. Adelante, desaparece. Límpiame eso y estamos en paz, ¿entendido?

Marcus me echó una mirada y luego le lanzó otra al dinero que había delante de mí. Estiró la mano e hizo girar una de las balas con el dedo. La bala rodó hacia mí y luego cayó de la mesa.

Fruncí los labios.

—No me gusta tu nueva cara —dijo Marcus—. Demasiado inocente.

Puse la bala de nuevo en la mesa.

—¿Por qué eres hombre muerto si la pasta explota?

Marcus se quedó en silencio unos momentos. No tenía por qué decir nada. Podía oír los sonidos de la cocina. Detrás del mostrador, una máquina hacía café. Las palabras de Marcus fueron secas como una piedra, como si hubieran absorbido toda la humedad del aire.

—He hecho un trato con el Lobo —contestó.

## 5

*Pacific City, Oregón*

Dejadme aclarar una cosa. Aborrezco a Marcus con toda mi alma. Pero Marcus tenía razón. Estaba en deuda con él.

Ocurrió hace casi cinco años, en una cosa que llamamos el Golpe de la Bolsa de Asia. Marcus había invitado a siete de nosotros a un hotel de vacaciones en Oregón para proponernos un golpe. Se trataba de un trabajo importante por pasta importante, así que quería una banda cuidadosamente seleccionada. Yo llevaba en el negocio desde los catorce años más o menos, pero nunca me habían elegido personalmente de esta manera. Fue la primera vez, de hecho la única vez, que incumplí mi riguroso sistema de anonimato. Marcus me envió un mensaje, mediante una de mis cuentas de correo electrónico, con unas coordenadas de longitud y latitud en medio del bosque, y yo fui sin saber nada del trabajo. No tenía ni idea de lo que me aguardaba. La única razón por la que me dejé convencer fue que el mensaje decía también que mi mentora estaría allí. Angela. Cuando mi limusina paró delante del hotel, ella me estaba esperando, apoyada en una columna de ladrillo cubierta de hiedra, fumándose un cigarrillo. Hacía seis meses que no la veía. Le sonreí a través del cristal.

Era un hotel pequeño y rodeado de bosque, pero parecía muy caro y Marcus había reservado todas las habitaciones de aquel viejo edificio de ladrillo que quizá, en otro tiempo, había sido una escuela. Las habitaciones tenían llaves de verdad, no tarjetas de banda magnética, y los cuartos de baño estaban al final del pasillo. Era como retroceder en el tiempo. Cuando bajé de la limusina no supe si Angela estaba contenta o enfadada de verme. Me cogió del brazo y me lanzó una sonrisa astuta, como siempre hacía, mientras me llevaba por el vestíbulo. Era del tipo de mujer con labia para salir de cualquier embrollo, de sus propios sentimientos incluso. Era una actriz y una timadora y tenía por lo menos diez años más que yo. Le gustaba llamarme «chico».

Sin decir una sola palabra fuimos directamente a su suite. Cuando la puerta se cerró, Angela me pasó los dedos por el pelo y me dijo que, a pesar de todos los cambios, seguía recordando mi cara. Una vez habíamos hecho el amor, cuando yo era todavía carne fresca en el circuito de los bancos y ella estaba sedienta de dinero tras un robo de bonos del Tesoro valorados en quinientos de los grandes. Había sido un error por su parte, me dijo. Nos sentamos uno frente al otro en su habitación y charlamos un rato. Costaba acostumbrarse a su nueva voz, pero el olor de Angela no había cambiado. Cigarrillos y maracuyá.

Anocheció y Marcus nos convocó a través del portero del hotel para que nos reuniéramos alrededor del pozo de fuego en el jardín. Se presentó con solo un nombre: Marcus. Me puse al lado de Angela y escuché la críptica perorata de Marcus. Angela fumaba un cigarrillo tras otro como si nada y me susurraba al oído cosas sobre los diferentes especialistas en atracos a bancos que teníamos alrededor, señalando a uno y a otro con la punta de su cigarrillo mientras hablaba de ellos.

Un chaval rubio, apuesto y bien vestido, llamado Alton Hill, era el timonel, el que conduciría el coche para la huida. Era capaz de conducir cualquier cosa que tuviera ruedas y motor. Hablaba con cierto acento de California. Había una especie de firmeza en su voz que no encajaba en su aspecto vehemente y profesional. Llevaba unos guantes de conducir de piel muy gastada y apenas prestaba atención a lo que Marcus decía.

El tipo que tenía al lado, Joe Landis, era el especialista en cajas fuertes. Los especialistas en cajas no las abren; literalmente las revientan. Las cajas raramente sobreviven. Joe era un tipo pequeño y bajito, de ojos grandes y boca pequeña. Era de algún lugar de Texas, pero yo no lo habría adivinado si Angela no me lo hubiera dicho. Un especialista en cajas es medio programador informático, medio experto en demoliciones. Aún quedan tipos capaces de descifrar una combinación sin más ayuda que el oído y la yema de los dedos, pero son una especie en extinción. Actualmente las cajas se revientan con un ordenador, cable de fibra óptica, un taladro potente y nitroglicerina casera, que llaman «sopa». Los especialistas aficionados tienen tendencia a quedarse sordos antes de llegar a profesionales. Joe se mantenía aparte del resto y evitaba cruzar la mirada con nadie.

Cerca había una timadora de China central, llamada Hsiu Mei. Tenía más diplomas de posgrado que espacio en la pared para colgarlos, me contó Angela, y ciertamente tenía el acartonado aspecto de un académico. Sin embargo, era atractiva. Tenía la piel del color de la cáscara de un huevo moreno, y un cabello negro tan suave que parecía que un viento fuerte se lo pudiera llevar. Hablaba media docena de idiomas y no paraba de garabatear cosas en un bloc de notas. Era nuestra supervisora y experta en lenguas.

Después había un par de mamporreros llamados Vincent y Mancini. Hermanos, me dijo Angela. No parecían tipos duros, pero los mamporreros raramente lo parecen. Viven de pegarle a la gente. Esos dos eran italianos bajitos que cultivaban esa empalagosa pinta mediterránea, llevaban la misma y más espantosa corbata verde que yo había visto en la vida y emanaban lenguaje corporal de tipo duro. Se quedaron uno al lado del otro frente al fuego, con las piernas abiertas y los brazos cruzados. Vincent hablaba, Mancini escuchaba.

Y luego estábamos nosotros.

No hay un nombre exacto para lo que hacemos, pero nos hacíamos llamar «ghostman». Angela y yo estábamos en el negocio de la desaparición. A lo largo de los años he ayudado a escapar a quizá un centenar de atracadores de bancos. No se trata solo de conseguir disfraces y de falsificar pasaportes y carnets de conducir, o de robar partidas de nacimiento. Es mayormente seguridad en uno mismo. Un ghostman tiene que estar seguro de sí mismo en su manera de actuar, de hablar y de comportarse. Podrías estar en la lista de los diez más buscados por el FBI, con tu foto en todas las oficinas de correos, desde Bangor hasta South Beach, pero si sabes actuar como si fueras otra persona y tienes lo que hay que tener para demostrarlo, podrías vivir en Park Avenue sin que nadie reparara en ti. La gente ve lo que le dices que vea.

Angela y yo éramos impostores profesionales.

Angela empezó como actriz en Los Ángeles. Tal como cabría esperar de ella, era muy buena, pero eso no se tradujo en éxito en la pantalla. Su interpretación era compulsiva. Era puro método. No actuaba; se transformaba en otra persona. Los directores de casting la odiaban por esto. A un hombre se le consentía que se pasara toda la vida representando un papel, pero no a una jovencita hermosa. Angela era una persona diferente para cada persona que conocía. Conseguía un papel de esposa trofeo y aparecía como una niña. Su primer trabajo de cierto éxito fue como espía empresarial. Consiguió con argucias un puesto de asistente de dirección en una importante compañía aeronáutica. Le pagaron cien de los grandes por sustraer el anteproyecto de un reactor militar y pasárselo a otra compañía. Creo que después de eso se dedicó solo a robar. Ganó suficiente dinero como para empezar a crear sus propios papeles. Se despertaba una mañana y elegía quién quería ser aquel día. Cuando me conoció se estaba haciendo pasar por agente del FBI para robar a una banda de falsificadores. Me engatusó para que la ayudara y me quedé prendado.

Desde aquel día fui su aprendiz.

Actualmente soy el mejor del sector. Puedo atracar un banco y desaparecer en dos días, sin que nadie llegue siquiera a saber que he estado allí. Si quisiera, podría camelarme a los del Congreso para un puesto de senador, pero por buen embaucador y ladrón que yo sea, nunca le llegaría a la suela del zapato a Angela. Ella me enseñó todo lo que sé. Me quedé mirando cómo arrojaba la colilla del cigarrillo y la pisaba sobre la tierra blanda y húmeda.

Tomé un sorbo de bourbon y escuché el sonido de su voz en mis oídos.

Cuando la reunión terminó, Angela me cogió del brazo y me llevó con ella al bosque, pasado el último bungalow. Estuvimos andando y andando y andando hasta que tuve las pupilas del tamaño de un plato. Estaba oscuro como boca de lobo. La única luz venía de la luna detrás de las nubes. Después de quizá un kilómetro, Angela se paró, se giró hacia mí y me miró con fijeza, como si tuviera algo que decirme. Estuvo largo rato sin decir nada, pero cuando lo hizo, habló con su voz de verdad. Habló con la voz que no usaba con nadie más que conmigo.

—¿Qué haces aquí? —Angela levantó la mirada e hizo un gesto de desaprobación con la cabeza—. ¿Cómo ha conseguido Marcus traerte aquí?

—Nada. Me dio una dirección, eso es todo.

—Pensaba que yo te había enseñado a no aceptar nunca un trabajo sin tener antes toda la información. Pensaba que te había enseñado a no confiar nunca en un extraño, especialmente si ese extraño planea un atraco. Pensaba que te había enseñado a tener cuidado.

—Sí, me enseñaste todo eso.

—Entonces ¿qué diablos haces aquí?

No respondí. Me pareció que era obvio. Me quedé mirando sus ojos un rato. En aquel tiempo Angela era morena, con pelo corto de hadita y carmín de color naranja sanguina. Llevaba un vestido de cuatro mil dólares y unos pendientes de diamantes que ninguna mujer había llevado en los últimos doscientos años, porque Angela los había robado de un museo. Decir que era guapa sería no captar la idea. Angela era lo que tú quisieras que fuera. Me quedé un rato allí con ella, hasta que Angela lanzó un suspiro y me cogió del brazo otra vez. De vuelta al hotel, su vestido y mi traje estaban cubiertos de barro. Angela me acompañó a la habitación y me dio las buenas noches en el pasillo. Escuché sus pasos bajando por las escaleras. Así empezó el Golpe de la Bolsa de Asia.

Por la mañana nos pusimos a trabajar.

En aquella época, Marcus era el hombre para quien trabajar. Aún no era el jefe de un cártel. Era el cerebro de grandes golpes, con dedicación exclusiva. Componía golpes de la misma manera que Mozart componía música. Eran golpes grandes y hermosos, con los que se ganaba más dinero del que uno podría imaginar. Cinco años atrás, todo el mundo quería participar en cualquiera de sus trabajos, porque convertía en oro todo lo que tocaba. Había una parte oscura ya entonces, claro. Yo había oído rumores de lo que le pasaba a quien le fallara. Pero eran solo rumores. Vi personalmente qué les pasaba a quienes triunfaban. Se hacían ricos. Muy ricos.

Dos días después, Angela, yo y el resto fuimos en vuelo privado de Los Ángeles a Kuala Lumpur, Malasia. Aunque el vuelo lo había fletado Marcus, él no voló con nosotros. Marcus lo dirigiría todo por teléfono vía satélite desde Seattle. Allá en la parte de atrás de su restaurante era como César, pero ninguno de nosotros se quejó. Nos iba a hacer ricos a todos.

Fui yo quien lo estropeó todo.

## 6

El vuelo a Atlantic City duró cinco horas.

El avión era un Cessna Citation Sovereign, reactor mediano de dos motores, del tamaño de un camión tráiler y con unos cinco mil kilómetros de autonomía. Cuando llegué a la puerta de embarque, el avión me esperaba con el depósito lleno y no tuve que pasar por el control de seguridad. El hombre de la entrada del aeropuerto le echó una mirada a la limusina de Marcus y nos hizo señas para que pasáramos. Nos paramos junto al avión en la pista y subí las escaleras sin más. Le estreché la mano al piloto, pero nos ahorramos las presentaciones. El tiempo era esencial. En menos de cinco minutos ya habíamos despegado. Nos quedaban cuatro mil kilómetros por volar.

Yo llevaba una bolsa negra de nailon colgada del hombro. Marcus me había dado el tiempo necesario para recoger varias cosas de mi apartamento. En la bolsa estaba mi Colt 38 con el martillo limado, que Marcus me había devuelto. Un cepillo de dientes. Un kit de afeitado. Maquillaje. Tinte para el pelo. Guantes de piel. Varios pasaportes, carnets de conducir, documentos de identidad de varios estados y dos teléfonos móviles con tarjeta de prepago. Los cinco mil pavos de Marcus y tres tarjetas VISA negras de empresa, con un nombre diferente en cada una. Debajo de todo había un gastado ejemplar de *Las metamorfosis* de Ovidio, traducido por Charles Martin. Siempre viajo ligero.

Estaba excitado de subir al avión. Había pasado mucho tiempo desde mi último trabajo de este tipo. Soy muy exigente. Cuando no trabajo, el tiempo parece pasar como en una nube. Los días se funden uno con otro, y luego las semanas, como una grabadora puesta en avance rápido. Me quedo en el apartamento, sentado a la mesa frente a la ventana, y miro cómo sale el sol. Releo clásicos en griego y latín y los traduzco en cuadernos, algunos del alemán y del francés también. Hay días en que no hago nada más que leer. Mis traducciones ocupan cientos de páginas. Esquilo, César, Juvenal, Tito Livio. Leer sus palabras me ayuda a pensar. Cuando no estoy trabajando, no tengo palabras propias.

Esto es lo que estaba esperando: un encargo con el que, por una vez, no me aburriría.

El Cessna era bonito por dentro. Yo no había volado nunca en ese modelo, pero era como la mayoría de los aviones privados que había visto. Tenía un morro como el de un ave rapaz y dos grandes motores debajo de la cola. El despegue fue de parque de atracciones, pero una vez que nos hubimos elevado a ocho kilómetros y medio, el vuelo fue suave y el ruido de motores mínimo. Había ocho asientos, más dos para los pilotos, y el precio del avión rondaba los veinte millones de pavos. Debido a esa cantidad de dinero, cada asiento era como de primera clase. Había un bar completo al fondo de la cabina, un televisor de pantalla plana en el techo, conectado a un canal de noticias durante las veinticuatro horas, un teléfono vía satélite junto a la máquina de café y una conexión inalámbrica a internet. Cuando el copiloto volvió y me dijo que ya podía levantarme y moverme por la cabina, me preparé un café. Seguía sintiéndome incómodo. En estos aparatos apenas hay espacio para estar de pie.

Me llevé el termo de café al asiento, me serví una taza y me la tomé. Me serví otra y abrí mi libro. Algo me ponía nervioso, pero no sabía bien qué.

Pasados unos veinte minutos, una crónica titulada «Tiroteo en el Regency» apareció en televisión y subí el volumen. No revelaban los nombres de las víctimas, pero una vieja foto de Moreno con ropa de trabajo verde oliva asomó en la pantalla, seguida de un par de instantáneas espectaculares de la torre del casino hotel y una hilera de agujeros de bala en el cemento. Un equipo de reporteros estaba instalado en el paseo marítimo. Adiviné dónde se había ido al garete el atraco por el corro de curiosos del fondo. Una periodista explicó que en la escena del crimen había cuatro muertos, entre ellos un atracador, y luego añadió que la policía sospechaba que otras dos personas se habían dado a la fuga, lo cual me pilló desprevenido. Al contarme Marcus lo ocurrido, yo había sospechado que había un tercer tirador, y esto lo confirmaba. Los atracadores tenían información detallada de las medidas de seguridad del casino, dijo la periodista, y la investigación ya estaba en marcha.

Entonces apareció la foto policial de Jerome Ribbons.

Casi derramé el café. La foto se había tomado varios años atrás, pero seguro que era él. «Buscado para ser interrogado.» El nombre de Ribbons estaba escrito en mayúsculas en la parte inferior de la pantalla, junto al número de teléfono para aportar información a la policía, y la periodista recitó dos frases largas sobre eso. Habían descubierto su identidad en menos de cuatro horas. Mierda.

Apreté Pausa y me quedé mirando la fotografía unos segundos. La imagen parpadeaba. Ribbons era quizá cuatro años más joven de lo que se suponía. Miraba ceñudo a la cámara y sostenía un número de inscripción de recluso. Era un tipo grueso, decididamente gordo, con cara de niño y vello facial del grosor de un estropajo. Estaba encorvado hacia delante, como un oso pardo, y la mandíbula le colgaba abierta. Tenía los ojos inyectados de sangre y parecía exhausto. La foto había sido tomada por el departamento de policía de Filadelfia, así que llevaba ropa de calle. Los tatuajes de su única muñeca visible y del cuello contaban cosas. Distinguí un ciervo estilizado en su muñeca. Ribbons había estado en la cárcel cinco años, a juzgar por el número de cuernos. Estaba afiliado a una pandilla, o lo había estado, según el tatuaje de una pistola debajo de su mentón. Alguna vez le habían roto la nariz, que no le había quedado bien, y tenía los nudillos llenos de cicatrices.

Reconocí a Ribbons de alguna parte. No recordaba de dónde.

A menos que Ribbons hubiera metido realmente la pata en la escena del crimen, debían de haber encontrado su nombre al comprobar las huellas dactilares de Moreno. Ribbons estaba probablemente en la lista de cómplices conocidos de Moreno. No habría tomado demasiado tiempo hacer encajar la foto de archivo de Ribbons con el vídeo de la cámara de vigilancia. Es un tipo bastante inconfundible, teniendo en cuenta su tamaño y su historial. No hay demasiados criminales de metro noventa de altura, con ciervos tatuados. Esto sería prueba bastante para mostrar su foto de recluso en los medios de comunicación. A media tarde, el mundo entero estaría buscando a Jerome Ribbons.

Consulté mi reloj. Faltaban tres horas para aterrizar. Esto iba a hacer de mi trabajo todo un reto.

Volví a apretar Play y me serví otra taza de café. El reportaje casi había acabado, y no dijeron nada nuevo cuando salió otra vez, cuarenta minutos más tarde. Me quedé pensando en todo lo que podía haber pasado desde las seis, hora atlántica, esa mañana. La investigación se habría iniciado rápido y a lo grande, porque cualquier crimen relacionado con la Reserva Federal es una pesadilla jurisdiccional. La policía tendría detectives en el caso, seguro, porque había habido muertos. El sheriff tendría a sus ayudantes husmeando también, porque había fugitivos. El FBI tendría a agentes trabajando, porque atracar bancos es un crimen federal. El Servicio Secreto podría estar también en ello, porque son los que están autorizados a investigar delitos de moneda. El Departamento del Tesoro tiene a sus propios agentes de la ley y, demonios, incluso los bancos de la Reserva Federal tienen su propia agencia de seguridad. En ese momento ya debía de haber dos docenas de tipos de traje barato dando vueltas por Atlantic City.

Y Ribbons seguía fugado.

Me pregunté por qué no había llamado a Marcus.

Cuando no apareces o llamas después de un golpe fallido se dice que te has «esfumado». Esfumarse y desaparecer son cosas muy diferentes. Una banda entera desaparece después de un golpe, para que no pillen a nadie. Un tipo se esfuma para que no lo pillen a él. Esfumarse es uno de los pecados capitales del atraco profesional. Pase lo que pase, por mucho que se tuerzan las cosas, no te esfumas, y, muy especialmente, no te esfumas con el botín. Si el plan dice que te reúnas con los otros en un almacén, te reúnes con los otros en el almacén. Si el plan dice que te registres en un motel, te registras en un motel. Si te esfumas de tu banda, la huida entera se malogra, lo cual es el primer paso para que pillen a todo el mundo. En la mayoría de los casos, si tienes un mal presentimiento antes de que el golpe se vaya al traste, hay tiempo de sobra para decir que te desentiendes del asunto, renuncias y te vas a casa. Si crees que la cosa pinta mal, le dices a tu banda que tienes un mal presagio y te largas. Pero en el momento en que el trabajo empieza, no hay marcha atrás. Los profesionales se toman esto muy en serio. Para algunos es cuestión de orgullo. Algunos prefieren morir antes que esfumarse. De hecho, muchos han muerto.

Así que tal vez Ribbons había muerto.

O quizá a Marcus la reputación se le había vuelto finalmente en contra.

Marcus era conocido por ser terrible con quien le fallaba. Realmente brutal. Su reputación lo ayudaba a mantener a todo el mundo a raya, pero yo entendía por qué podía hacer huir a un tipo como Ribbons. Había oído la historia de un especialista en electrónica que se había olvidado de desactivar la alarma de un banco. Cuatro de los hombres favoritos de Marcus lo pagaron con cinco años de trena cada uno. Marcus fue a casa de aquel tipo y le hizo comer un tarro entero de nuez moscada. Se lo metió a cucharadas en la boca. No suena demasiado mal si no tienes en cuenta que la nuez moscada contiene… miristicina. Con una cucharadita no pasa nada, pero un tarro entero es otra cosa. Unas horas después del incidente, al tipo empezaron a entrarle arcadas. Luego le entraron jaqueca y dolores por todo el cuerpo, como al día siguiente de la pelea en un bar. Una hora después de aquello, el corazón se le desbocó y las manos empezaron a temblarle descontroladamente. Pasó casi siete horas así antes de que empezaran las alucinaciones. Entre tremendos delirios y a cuarenta y un grados de fiebre se arrancó toda la ropa y se arañó la cara hasta que la tuvo toda cubierta de sangre. Un viaje de nuez moscada puede durar tres días. Algunos encuentran placer en ello. Para la mayoría es un infierno. En algunas versiones de la historia, Marcus le deja al tipo un arma cargada con una sola bala para que pueda pegarse un tiro. En otras, el tipo se arranca la lengua a mordiscos y se ahoga en su propia sangre.

Si esto es lo que Ribbons pensaba que le esperaba, está claro por qué no había llamado.

# 7

Apagué el televisor y me quedé en silencio un rato, con los ojos cerrados y pensando en Ribbons. Se había metido en un buen lío. Cuando abrí los ojos empecé a transformarme en otra persona.

Para mí, transformarme ha sido siempre la cosa más fácil del mundo. Me desabroché el cinturón de seguridad y saqué mi bolsa del compartimento superior. En el bolsillo lateral había tres pasaportes descoloridos, y metidos entre las cubiertas estaban sus correspondientes carnets de conducir. Tenía tres hombres de edades diferentes, cada uno con su propio aspecto, historial y estilo de vida. Ninguno de ellos se parecía a mí, pero eso no era un problema. Ya no era yo quien iba a Atlantic City. Sino uno de aquellos tres hombres.

Jack Morton era el más viejo de los tres, y una de mis identidades preferidas. Estaba inspirado en uno de mis profesores de universidad favoritos, y nunca me había traído ningún problema. Era de personalidad afable, fuerte y noble. Cuando me hacía pasar por él, mi voz se hacía más grave y mis movimientos eran más lentos y aplomados. Morton era un tipo cortés e ingenioso y de voz fuerte, como de cera fundida. Puse su pasaporte en la bandeja plegable y guardé los otros dos. Era mi hombre.

Aunque la fecha de nacimiento en el pasaporte le atribuía cincuenta y pico años, Jack Morton tenía apenas dos años de edad. Lo había creado pieza por pieza a lo largo de seis meses, entre un trabajo y otro. Ya había infiltrado todos sus documentos oficiales en los registros. Tenía copias de su partida de nacimiento y de su diploma universitario guardados en alguna parte. Morton había ido a la Universidad de Connecticut, Stamford, y le había ido moderadamente bien en sus estudios de filología clásica. En el presente trabajaba de investigador de seguros. Me gustaba porque, a diferencia de mis otros nombres e identidades, Morton no tenía antecedentes penales. Era un buen hombre a quien le gustaba jugar duro de vez en cuando. Me quedé mirando su foto hasta que, poco a poco, mis músculos se fueron relajando y adoptaron la forma de su cara. Yo notaba cómo mi expresión iba cambiando para encajar en su aspecto. Mi frecuencia cardíaca disminuyó y mis manos se entumecieron por la presión arterial de un envejecimiento súbito. No es fácil envejecer veinte años en veinte segundos.

Respiré hondo, dejé escapar el aire poco a poco y pasé a tener cincuenta y seis años de edad.

Ya que la paleta de colores de Morton era de matices castaños, tenía que cambiar la mía para hacerla encajar. Me quité cuidadosamente las lentes de contacto color marrón vivo y las reemplacé por otras que llevaba en el equipaje, de un azul nebuloso y sin brillo. Mi kit incluía un espejito para el maquillaje. Acentué las líneas de mi cara con un lápiz perfilador y fruncí el ceño para resaltar las arrugas. Emborroné las manchas de lápiz con el pulgar hasta que se conjuntaron a la perfección con las curvas de mi cara. Luego me apliqué un poco de base de maquillaje negro en el cuello, las mejillas y la frente. En menos de dos minutos tenía las arrugas de un hombre veinte años más viejo que yo.

«Me llamo Jack Morton», dije con su voz, a modo de ensayo.

Lo siguiente era el pelo. Hay cientos de productos para cambiar el color del cabello de un hombre, pero he acabado usando una pequeña selección de ellos. La rapidez y la simplicidad son importantes. No tenía ni el tiempo ni el espacio para lavarme el pelo y dejar que el tinte reposara una hora, así que me lo humedecí en la pileta y lo peiné cuidadosamente con porciones de tinte rápido, convirtiendo mi cabello rubio claro en un castaño oscuro más viejo y descuidado. Cuando el tinte se fijó le añadí mechas jaspeadas de gris, me cepillé el pelo hacia atrás y me lo alboroté un poco para darle cierto aspecto desaliñado. Después hice que mis cejas combinaran con el resto, con unos toques de lápiz perfilador.

«Me llamo Jack Morton —me dije otra vez—. Soy investigador de seguros de la compañía Harper and Locke. Soy de Lexington, Massachusetts.»

En la bolsa llevaba algunos pares de gafas. Me probé varias de diferente estilo. Las monturas de alambre eran demasiado modernas. Las gafas redondas, un poco demasiado anticuadas. Las gafas de montura gruesa negra tampoco me encajaban. Elegí un par de bifocales rectangulares que me resbalaban un poco por la nariz. Me miré en el espejo. Casi parecía un catedrático. Me ceñí un poco de hilo de seda dental alrededor del dedo anular y tiré hasta cortar la circulación de la sangre. Según el historial de Morton, que yo había escrito, se había divorciado hacía poco más de un año. Cuando retiré la seda dental quedaba la marca de un hombre casado.

Para completar el disfraz, tenía que cambiar de reloj. Ningún investigador de seguros llevaría un Patek Philippe increíblemente caro, y, si yo era listo, no me arriesgaría a que alguien se diera cuenta. No obstante, era el único reloj que llevaba encima y le tenía un cariño especial. Me lo subí por la muñeca para ocultarlo debajo de los gemelos.

La combinación de todos mis esfuerzos me dio una apariencia completamente común y corriente. Tenía el mismo aspecto que miles de norteamericanos blancos de mediana edad. Era de mediana edad, peso mediano, altura mediana e ingresos medianos. Lo único que me diferenciaba era el traje caro y el reloj caro, pero eso se podía explicar: «A mi edad tengo que cuidar mi aspecto. Es parte del trabajo».


Llegamos a Atlantic City International cerca de las cuatro de la tarde, hora local. Adelanté mi reloj tres horas mientras las ruedas del avión daban botes en la pista de aterrizaje. En aquel lugar hacía aún más calor. Treinta y dos abrasadores grados de temperatura, y no parecía que en las siguientes horas fuera a remitir. Hasta los encargados del equipaje, en la pista de aterrizaje, llevaban la camiseta atada a la cabeza. Con aquella humedad parecía que la ciudad ardía. El piloto me dio su número de teléfono para que lo llamara cuando tuviera listo el cargamento. Me despedí dándole unos golpecitos en el hombro y bajé por las escaleras. El asfalto de la pista se pegaba a la suela de mis zapatos.

Primero necesitaba alquilar un coche. Luego necesitaba alojamiento y comer algo. Pero todo esto podía esperar hasta que encontrara al proveedor.

Saqué mi teléfono internacional y marqué el número del móvil de Ribbons. Sabía que Ribbons no llamaba a nadie, pero esto no significaba que no recibiera llamadas. El prefijo del móvil de Ribbons era de Virginia, lo cual era un poco inusual pero no completamente insólito. La gente tiene teléfonos móviles de cualquier parte. El teléfono sonó. Cuando salió el contestador automático yo ya estaba a medio camino del mostrador de alquiler de coches. Una voz electrónica. Este es el teléfono del número tal. Por favor, deje su mensaje después de la señal.

Esperé la señal. «Llama a casa inmediatamente —dije—. Papá no está enfadado, pero quiere saber de ti.»

Corté la llamada y miré la pantalla. El número de Ribbons había quedado registrado en el teléfono, anotado permanentemente en el chip de datos. Saqué la batería y rompí la tarjetita de datos. Arrojé el teléfono en una papelera. Me quedaba otro teléfono internacional en la chaqueta, pero era el último.

La agente federal me esperaba al final de las escaleras mecánicas.

# 8

No huyo de agentes federales. Huyo de policías, seguro, porque tengo alguna posibilidad de escapar. Pero huir de un agente federal es como tratar de esconderse en un laberinto. Puedes alargar la persecución un rato, pero al final el Minotauro te cazará. Los federales no se andan con chiquitas. Pillan siempre a quien buscan, así que lo mejor que puedes hacer es procurar que no te busquen.

La única solución es seguirles la corriente. No me di prisa ni lo demoré. Me quedé apoyado en la barandilla de las escaleras mecánicas y me dejé llevar hasta ella.

Sabía quién me estaba esperando. Su traje tenía las arrugas características, y su calzado, cómodo y práctico, el borde de las suelas gastado. Tenía la piel del color de la vainilla, y era delgada pero no flaca. Era una mujer de curvas bien puestas y emanaba una especie de adusta inteligencia. Me imaginé que sería nadadora. Llevaba su cabello rizado castaño recogido hacia atrás. Hombros anchos y fuertes.

Se plantó delante de mí y abrió una funda de piel con una insignia. Dentro había un pequeño escudo dorado con un águila y las palabras «Federal Bureau of Investigation».

—¿Es usted el pasajero del Citation Sovereign? —me preguntó.

—Sí —contesté.

—¿Podemos hablar un momento?

—¿De qué se trata?

—¿Conoce a un hombre llamado Marcus Hayes?

No respondí. No enseguida. Me habría marchado en aquel mismo momento si ella no hubiera sido tan endemoniadamente atractiva.

—Lo siento —le dije—. Debe de haberse equivocado de persona. No conozco a nadie con ese nombre.

—Acaba usted de salir de su jet privado, así que apuesto a que lo conoce.

—Déjeme ver su placa otra vez.

—Muestréme primero su documento de identidad y luego lo haré yo.

Pensé unos segundos. La gente lleva un carnet de conducir falso para ocasiones como estas. Los agentes de viajes raramente se fijan demasiado en él, y la policía corriente no está entrenada para distinguir una falsificación de alta calidad, porque en cada estado tienen diferentes características de seguridad. Pero Jack Morton estaba limpio. Si decidía jugármela, mostrarle el carnet de conducir de Morton sería casi tan seguro como negarme a mostrarle nada. Estaba en mi derecho de largarme, pero eso me haría parecer sospechoso.

Saqué el carnet de mi cartera. Ella se lo miró y luego me miró a mí. Encajábamos perfectamente. Que ella supiera, la fotografía podía haber sido tomada aquel mismo día. Si notó que era una falsificación se lo calló.

Me puso el carnet en la mano, sacó de su cinturón la funda con el escudo y me la dio. Era una cartera fina de piel, con la insignia dorada y una tarjeta metida en una solapa transparente. «Rebecca Lynn Blacker.» Metro sesenta y siete de altura, ojos claros, piel morena, poco más de treinta años de edad. Saqué la tarjeta y la froté con los dedos. Parecía auténtica.

Levanté la mirada.

—Muy bien —dije.

Ella se guardó la placa.

—Señor Morton, viene usted de Seattle, ¿verdad?

—Sí.

—¿Se ha enterado de lo del camión blindado que han atracado esta mañana?

—Lo he visto en las noticias, en el avión.

—Yo no. A mí me han llamado por teléfono. Estaba en Cape May de vacaciones, pasando las dos semanas que me tocan, y al despertarme esta mañana, justo cuando me disponía a dar una vuelta por la playa, recibo una llamada del agente especial de la oficina de Trenton, y otra de la policía de Atlantic City. Me subo al coche y conduzco tres horas para volver a Atlantic City. No vea el tráfico que había. Ni café ni tiempo para una ducha. Conduzco esperando que la policía haya resuelto el caso antes de que yo llegue, pero aparezco en la escena del crimen y la policía no tiene nada. Dos tipos se han dado a la fuga y no hay pistas sobre su paradero, así que empiezo a hacer llamadas. ¿Y sabe qué descubro? Que pocas horas después de que aquí se desatara el infierno, la oficina de Seattle ha tomado varias fotos de un encuentro entre un hombre no identificado y un conocido atracador de bancos. Una hora después, el conocido atracador fleta un Cessna Sovereign lleno de combustible y lo manda a toda prisa a la otra punta del país, justo hasta aquí. Este no es un aeropuerto grande, Jack. Esta ciudad no recibe vuelos como este todos los días.

—¿Un hombre no identificado?

—Metro ochenta de altura, raza blanca, treinta y tantos años, con pelo claro y ojos castaños.

—Entonces ya sabe que no soy yo —le dije.

—Le he hecho una pregunta sobre Marcus Hayes.

—Debe de ser alguien a quien le gusta apostar.

Ella hizo un gesto de desaprobación con la cabeza y esbozó una media sonrisa.

—¿Qué hace usted aquí, señor Morton? —me preguntó.

—Estoy de vacaciones.

—Ha venido a lavarle la ropa sucia a Marcus.

—No he venido por nadie —repliqué.

—Escúcheme. Lo comprendo —dijo ella—. Si un tipo como Marcus le dice que salte, usted salta. He leído su historial. Extorsión, asesinato, drogas y atracos a bancos en media docena de países. Si alguien como él me dijera que hiciera algo, tal vez pensaría que no

tengo elección. O aquello o la cárcel. Pero ¿sabe qué? He descubierto que cuando mejor trabajo es cuando trabajo sola. Y déjeme
decirle que este fin de semana estoy sola. Yo que usted me mantendría al margen. Soy muy buena en lo que hago.

Me tendió una tarjeta de visita con un par de nombres antes
que el suyo, pero el suyo estaba también, en la parte inferior.

—Si quiere apartarse del asunto —me dijo—, llámeme.

# 9

El hombre que Marcus me había prometido estaba apoyado junto a la puerta de llegadas y sostenía en alto un pedazo de papel con «Jack» escrito en él. Era un joven negro de pelo alisado y traje muy caro. Lo habría tomado por un chófer de limusina cualquiera si no fuera por sus gafas de montura dorada y el aspecto casi nervioso de su cara. Cuando me vio yo ya estaba casi encima de él.

—Soy el hombre que espera —le dije.

Nos dimos la mano, echamos a andar y él ajustó su paso al mío sin que yo se lo tuviera que pedir. Su voz era suave como la seda.

—Encantado de conocerle, señor —me dijo.

—¿Quién es usted?

—Estoy aquí para ayudarle en lo que le haga falta.

—Muy bien.

—¿Ha usado nuestros servicios alguna vez?

—No.

—Cualquier cosa que necesite, se la proporcionaremos. Su privacidad es de la mayor importancia para nosotros. Nada que nos pida quedará vinculado con usted. Todas las pruebas de nuestra relación serán destruidas una vez que pague el total de la factura. No guardamos registro de nuestros clientes ni hacemos preguntas.

—¿Me cubrirán las espaldas, entonces?

—Sí, señor. Su patrón ha llamado esta tarde y me ha dicho que usted prefiere que no le pregunte su nombre.

—Muy bien. ¿Puedo saber el suyo?

—Alexander Lakes.

—Este no es su nombre real, ¿verdad?

—No, señor, no lo es. Y a usted, ¿cómo debo llamarle?

—«Señor» está bien.

—Sí, señor.

—«Ulises» también está bien.

—Es el nombre más falso que he oído en la vida.

—Tengo cierta debilidad por el personaje.

—¿Hay un personaje?

—De Homero. De James Joyce, también. ¿Usted no lee?

—Periódicos.

Cruzamos la puerta y salimos donde los mostradores de las compañías de alquiler de coches. Sabía que Alexander había venido a recogerme, pero a mí me hacía falta mi propio coche. Toqué el timbre para que me atendieran. Cuando la empleada llegó con el papeleo le hice un gesto a Alexander. Él me miró y luego le mostró a ella el permiso de conducir y rellenó con sus datos el contrato. Era zurdo, y escribía como si estuviera realizando una intervención quirúrgica. Tenía una letra cursiva perfecta. Pagó por tres días de alquiler con una tarjeta de crédito oro. En la solapa de su cartera alcancé a ver dos descoloridas fotografías de sus hijos.

Mientras nos alejábamos del mostrador y entrábamos en el aparcamiento, me dijo:

—Nos hemos tomado la libertad de reservarle una habitación en el Chelsea. Conocemos al personal del hotel. Su nombre, sea cual sea, no se anotará en el registro y no quedará constancia de su estancia. La cuenta nos la enviarán a nosotros. Estará todo a nombre de Alexander Lakes.

—¿Cuándo cobran ustedes?

—Llámeme cuando esté listo para marcharse y concertaremos una cita. Si esto no es posible se puede arreglar dejando dinero en metálico en un lugar acordado o con una transferencia bancaria directa de su patrón.

—¿Aceptan VISA?

—Solo metálico o transferencia bancaria.

—Bien.

Nos quedamos allí un momento hasta que uno de los empleados del aparcamiento se acercó con un Honda Civic azul de hacía un par de años, con uno de esos aparatos GPS atornillado en el salpicadero. Un chaval salió del coche y me entregó las llaves.

—Le habría costeado cualquier otro coche que usted quisiera, señor —dijo Alexander.

—Este me servirá.

Antes me molestaba conducir un coche económico, pero ya no. Los coches más caros llaman la atención, y eso es contraproducente. Cuando alquilas un coche para un trabajo, quieres algo invisible. Me lo enseñó Angela. Hay pocas cosas más invisibles que un Honda Civic. Los anuncian como exclusivos y juveniles, pero no lo son. Son baratos y todos idénticos. En la carretera hay docenas de modelos de diferentes años, y nadie distingue unos de otros. Con el tiempo, esto ha acabado gustándome. El Civic no tenía prestaciones ni formas extrañas ni colores de fantasía. No era más que un cochecito de importación barato, sencillo y simple.

Me giré hacia Alexander.

—¿Tiene su coche aquí?

—Sí, señor.

—Entonces cójalo y regrese a la ciudad. Necesito varias cosas lo antes posible. Necesito teléfonos móviles con tarjeta de prepago, un juego de cerrajería, un cuchillo, una muda de ropa y un slim jim. ¿Sabe qué es esto último, además de un tentempié de cecina?

—Una tira de plástico que se usa para robar coches, ¿no?

—La mayoría de la gente prefiere llamarlo «acceso sin llave».

—Deme una hora. Tendrá todo lo que me pide en el hotel.

—¿Lleva un teléfono encima?

—Sí, señor.

—Démelo.

Esperé a que sacara un smartphone de color negro del bolsillo del pantalón. Era uno de esos nuevos con una pantalla táctil que parece tener teclas pero no las tiene. Le eché un vistazo al teléfono, examiné el último par de llamadas que había hecho y no vi ningún número que me pareciera sospechoso. Me guardé el teléfono en el bolsillo.

Lakes se me quedó mirando unos instantes.

—¿Acaba de robarme el teléfono? —me preguntó.

—Demostrará que usted confía en mí.

—¿Y...?

—Y necesito un teléfono con prefijo local.

—Entonces debería darle mi número de teléfono de empresa.

Me puso una tarjeta en la cara, con su nombre y su número de teléfono en ella. «Servicios de conserjería para ejecutivos.» Memoricé el número y se la devolví.

—No, gracias —le dije.

Me metí en el coche y cerré la puerta. Alexander Lakes me miró un momento y luego se fue andando hacia la terminal. Vi cómo doblaba la esquina en un Mercedes negro. Era un modelo nuevo, con cristales ahumados; parecía un pisapapeles bruñido. Lo seguí por la autovía que iba del aeropuerto al centro de la ciudad hasta que me desvié hacia las marismas. Pensaba mientras conducía. Lakes era el perfecto mano derecha. Hablaba con las palabras de su jefe, casi mejor que aquel. Ciertamente casi mejor. El tiempo se agotaba.

Quedaban treinta y siete horas.

# 10

Seguí la vieja autovía de dos carriles por las marismas hacia la Ruta 30, donde la bahía de Absecon se retuerce por la planicie como la vena de un yonqui. Conducir hacia Atlantic City daba la misma sensación que conducir hacia Las Vegas. A ambos sitios se va por una autopista desierta y bordeada con las vallas publicitarias descoloridas y la propaganda de casinos que yo recordaba de la infancia. La marisma junto a la autopista me recordaba el desierto. Plana y calurosa y vacía. Durante kilómetros y kilómetros apenas había vegetación más alta que un cepillo de fregar. Las torres de los casinos titilaban en el horizonte como espejismos. El Honda era fácil y cómodo de manejar.

Pasé zumbando por delante de una valla publicitaria en que se leía «Atlantic Regency: un mundo aparte».

Al acercarme a la ciudad empecé a oler el aire salado. Puse el aire acondicionado al máximo y seguí las instrucciones del aparato GPS del salpicadero. En el Five Star, Marcus había mencionado una unidad de trasteros de alquiler al norte de la ciudad. «Llámame y espera.» Si la unidad de trasteros existía realmente, esa sería mi primera parada. Era lo mínimo que podía hacer por Ribbons. No todo el que no llama por teléfono después de un golpe se ha esfumado. Algunos tienen una explicación razonable para su incomunicación, y no todos mienten. Los teléfonos se quedan sin batería. Los números se pierden. Hay quien se queda atrapado en un lugar sin cobertura. Después de tantos meses de planificación suena inverosímil, es cierto, pero esas cosas pasan. Si a Ribbons simplemente se le había roto el teléfono en el tiroteo, o lo había perdido en un momento de pánico, seguía siendo factible que hubiera llegado al centro de almacenaje. Podía estar ahí en ese mismo momento, esperando y rezando para que Marcus enviara a alguien como yo, y no a un tipo con un tarro de nuez moscada y un par de alicates. Lo mínimo que podía hacer por él era suponerlo inocente. De momento, al menos.

Vi el letrero del espacio de almacenaje a más de medio kilómetro de distancia, creciendo como una mancha en el horizonte. El centro de almacenaje estaba en una zona precaria, entre las afueras de la ciudad y las desoladas marismas que separaban la ciudad del resto de tierra firme. El lugar parecía haber sido puesto allí la semana anterior. Los trasteros eran viejos contenedores metálicos de mercancías, depositados en las marismas sin más, rodeados de una valla de alambre de espino de cuatro o cinco metros de altura. En el aparcamiento de suelo de tierra había una tosca estructura de estuco, la oficina del encargado. El letrero tenía ruedas. Aparqué y bajé del coche. Era como andar sobre la fumarola de un volcán. El olor a agua estancada y a contenedores oxidados me golpeó como con una maza en la cabeza. No había cruzado aún el aparcamiento y ya tenía la camisa empapada de sudor.

Trasteros como ese dan fácil solución a muchos de los problemas de un golpe. Claro que si empiezas a dormir allí los empleados se darán cuenta, pero como sitio rápido y privado, hay pocas cosas mejores que una unidad de almacenamiento. Por cien pavos puedes alquilar diez metros cuadrados durante un mes. Mientras sigas pagando el alquiler puedes guardar allí lo que quieras. La mayoría de las empresas te pide que les muestres un permiso de conducir y te hacen firmar un pedazo de papel que dice que no vas a usar el garito para nada ilegal, pero no pueden hacer gran cosa para evitarlo. Si necesitas un lugar para ocultarte durante unas horas, un trastero es mucho mejor que un motel. Miré a través de las rejas las filas de herrumbrosos contenedores de mercancías. Con un solo vistazo al lugar supe que Ribbons no iba a estar allí. Cuando tu cara aparece en las noticias, todo cambia. De repente te acuerdas del chaval de aspecto aburrido que un par de meses atrás te vio firmando el papeleo y empiezas a preguntarte si te podría identificar en una rueda de reconocimiento. Ese lugar le parecería demasiado enclaustrado a Ribbons. A estas alturas la paranoia estaría ya decidiendo por él.

Pero Ribbons tenía un trastero ahí.

Valía la pena investigarlo.

Pasé de la oficina del encargado y fui directamente a la entrada. Sobre la manija había un cuadro eléctrico con una cerradura en la que había que introducir una clave numérica. Marcando cuatro números, el pestillo magnético se soltaba y te dejaba abrir la cancela, aunque el encargado estuviera ausente. Probé con 1111 y 4444, por si la clave que venía de fábrica aún funcionaba. Ninguno de los dos números funcionó. Levanté la mirada a la parte superior de la verja. No me gustó la perspectiva de escalarla y rajarme la piel entre las espirales de alambre de espino de níquel-cromo. Me quedé mirándola un momento, luego le eché otro vistazo al teclado con números.

Cogí la llave del coche, quité del llavero el distintivo de la compañía de coches de alquiler y lo tiré. Sin el llavero, parecía una llave normal. Si tapaba con la mano la parte electrónica, podía pasar por la llave de cualquier cosa. Volví al coche y saqué de la guantera el contrato de alquiler. Le quité la grapa con las uñas, me la guardé en el bolsillo y volví a meter los papeles donde estaban. Salí del coche otra vez y fui a la oficina del encargado.

Si quieres convencer a alguien de que te deje entrar en un área restringida, tienes que parecer legal. Si tratas de acceder a una cuenta numerada de cierto banco suizo, por ejemplo, tienes que ir con una pieza de onza de oro puro en la mano, porque ciertos bancos suizos usan lingotes de oro como parte del protocolo que da acceso a sus cuentas numeradas. No importa si el oro que llevas en la mano es un pedazo de plomo pintado con espray y con una etiqueta holográfica encima; basta con que dé el pego. Si quería convencer a alguien de que me abriera la cancela de entrada, tenía que parecer que tenía la llave de uno de los contenedores. El encargado no me veía usar la llave, ni siquiera veía si realmente la tenía, pero debía creer que existía. A veces todo el truco está en un simple detalle.

El chaval del mostrador tenía unos dieciocho años de edad, la piel color de tarta de calabaza y llevaba un uniforme mugriento. Miraba la tele sentado en una silla de oficina detrás del mostrador. Me vio, pero no se levantó.

—La verja no se abre —le dije.

El chaval no me miró.

—¿Ha puesto bien los números?

—Sí —respondí fingiendo cierto enojo.

—¿Qué entrada ha usado?

—La principal.

—Inténtelo de nuevo. Esta mañana la he usado y funcionaba.

—Estoy diciendo que ahora mismo vengo de allí y la verja no se abre.

El chaval lanzó un suspiro y me miró. No me reconoció en absoluto, por supuesto, pero dudo que esto le pasara por la cabeza. Me hizo señas para que lo siguiera, como si estuviera harto de hacer eso cada maldito día. Cruzamos la puerta y fuimos directos a la entrada principal, donde hice un gesto de frustración con la llave delante del teclado numérico. Entonces, como si estuviera tratando con un crío idiota, el chaval apretó los números de uno en uno recitándolos en voz alta, por si me faltaba cerebro para asimilarlo. La cancela emitió un zumbido y se abrió. Me quedé mirando asombrado al chaval, como si pensara que me la había jugado con un truco, y me hice el avergonzado. Me concentré en recrear esa emoción y noté que mis mejillas se sonrojaban.

—¿Recuerda su clave de acceso? —me preguntó.

Le mostré la llave del coche, dejando ver solo la sierra.

El chaval asintió con la cabeza.

—Anote la clave en algún lado la próxima vez, ¿de acuerdo? No lo olvide.

Cuando el encargado se perdió de vista y yo hube cruzado la puerta de entrada, me guardé la llave y eché a andar por la fila de trasteros hasta que encontré el contenedor pintado con un «21» grande y chapucero. El veintiuno de la suerte. La puerta estaba cerrada con un candado Medeco de dos cilindros, probablemente proporcionado por la empresa misma. Las puertas estaban sujetas con un trozo de cadena.

Ni rastro de Ribbons. Teniendo en cuenta que el candado seguía en su sitio, cabía la posibilidad de que Ribbons no hubiera aparecido por allí en ningún momento, o que ni siquiera hubiera pensado en hacerlo. Que yo supiera, Ribbons y Moreno no habían tenido nunca intención de acudir al punto de encuentro de Marcus.

Cogí la grapa y la enderecé con los dedos, dejando una serie de pequeñas curvas en la punta. Me quité el alfiler de corbata para usarlo de ganzúa. Me incliné sobre el candado para verlo mejor. El calor hacía más ardua la labor, especialmente sin las herramientas adecuadas, pero en un par de minutos ya lo tenía abierto. Hice girar los tambores de pines con la punta de la grapa a modo de ganzúa, y hurgué suavemente con el alfiler de corbata hasta que el perno saltó. Abrí el pestillo y tiré el candado, luego quité la cadena para abrir las puertas retirando la barra que las mantenía cerradas.

Había algo anormal en el contenedor. A juzgar por el aspecto del candado, hacía tiempo que nadie pasaba por allí. Al menos una semana. Lo que encontrara en el interior sería obsoleto en el mejor de los casos, o irrelevante en el peor. Aun así, valía la pena investigarlo. Ribbons tenía que estar en algún lado, y cualquier pequeño indicio me podía ser útil.

Abrir las puertas del contenedor fue como rascar una pizarra con un cuchillo. Tiré desde el centro con ambos brazos. El trastero dejó escapar una ráfaga de aire caliente, como un secador de pelo. Tardé unos segundos en adaptarme a la oscuridad y al hedor de herrumbre y de suciedad.

Estaba vacío.

En su mayor parte.

Un contenedor de mercancías intermodal varía en tamaño según sea el cargamento que se quiera transportar. Se miden en lo que llaman TEU, o Twenty-foot Equivalent Unit, cada uno de los cuales puede alojar cerca de treinta y ocho metros cúbicos de material. Los contenedores corrientes que se ven en los muelles son de dos TEU, cerca de setenta y seis metros cúbicos. Seis metros de largo, 2,4 metros de alto y 2,6 metros de ancho. Fueron diseñados por el ejército durante la Segunda Guerra Mundial para transportar grandes cantidades de mercancía entre barcos, trenes y camiones. En la actualidad se usan en todo el mundo. Este estaba casi completamente vacío. Ni coche de repuesto. Ni escondrijo provisional. Ni material abandonado. Ni planos fijados en la pared, ni sacos de dormir, ni mapas con líneas trazadas por todos lados. Exploré dos veces el lugar, buscando indicios de que cualquiera de esas cosas hubiera estado alguna vez allí, pero no encontré ninguno.

En los setenta y seis metros cúbicos de espacio de almacenaje había solo una pequeña mochila, más bien un macuto, apoyado en la pared izquierda.

Escudriñé otra vez. A derecha y a izquierda. Nada. Nadie.

Por un momento me planteé la posibilidad de que el macuto contuviera algo peligroso, como las afiladas agujas hipodérmicas de Moreno o algún tipo de trampa que él y Ribbons hubieran colocado por precaución. Por un segundo pensé también en la posibilidad de que se tratara del dinero, pero no soy tan afortunado. O tan estúpido.

Abrí la mochila.

Ni agujas afiladas, ni trampa.

Había algo completamente diferente.

## 11

Un arma.

No cualquier arma. En la parte superior de la bolsa había una endiablada Uzi del tamaño de una pistola, con una tosca mira metálica y una culata plegable corta. La recámara no olía a pólvora y el cañón aún relucía, por dentro y por fuera. No habían disparado con ella desde hacía algún tiempo, si lo habían hecho alguna vez. Estaba completamente montada y aún metida en su bolsa original de plástico para transportarla. Se hallaba encima de tres cargadores de repuesto y una caja de munición barata, y debajo de eso había un fajo de billetes de veinte dólares, una bolsita Ziploc llena de pastillas, un teléfono móvil, un par de prospectos y un mechero. Esas eran todas las provisiones. Hurgué en el fondo y en los bolsillos laterales en busca de más cosas, pero eso era todo.

Era un pack de huida.

Un pack de huida es la primera precaución de un criminal. Yo mismo tengo unos cuantos, escondidos en varias partes del mundo. Si la cosa se va completamente al carajo, el pack de huida sirve de apoyo. Te procuras un escondite y lo abasteces con lo esencial. Así, cuando estés de mierda hasta el cuello, no tienes que ir a buscar nada. Los mejores packs son los mínimos. El que yo tenía más cerca estaba en la azotea de un edificio, en el West Side de Manhattan, colgado de un alambre en el interior de una vieja chimenea que llevaba décadas tapiada. En él había diez mil dólares, varias tarjetas de crédito, un pasaporte limpio y una Beretta. El pack de Ribbons contenía una quinta parte de ese dinero y el doble de capacidad de disparo, además de una droga que no pude identificar. Nadie pone nunca en el pack una muda de ropa.

Dejé la metralleta en el suelo. Era un modelo antiguo de Micro-Uzi, problablemente un remanente de alguna de las armas de asalto prohibidas. La munición era de importación rusa. Nueve milímetros parabellum. Puse la caja de balas encima del arma. La pasta del fondo del saco estaba gastada y reseca por el calor. Examiné el fajo. Los billetes eran todos de varios años atrás. Saqué uno y pasé la mano por el papel. Los que parecen viejos tienen más posibilidades de ser falsos. Sin filigrana. Ni impresión en color. Ni tira de seguridad. Por eso el Departamento del Tesoro cambia tan a menudo el diseño. Los falsificadores tratan de estar al día, pero les toma siempre varios años, y para entonces el papel ha cambiado otra vez. En esos billetes la diferencia estaría en el papel de algodón con filigrana. El dinero real se imprime con una mezcla única de algodón y tejido de poliéster en una fábrica en particular, al oeste de Massachusetts. El tejido le da al dinero una suavidad característica, un tacto ligeramente acartonado, porque, estrictamente hablando, no es papel. Los billetes falsos no tienen el mismo tacto. Froté el billete varias veces y lo comparé con uno que tenía en la cartera. No soy un experto, pero me pareció dinero de verdad, por muy sospechoso que fuera.

Saqué uno y le prendí fuego con el encendedor. El borde del billete prendió y se puso negro, consumiéndose con llama anaranjada en círculos negros. El dinero de verdad arde con llama anaranjada, porque es así como arde. El falso está impreso en papel corriente, que arde con llama de color rojo vivo. Agité el billete hasta que se apagó y dejé el resto del fajo junto a la munición. Dinero de verdad.

Luego saqué los folletos. El primero era un folleto a todo color, de una importante agencia inmobiliaria: había sido doblado tantas veces que con solo desplegarlo se rompió. En el otro había varias fotos de viejas casas de estilo victoriano, pero nada concreto. Dentro había un recibo de una estación de servicio de Ventnor por valor de treinta dólares de gasolina normal sin plomo, pero la fecha estaba desgastada y no se leía. Miré ambos papeles unos segundos más y luego los puse otra vez en la bolsa. Nada que me sirviera.

Abrí la bolsa de pastillas y olfateé la abertura varias veces. Era polvo blanco prensado, lo cual significaba que eran de fábrica, pero eso no dice gran cosa. Muchas drogas proceden de fábricas, incluso ilegales. En Sudamérica hay complejos industriales enteros que fabrican falso OxyContin. Pero esas pastillas no eran de Oxy. Olían ligeramente a clínica, como al suelo pulido de un hospital. Pensé que quizá se tratara de algún tipo de speed, como metanfetamina, pero podían igualmente ser aspirinas. En ese caso, uno de los tipos sufría verdaderas migrañas.

Finalmente cogí el teléfono móvil. Era de un diseño desfasado desde hacía varios años. Apreté la tecla verde y supongo que lo habían cargado, pues la pantalla se iluminó rápidamente y el teléfono se encendió. Al desvanecerse el logotipo apareció la pantalla principal y me pasé un minuto tratando de encontrar algún contacto guardado. La lista estaba completamente vacía. Entonces busqué la lista de actividad reciente. Había una serie de llamadas perdidas, de un número privado, que habían empezado aquella misma mañana, pero ni un solo mensaje de voz. La única llamada saliente era de más de una semana atrás. Prefijo de Nueva York.

Puse todas las cosas otra vez en el macuto, cogí el teléfono que Alexander me había dado, lo encendí y marqué el número de Marcus.

Alguien contestó antes de acabar el primer timbrazo.

—Cafetería Five Star.

—Tengo que hablar con él.

—¿Cómo dice?

—Dígale que se ponga al teléfono o me voy al casino.

—Un momento.

Cerré tras de mí la puerta del trastero. A menos que alguien fuese a buscarlo, el macuto se quedaría allí hasta que el contrato venciera. Al cabo de tres meses, probablemente. Me pregunté qué pasaría entonces. La policía descubre alijos de armas a menudo, pero rara vez por accidente. Habría cinta amarilla de la policía rodeando el trastero y tipos con uniforme negro rascándose la cabeza. Consideré la posibilidad de llevarme la pasta, pero no valía la pena. El pack de huida pertenecía a alguien. A Moreno, o a Ribbons, tal vez. O a Marcus, teniendo en cuenta que debía de haber sido él quien había pagado por todo aquello. Aún quedaba la posibilidad de que Ribbons apareciera, aunque esa posibilidad se iba reduciendo por momentos. Si Ribbons aparecía, yo preferiría que encontrara el teléfono.

Marcus atendió a la llamada unos segundos después.

—¿Qué hay? —me preguntó.

—He llegado bien a Atlantic City, pero Ribbons no ha pasado por el almacén. Nadie ha estado aquí desde hace días. El candado estaba cubierto de polvo.

—Se ha esfumado. No debe de haber acudido a la cita porque sabe que este es el primer lugar donde yo buscaría.

—Sí, tal vez —respondí—, pero hay algo extraño. Solo hay un pack de huida.

—¿Y qué?

—Eran dos. No iban a compartir un pack de huida. Nadie hace eso.

—¿Dónde está el otro, entonces?

—Te iba a hacer esa misma pregunta —le dije.

—¿Cómo voy a saberlo? —replicó Marcus—. Nadie le cuenta a nadie qué hay en su pack de huida, y menos aún al jefe de la banda. Lo sabes muy bien.

—Entonces te lo voy a plantear al revés. Me explicaste cómo se suponía que debía acabar la huida, pero no cómo tenía que empezar. Si todo hubiera salido según el plan, dijiste, se iban a esconder en este almacén hasta que las cosas se calmaran. Tienes que contarme qué pasaba antes de eso. Ribbons se habría deshecho de su arma y de su ropa, ¿no? ¿Y el coche para escapar? Sin duda Ribbons se habrá deshecho del coche también. Ha tenido que hacerlo. Posiblemente a pocas manzanas de distancia, incluso. En las noticias han dado una descripción del coche, pero aún no han dicho nada de que lo hayan encontrado.

—Se suponía que abandonaban el coche y lo quemaban, sí. A estas horas debería ser un montón de chatarra carbonizada.

—Y luego ¿qué? ¿Tenían que apañárselas para robar un segundo vehículo de la calle, quizá con una flota entera de coches patrulla pisándoles los talones? Tienes que contarme más cosas sobre la huida.

—Esta es la única parte del golpe que no planeé personalmente. Lo dejé en manos de Moreno. El timonel era él.

—Cuéntame todo lo que sepas.

—Era una maniobra de dos coches. Moreno tenía que cambiar el primer coche por otro que ya habrían robado y escondido en algún lado. Iban a pegarle fuego al primero y después ir con el otro al almacén donde estás tú ahora. Dejé que ellos se encargaran de los detalles.

—¿Te dijo dónde iban a deshacerse del primer coche?

—Tenían un gran edificio vacío junto a un aeródromo abandonado, a unas diez manzanas del casino. La idea era que en un edificio abandonado el coche podía arder durante horas, antes de que la policía lo encontrara.

—De acuerdo —dije—. Esto me servirá.

Colgué y saqué la batería con mi mano libre. Aplasté el teléfono con el pie y lo aparté de una patada. Salí por la puerta de entrada, subí otra vez al coche, puse el motor en marcha y me fui. La humedad de la tarde empezaba a remitir, y la luz centelleaba en las marismas y se reflejaba en los parabrisas de los coches que venían hacia mí. Al llegar a la autopista ya estaba rumiando mi plan de búsqueda. Me quedé completamente ensimismado. Quería repasar la huida de Ribbons paso por paso. Si era capaz de recrear su fuga, aún había posibilidades de encontrarlo vivo.

Consulté el reloj.

Quedaban treinta y seis horas.

## 12

El Atlantic Regency Hotel Casino fue lo primero que reconocí en la línea del horizonte. Parecía abalanzarse sobre mí en la autopista como un gigantesco obelisco de cristal, imposible de no ver. Tenía veinte plantas y una torre de radio más alta que el segundo hotel de mayor altura, lo cual hacía de él uno de los casinos más grandes del país. Un triunfo de la ingeniería moderna, pensé. La torre tenía forma de caballo blanco en un tablero de ajedrez. Tan solo dos años atrás, aquel complejo de mil millones entero no era más que una manzana de chiringuitos de playa para turistas; y helo ahí ahora. Trabajaron noche y día para levantarlo así de rápido. El letrero se veía a kilómetros de distancia.

Siempre me he sentido más incómodo con la gente que con la arquitectura. La gente llega a ser aburrida. Un edificio bien diseñado sabe guardar sus secretos. En Troya no hubo ejército humano capaz de atravesar sus muros, pero un simple truco, un caballo lleno de soldados ocultos, desbarató toda aquella protección.

Al acercarme sentí el océano en mi piel. Conduje el coche por detrás del paseo marítimo, cerca de las entradas traseras y laterales del casino, y di varias vueltas buscando dónde aparcar. No tardé en pasar por el lugar donde se había malogrado el golpe. El sitio entero estaba acordonado con cinta de la policía, y las calles en varios kilómetros a la redonda estaban abarrotadas de coches. Los equipos de los medios informativos parecían haber acampado allí para quedarse permanentemente. Todas las sucursales a menos de cien kilómetros de distancia tenían su furgoneta aparcada allí con sillas de camping colocadas al lado como si estuvieran de picnic. Había operadores de cámara con gafas de sol tomándose refrescos a la sombra, y un montón de gente. El ajetreo que había visto en las noticias se había aplacado un poco por el calor vespertino, pero seguía habiendo una muchedumbre de fisgones alrededor de la zona acordonada. Un policía de uniforme hacía que circularan. La R de «Regency» sobre la entrada había volado, y una ristra de agujeros de bala llevaba a donde había estado. Los agujeros desaparecerían probablemente a la mañana siguiente, tan pronto como la policía diera su visto bueno al casino. Pero de momento el lugar seguía pareciendo un campo de batalla, aunque los cadáveres ya no estaban.

Encontré un espacio para aparcar a un par de manzanas de distancia y volví a pie. Si me dejaban ver el lugar donde Ribbons y Moreno habían trabajado, sabía que podría reconstruir mentalmente su fuga. Podría seguir sus mismos pasos y quizá incluso ver lo que ellos habían visto. Pensar lo que habían pensado. Pasé por delante de los reporteros de televisión y me colé por debajo de la cinta policial. El poli me miró, pero yo me metí la mano en el bolsillo de la pechera, saqué la cartera y se la mostré fugazmente, como si me importara un carajo. No se parecía en nada a una placa de policía, pero gran parte de mi trabajo se basa en la confianza en uno mismo. Si actúas como que estás en tu lugar, la gente encuentra siempre la manera de creérselo.

El poli me hizo una seña para que pasara, sin más.

Las puertas del casino bajo el letrero del Regency estaban cerradas y cubiertas con láminas de plástico transparente. Todo parecía extrañamente vacío. A la hora del crimen toda la zona debía de haber estado en relativa calma, pero no de esta manera. Habían sacado todos los coches del aparcamiento y habían lavado las manchas de sangre con una manguera a presión. El sitio parecía una ciudad fantasma. El garaje era uno de esos sitios de hormigón al aire libre, donde puedes subir el coche hasta la décima planta y aparcar en la azotea, si quieres. La taquilla estaba destrozada y había un montón de cinta amarilla de precaución alrededor. Vi cómo se había frustrado el golpe a partir de los fogonazos del fusil de asalto de Ribbons. La manera en que se había desarrollado no se parecía en nada al simple plan descrito por Marcus. Aquello había sido una batalla, no un atraco.

Moreno se había quedado detrás con el fusil de caza. Le eché una mirada al lugar donde se había escondido. Las seis de la mañana significaba tráfico mínimo, si es que había alguno. Ribbons estaba puramente para atacar. Moreno había intentado matar silenciosamente a todos los guardias, pero no había podido. En el pavimento había agujeros de todos los balazos. Uno de los guardias debía de estar vivo cuando Ribbons empezó a disparar. No había otra razón para descargar tantos tiros. Vi el punto donde Ribbons había matado al último. Una ráfaga a quemarropa. Habían limpiado la sangre, pero las balas habían hecho saltar en pedazos parte del asfalto, con una agrupación de disparos muy cerrada. Había sido una ejecución.

Pasé por encima de la barrera de hormigón y me metí en el aparcamiento. Supe inmediatamente dónde habían aparcado el coche para escapar. Había agujeros de bala en las columnas y marcas de goma quemada en el pavimento. Los cristales rotos y los restos del coche ya no estaban, pero las marcas de neumático y los agujeros de bala seguían allí. Fui al lugar donde debía de haber estado el coche para escapar y examiné uno de los agujeros de la columna. Era por lo menos del calibre 30. Alguien había estado esperando a Ribbons y a Moreno. Alguien había estado en la otra punta del aparcamiento observándolos a través de la mira telescópica de un fusil de considerable potencia. La bala había penetrado por lo menos cinco centímetros en el hormigón.

El francotirador.

Marcus no había mencionado ningún francotirador, pero los noticiarios en el avión lo habían llamado «el tercer hombre». Había disparado a veinticinco metros de distancia, de una punta del aparcamiento a la otra. Con un fusil como aquel, debía de haber sido coser y cantar. Comprendí cómo había podido matar a Moreno de un solo disparo. A esa distancia, un francotirador adiestrado podría haberlos matado a los dos con los ojos vendados. Los disparos de más indicaban que el tirador era un aficionado. Había compensado su impericia con un gran número de balazos.

Lo que no entendía era la secuencia de los hechos.

El tercer hombre había disparado cuando Ribbons y Moreno ya habían terminado. Una persona normal habría tratado de detener el atraco, en lugar de esperar a que este casi acabara. Demonios, hasta un criminal vengativo habría tratado de detener el golpe antes, pues no hay nada más peligroso para la vida y la subsistencia de un criminal que un alto recuento de cadáveres. Consideré por un momento que tal vez el tercer tirador había necesitado unos instantes para preparar su fusil. Quizá no había tenido un blanco claro hasta que todo se fue a la mierda. Quizá no sabía exactamente qué iba a pasar. Quizá el fusil estaba descargado o en el maletero cuando Moreno empezó a disparar. Pero ninguna de estas explicaciones me satisfacía.

El tirador tenía que saber qué iba a pasar. ¿Qué posibilidades había de que estuviera en el sitio adecuado, en el momento adecuado, con el arma adecuada? El francotirador tenía que conocer por adelantado el plan de Marcus. Pero ¿cómo diablos podía haberse enterado? Hasta entonces, solo una vez los planes de Marcus se habían filtrado, y había sido culpa mía.

Sí, sin duda había sido premeditado. Eficiente. Quizá incluso algo personal. Alguien que sabía de antemano que se preparaba el golpe se había apostado en un punto ya previsto y había esperado al momento exacto antes de disparar el primer tiro. ¿Cuál era el objetivo? No lo sabía, pero me lo imaginaba. El tercer tirador quería el dinero que Moreno y Ribbons acababan de robar. Era un golpe doble. Ribbons y Moreno harían todo el trabajo sucio y el tercer tirador se largaría con la recompensa.

Me pregunté si se habría molestado en salir en su persecución. Probablemente no. Demasiado arriesgado. Después de que Ribbons consiguiera salir del aparcamiento, el tercer tirador había perdido su oportunidad. Salir en su persecución por la carretera no era parte del plan. Si le tomaba demasiado tiempo, o la cosa salía mal, ambos podían ser detenidos. Los polis podían estar a un par de manzanas de distancia, es cierto, pero tras un tiroteo como aquel todos los coches patrulla en varios kilómetros a la redonda se pondrían en Código 3. La persecución requeriría también que el tercer tirador abandonara su propia ruta de fuga. Ni los mejores conductores del mundo asumirían tal riesgo.

Levanté la mirada hacia las cámaras de vigilancia. Estaban varias generaciones anticuadas. Había visto imágenes tomadas con cámaras de esa época. Las matrículas parecerían borrones del test de Rorschach. En el avión, las noticias no decían nada de que la policía hubiera capturado al tipo. Quizá su coche de huida también seguía en paradero desconocido. Si así era, el tercer tirador debía de haber planeado su huida igual que Ribbons y Moreno. Quizá lo había hecho incluso mejor. Al fin y al cabo, la cara del francotirador no aparecía en las noticias.

Cerré los ojos y me puse en su lugar. Me convertí en él por un momento y viví a través de sus sentidos. Sentí el ímpetu y el peso de su fusil contra mi hombro. Me imaginé tratando de contener mi acelerada respiración mientras centraba la cruz de mi mira telescópica en la cabeza de Moreno. Me imaginé contando los latidos de mi corazón y corrigiendo la puntería por el viento oceánico. Me imaginé esperando el momento perfecto, cuando Ribbons cruzara la barrera de hormigón para volver al aparcamiento. Me imaginé apretando el gatillo, sintiendo la fuerza del retroceso contra mi hombro y viendo una nubecilla rosada, a la vez que el cuerpo de Moreno se desplomaba sobre el volante. Me pregunté qué habría estado pensando en aquel momento exacto.

Solo tenía una cosa en mente.

Matar.


Me quedé allí unos momentos más, luego abrí los ojos y parpadeé. Cuando volví en mí me encaminé al paseo marítimo, me deslicé raudo por debajo de la cinta amarilla, ante el policía, hacia la zona peatonal. Un hombre con tejanos rotos pasó volando en bicitaxi por delante de mí. Por diez pavos era un taxi lento y caro. No me servía. Me abrí paso entre la multitud, sumergiéndome en un mar de chillones colores veraniegos. Me hice invisible. Vi por primera vez el océano. Se revolvía como una gigantesca marea negra contra las dunas.

Al volver a mi coche de alquiler encendí el GPS. El dispositivo me indicó mi situación. Miré detenidamente el mapa y lo desplacé de un lado a otro usando las teclas con flechas. Para una huida, la zona parecía una pesadilla. Un lado del Regency daba al océano, otros dos daban a más casinos y el cuarto desembocaba en una arteria principal, que a su vez iba a parar a una autopista patrullada, con un peaje cada pocos kilómetros.

Memoricé el mapa mientras lo iba desplazando por la pantalla. No soy un conductor de fugas. Manejo bien el volante, si realmente hace falta, pero planear una ruta de huida no ha estado nunca entre mis talentos. Había un montón de información que el conductor que planeó el golpe debía de tener, pero yo no tenía tiempo para averiguarlo. Seguía pensando en la pista que Marcus me había dado. Un aeropuerto abandonado. Había aterrizado en Atlantic City International, a casi treinta kilómetros de distancia a través de las marismas. En aquella zona había unos cuantos aeródromos sin usar, pero estaban cien veces más lejos de lo que cualquier conductor de fugas razonable aceptaría, especialmente con el primer coche de huida. Si se trataba de una huida con dos coches, tenía que buscar algo a menos de diez manzanas de distancia, tal como Marcus había dicho. Me desplacé por el mapa unos segundos más, poniendo toda mi atención.

En algún lugar había leído que la memoria eidética no existe. Nadie lo recuerda todo perfectamente, y quien diga lo contrario miente. Lo creo, pero incluso la gente corriente recuerda más de lo que piensa. Los poetas griegos memorizaban epopeyas de cientos de páginas de extensión, y no eran gente especial. Lo hacían de una manera muy parecida a como yo memorizo mapas. Lo hacían de la misma manera que Angela me enseñó a memorizar cosas. Poco a poco y practicando mucho.

Vi todas las rutas posibles expandiéndose en mi mente, desplegándose como las ramas de un árbol.

Encontré algo prometedor, a unas diez manzanas de distancia. Era una ruta que corría paralela a la playa varias manzanas y luego entraba en uno de los barrios más pobres de la ciudad. El punto final parecía un gran espacio en blanco en el mapa. Se suponía que allí había un campo de béisbol, nada más. Me lo quedé mirando detenidamente, y al final descifré dónde habían estado la torre de control, las pistas de aterrizaje y el aparcamiento. En otros tiempos aquello había sido un aeródromo. Ahora era una zona muerta de edificios abandonados, a menos de diez manzanas del centro de la ciudad.

Ubiqué la ruta. Repasé mentalmente todos los itinerarios posibles. Estaba a menos de cinco minutos en coche. Tres minutos, sin tráfico. Dos, si conducías como alma que lleva el diablo. Quizá el tercer tirador emprendió realmente la persecución y llegó al sitio incluso antes que Ribbons.

Me esperaba una sorpresa de lo más macabra.

## 13

*Kuala Lumpur, Malasia*

Nuestro avión aterrizó a las cinco de la tarde y la ciudad hervía. Recuerdo claramente la noche. Allí era invierno y el sol colgaba del borde del horizonte, se zambullía en el océano y proyectaba en toda la ciudad una luz del color de la sangre. Habíamos seguido el sol la mayor parte de las treinta horas de vuelo. Yo lo había estado mirando por la ventanilla del avión, sobre el ala.

Marcus nos había proporcionado pasaportes nuevos a todos. El mío era de Estados Unidos y llevaba el nombre de Jack Delton. Ni siquiera parecía falso. Incluso el plastificado especial parecía auténtico cuando lo froté. Sería mi principal forma de identidad durante mi estancia en el país. Por supuesto, llevaba un segundo pasaporte, por precaución, pero solo para un caso de emergencia.

Pasamos sin atraer la atención por el control de inmigración. Fuera nos esperaba una limusina blanca. Marcus lo había organizado todo de antemano, lo cual era bueno. Yo no sabía ni una palabra de malayo y no llevaba ni un céntimo de moneda local. Dependía completamente de él.

No tenía idea de los problemas que esto me iba a traer.

Malasia no se parecía a ningún lugar que yo hubiera visto. De camino al hotel me apoyé en la puerta de la limusina y miré cómo pasaban las calles. La ciudad estaba llena de riqueza y cultura, pero toda esa riqueza y cultura estaba esparcida de una manera que a mí se me antojaba caótica. En el distrito financiero había rascacielos altos como montañas, junto a grandes espacios abiertos sin nada más que polvo y matorrales. En los parques había fuentes iluminadas como en Las Vegas, pero los límites de la ciudad eran tan pobres como los barrios pobres de São Paulo. Las Torres Petronas predominaban continuamente en el panorama, iluminadas con focos que se reflejaban en las nubes. Era su símbolo, supongo. Su Empire State Building y su Golden Gate Bridge y su cartel de Hollywood, todo en uno. Mirara donde mirase, allí estaban, resplandeciendo a lo lejos.

Cuando llegamos al hotel, estaba exhausto. La diferencia horaria con Los Ángeles era de nueve horas, y yo no había pegado ojo en las treinta horas de vuelo. Nuestra suite en el Mandarin Oriental tenía el tamaño de una casa pequeña. Entré por la puerta y me quité los zapatos casi a la vez. En la mesa había una bandeja de fruta con una tarjeta personalizada de bienvenida encima, pero yo solo pensaba en café. Fui directamente a la pequeña cocina a buscar una cafetera de filtro, mientras el resto del grupo iba al comedor y empezaba a servirse bebidas del bar. Miré por los ventanales de mi habitación, con cristal desde el suelo hasta el techo, al resplandeciente superrascacielos que teníamos delante. Para entonces ya había anochecido y las luces aparecían como fuegos artificales a lo lejos.

Había encontrado la máquina y estaba justo poniendo el café molido en el filtro cuando oí que Angela se acercaba por detrás. Al sonido de sus tacones sobre la moqueta me quedé quieto. Me recordó cuando nos conocimos.

Cuando Angela me puso bajo su tutela yo tenía veintitrés años. Yo no era una persona muy cuidadosa, entonces. De hecho, no era siquiera demasiado persona. No era más que un chaval de Las Vegas que había partido peras con la sociedad. No tenía ninguna personalidad o talento particular. Había pasado un par de años en el St. John's College de Annapolis, en Maryland, pero no me había hecho amigo de nadie. Excepto por mis estudios, no tenía ambiciones. Ni empuje. Cuando la conocí, yo soñaba con atracos sentado en el banco de un parque o durmiendo en el asiento trasero de mi coche. Cometía muchos errores de aficionado. Angela me adiestró en cómo evitarlos todos. Me enseñó a ser cuidadoso, a cortar mis últimos vínculos con el mundo normal y a vivir como una sombra. Una noche puso una sartén a calentar en el hornillo de la cocina hasta que estuvo al rojo vivo, y entonces me pidió que me pusiera el cinturón en la boca y mordiera fuerte el cuero. Con su ayuda apreté contra el metal candente la yema de los dedos, uno a uno, una y otra vez, hasta cauterizar la piel y hacer desaparecer las huellas dactilares para siempre.

—¿Estás preparando café a estas horas? —preguntó ella.

—No puedo dormir —contesté.

—Dos azúcares para mí, entonces.

Angela se sentó en el sofá frente a la cocina. Noté cómo me miraba, incluso de espaldas a ella. Vertí el exceso de agua del termo. Llené la máquina de agua y apreté el botón. La máquina empezó a hervir y a destilar café. Ella se quedó sentada en silencio mientras yo miraba cómo el café hervía hasta que la lucecita se apagó. Abrí dos sobres de azúcar para ella y serví café en dos tazas de cerámica. Removí su café con delicadeza asiendo el mango de la cuchara.

—Has estado muy callado —me dijo ella.

—Nunca había estado en esta ciudad.

—No —replicó ella—. Hablo de algo más que eso.

Le tendí la taza y me senté al lado de ella, en una silla frente a la mesa junto a la ventana. Me quedé mirando cómo movía en círculos la taza de café y observaba el interior como si leyera posos de té.

—¿Cuánto sabes de Marcus? —me preguntó.

—Sé que organiza golpes importantes. Sé que todo el mundo se hace rico con ellos.

—Pero ¿sabes algo de él? ¿Algo en absoluto?

—No —respondí—. Pero apenas sé nada de ti, y te conozco desde hace ocho años. ¿Sabes algo que yo no sé?

—Sé que es muy inteligente —contestó.

Asentí con la cabeza.

—Parece que lo tiene todo planeado. Eso me gusta. Tiene pinta de saber lo que se hace.

—Pero no sabes realmente si él sabe lo que se hace.

—Tienes razón. No lo sé.

Angela frunció los labios y dejó su café en la mesa de trabajo que teníamos al lado. Cruzó las piernas y se mordió el labio como si estuviera reflexionando sobre algo. Se tomó un poco de tiempo antes de decirlo, como si no estuviera completamente segura de qué decir o cómo decirlo.

—Yo le hablé de ti —me explicó.

No dije nada.

—Me dijo que quería tener diferentes opciones, así que le di tu dirección invisible de correo. Pensé que no vendrías. Pensé que ni siquiera lo pensarías. Tu manera de aceptar encargos no es normal. Te he visto declinar encargos que otra persona habría esperado durante toda su carrera. Pensé que él te enviaría un mensaje y que ni siquiera contestarías. Que estarías en algún lugar del Mediterráneo, leyendo uno de tus libros, a la espera de que se presentara algo más interesante. Tomando apuntes de antiguos murales romanos o lo que fuese.

—Estoy aquí —le dije.

—Estás aquí —contestó ella—, y no estoy segura de si eso me gusta.

Bajé la mirada al café y no dije nada. Angela clavó los zapatos en la moqueta, como si estuviera pensando en algo demasiado complicado para expresarlo con palabras. Nos quedamos en silencio unos momentos. Ella estaba ensimismada en sus pensamientos.

Entonces dijo:

—Quiero que me dibujes un billete de dólar.

—¿Qué?

—Ahora mismo, quiero decir; dibújame tan bien como puedas un billete de dólar.

—¿Hablas de algo hipotético o quieres que dibuje uno real?

—No. Quiero que dibujes uno real. Seguro que ves billetes de dólar docenas de veces al día. Seguro que has visto más veces un billete de dólar que los dedos de tus propios pies. No hace falta que sea perfecto. Solo quiero que me dibujes uno.

—¿Para qué?

—Considéralo parte de tu educación.

—No soy nada bueno en falsificaciones.

—No te he pedido que copies un billete de dólar, te he pedido que me dibujes uno.

—¿Qué diferencia hay?

—Tiene que ver con el billete de dólar que tienes en la cabeza —me explicó—, no con el que haya ante ti. Tómatelo como un ejercicio de percepción. Quiero ver qué recuerdas, no qué ves. Yo puedo mirar un mapa y memorizarlo en un instante. No es algo innato en mí. Me enseñé a hacerlo. Estudié laberintos hasta que fui capaz de reproducirlos de una sola mirada. Parece fácil, pero no lo es. Quiero ver cómo haces lo mismo, empezando con el anverso de un billete de dólar. Mira; hasta tengo un rotulador del color apropiado.

Abrió su bolso y sacó un rotulador verde de punta fina. Lo puso sobre el escritorio, junto al bloc de papel de carta del hotel. Me quedé mirando a Angela. Ella se me quedó mirando.

—De acuerdo —le dije.

Cogí el rotulador y empecé con un rectángulo dos veces y media más largo que ancho aproximadamente. Al principio pensé que sería fácil. ¿Quién no sabe cómo es un billete de dólar? Pero al tratar de reproducirlo mentalmente, todo empezó a desmoronarse. Había un montón de detalles. Recordaba el diseño general. Puse el número uno en las cuatro esquinas. Recordaba que el número de arriba a la izquierda estaba rodeado de un diseño floral, así que tracé un círculo alrededor. Recordaba que el número de arriba a la derecha estaba rodeado de una especie de escudo, así que añadí algo parecido. Puse un óvalo en el centro e hice un retrato muy simple de Washington, luego escribí las palabras «The United States of America» encima. Debajo del retrato escribí «One Dollar». Le di la vuelta al papel y se lo mostré a Angela.

—No —dijo ella—. Inténtalo de nuevo.

Le eché otra mirada para evaluar qué había hecho mal y arranqué otra hoja del bloc.

Empecé con el mismo rectángulo, porque sabía que esto lo había hecho más o menos bien. Puse los números en las cuatro esquinas y un círculo alrededor del de arriba a la izquierda y un recuadro alrededor del de arriba a la derecha. Puse el óvalo con el retrato en el sitio correcto y «The United States of America» y «One Dollar» también. Esta vez me acordé de que arriba de todo del billete había las palabras «Federal Reserve Note», así que las anoté, y recordé que había sellos oficiales a ambos lados, así que tracé círculos a la izquierda y a la derecha del retrato. Puse una serie de números al azar debajo de la palabra «America», y las palabras «This note is legal tender for all debts, public and private» debajo de la palabra «United». Tracé un pequeño garabato debajo de cada sello, donde se suponía que iban las firmas.

Angela me paró antes de que yo pudiera acabar.

—No, tampoco es así.

Hice una bola con el papel y empecé un tercer esbozo.

Dibujé el rectángulo. Puse los números en las cuatro esquinas. En ese momento ella me paró.

—No —me dijo.

Lancé el taco de papel sobre el escritorio.

—¿Qué quieres de mí? —le pregunté.

—Quiero enseñarte algo.

—¿Qué crees que puede enseñarme algo así?

—Quiero enseñarte a pensar sobre lo que crees que ya sabes.

Me la quedé mirando un segundo con el ceño fruncido y me mordí el labio.

Angela sacó un billete de dólar de su cartera y lo puso sobre la mesa delante de mí, con el anverso hacia arriba. Un billete flamante. No habría sido más nuevo o reciente o nítido si lo hubieran impreso y cortado el día anterior.

Me quedé mirándolo.

Era blanco y negro. Solo los números de serie y el sello del Departamento del Tesoro eran de color verde. Mis ojos se quedaron clavados allí, absortos en la negrura y la blancura del billete.

—La memoria es una cosa extraña —dijo ella—. Recordamos el dinero de Estados Unidos como si fuera verde, aunque solo el reverso de los billetes lo es. Pero, aquí, la lección no es esta.

Yo no podía apartar la vista de aquel billete.

—Esta lección es sobre confianza en uno mismo.

Angela recogió el rotulador verde, se levantó y se fue. Su café se fue enfriando sobre el escritorio y se quedó allí hasta la mañana siguiente, cuando yo finalmente tuve el valor de tirarlo. El billete de dólar duró más. Aún lo tengo en algún lugar. Lo guardo como recordatorio de algo. No sé bien de qué.

Al día siguiente nos pusimos a trabajar.

## 14

*Atlantic City*

Seguí la ruta corta y llena de curvas por el centro de la ciudad, reconstruyendo mentalmente la huida de Ribbons. Me lo imaginaba conduciendo delante de mí, exprimiendo al máximo el destartalado coche de la huida, hasta que el chasis temblara y el capó echara humo. Ribbons forcejeaba con el volante. Las llantas del coche echaban chispas. El aceite y el líquido refrigerante goteaban. Pero Ribbons seguía conduciendo. Tenía que hacerlo. O eso o volver a la cárcel.

Salir de la zona de los casinos era como saltar desde el borde de la tierra. En el paseo marítimo, la ciudad bullía de comercio. Cinco manzanas más abajo, el entorno parecía un país del tercer mundo. En solo tres minutos de coche pasé de apartamentos de cien millones de dólares a suburbios desolados. Ese no barrio semejaba la boca de un adicto al crack: hileras de casas adosadas idénticas despuntaban como dientes torcidos y picados, con grandes huecos entre ellos.

Pasé una valla rota que el Ayuntamiento había puesto alrededor del aeródromo abandonado para que nadie entrara. El lugar no parecía gran cosa; o no parecía nada, realmente. Habría pasado de largo si no hubiera estado buscándolo. El motor del Civic era lo único que se oía. Cerca de allí vi un estadio de béisbol con todas sus ventanas y puertas tapiadas con madera contrachapada. Pasé por delante de otra valla oxidada que separaba las pistas de aterrizaje de lo que había sido el aparcamiento del aeropuerto. En otra época habría habido controles de seguridad y reflectores y cámaras de circuito cerrado cada quince metros. Ahora, las únicas luces llegaban al anochecer, desde el otro lado del estrecho brazo de agua salada al final de la pista, donde los casinos proyectaban largas sombras sobre los restos de conductos y bloques de hormigón donde había estado la torre de control. Rastrojos rojizos se abrían paso entre las grietas del pavimento.

El motor se fue enfriando con unos pequeños chasquidos metálicos. Salí del coche y el calor me pegó en la cara.

Era un sitio más pequeño de lo que uno podría pensar. Parte de él había sido reacondicionado, parte de él no. Un par de lugares parecían casi un parque público; un par de otros eran pura ruina urbana. Montones de basura. Restos industriales. Coches quemados y mobiliario embarrado. Había hectáreas de edificios vacíos y bloques de hormigón pintados con espray que habían sido desprendidos por equipos de recuperación, pero nadie se los había llevado. En la valla vi varias aberturas por las que se podía entrar en coche, pero no lo hice. Me agaché por debajo de una de ellas y entré a pie. La naturaleza había empezado a recuperar la tierra. Lo que habían sido vías para furgones de equipaje y fosos para luces de señalización se habían convertido en caminos de tierra y brechas en el cemento. La pista de aterrizaje volvía a ser un campo y la pintura se había cuarteado hacía mucho tiempo. Supuse que de vez en cuando pasaba alguna patrulla, pero no había indicios de actividad reciente. Las señales de «Prohibido el paso» estaban todas desvencijadas y repintadas con indescifrables grafitis callejeros. Era como un desguace sin dueño. Eché a andar entre todo aquello y me fui acercando al centro, donde había un grupo de edificios abandonados. Un poste de portería de fútbol y dos contenedores de basura rojos vacíos, inexplicablemente volcados sobre la tierra, hacían guardia frente a la pista del fondo.

El primer edificio, que supuse que había sido un hangar, estaba cerrado por fuera con una cadena que había resistido a muchos vándalos. Estaba unida por un candado de combinación numérica de cuatro dígitos, que enganchaba dos eslabones teñidos de óxido. El candado y la cadena estaban pegados por la herrumbre.

El segundo hangar tenía más o menos el mismo aspecto. Había una pila de basura entre uno y otro y olía a desperdicios en descomposición y excrementos de animal.

Eché a andar hacia el tercer hangar.

Pero entonces lo oí.

Era un repiqueteo penetrante, algo entre el sonido de metal contra metal y el tañido de una campana. Era lo bastante débil para que apenas pudiera oírlo por encima de la brisa.

Durante unos vagos instantes esperé, escuchando, pero solo oí los latidos de mi corazón. Entonces se levantó el viento y el hedor de la basura me llegó más fuerte. Miré a mi alrededor, por si había alguien. Fui despacio, muy despacio, en la dirección de donde creía que había venido el sonido. Doblé la esquina, de vuelta hacia el segundo hangar. Este tenía una doble puerta corrediza como la de un establo, hecha para ser abierta desde el centro. En sus buenos tiempos, aquel edificio debía de haber protegido de los elementos a media docena de aviones privados. Ahora olía como cualquier otro almacén enmohecido. Le eché un vistazo de cerca a la cadena que unía las dos partes.

Estaba rota por dos sitios.

La puerta estaba entreabierta varios centímetros. El interior del hangar estaba oscuro como boca de lobo. Dos juegos de marcas de neumático llevaban allí. Las sorteé con cuidado. Huellas de coche. Recientes. En ese momento se me cortó la respiración.

Sangre.

En la manilla de la puerta derecha del hangar había una pequeña mancha rojiza, con forma de huella de dedo pulgar. La sangre estaba corrida de manera desigual sobre la manilla, colgando en espesos coágulos allí donde se había secado y empezaba a pelarse.

Descorrí las puertas del hangar.

# 15

Dentro estaba el coche de huida.

Era un Dodge Spirit blanco del 92, o por lo menos había sido blanco, antes de chocar varias veces y recibir varios tiros de fusil. Había grietas con forma de telaraña en el parabrisas, donde las balas habían atravesado el cristal y habían dejado pequeños círculos perfectos. Las manchas de herrumbre en la carrocería eran tan hondas que la pintura se había empezado a pelar, y los cuatro neumáticos estaban tan deshinchados que parecían tiras de papel envolviendo el tapacubos.

El viejo hangar daba sensación de caverna. En los tiempos en que el aeropuerto aún funcionaba, un hangar de ese tamaño podía alojar a cuatro aviones de hélice uno detrás de otro, o a un Cessna de cinco ventanillas, dos veces más pequeño que el Sovereign de Marcus. Ahora el suelo metálico estaba lleno de mugre y de cristales rotos, y el delgado material aislante de las paredes se estaba pudriendo desde dentro. Agua estancada había formado charcos debajo de los tragaluces rotos. Cuando el aeródromo cerró sus puertas, la ciudad debió de haber rescatado todo lo que tuviera valor. Hasta el plexiglás. Ese habría sido el sitio perfecto para que Ribbons se deshiciera del coche de huida usado y tuviera escondido el que iban a utilizar después. Era un lugar mugriento y pasaría fácilmente inadvertido, pero no estaba a más de cinco minutos de coche del Regency. Y yo había hecho el trayecto con tráfico.

Antes de hacer nada me puse mis guantes de piel. Quizá no tenga huellas dactilares, pero las manos de cualquiera tienen más características identificadoras de las que creeríais. Mi piel sigue segregando fluidos que mis yemas dejan con un singular dibujo de cicatriz. Solo un experto las reconocería, pero sigue siendo posible. Y luego está el ADN, que un tipo listo podría identificar. No es que yo esperara que me pillaran por algo así, pero no iba a correr riesgos innecesarios.

Rodeé cuidadosamente las marcas sobre el polvo, donde los neumáticos de los dos coches habían arrastrado barro del campo. Supuse que un juego de huellas era de Ribbons entrando con el Dodge, y el otro juego de cuando salió con el segundo coche. Eché un vistazo dentro a través del parabrisas parcialmente destrozado. Había agujeros de bala por todas partes. Agujeros grandes, del fusil. En la tapicería del lado del conductor había grandes manchas de sangre que bajaban hasta el hueco de los pedales. La sangre se había adherido a la fibra en costras, como un tinte permanente. Aún era casi toda líquida, pero muy espesa y oscura por la coagulación. Os sorprenderíais de lo rápido que esa sustancia se infiltra y se coagula. Cuesta mucho de quitar. Hay que limpiarla con agua fría y lejía. Una vez tuve que hacerlo, tras un trabajo. Me incliné por la ventanilla del conductor. Había fragmentos de hueso y sustancia gris desparramados por el interior, también. En algunas partes esta era tan espesa que apenas parecía real.

Las gotas de sangre cuentan cosas, y si uno sabe qué buscar, no son difíciles de interpretar. Cuando le dispararon, Moreno debía de estar en el coche. Las gotas del parabrisas eran finas, de menos de un milímetro de anchura, y se habían empezado a secar, lo cual indicaba que tenía la cabeza cerca del volante y que el impacto llegó por detrás. La bala había entrado en el cráneo por detrás de la cabeza y había salido por la frente. Había una salpicadura por fuerte impacto, pero nada indicaba un desangramiento posterior. El disparo lo había matado al instante. Gran calibre. Buena puntería.

Le eché una mirada a la sangre de Ribbons. Incluso con tanto estropicio, pude ver cuál era la sangre de cada uno.

La sangre de Ribbons era de un carácter diferente. Las manchas eran más grandes. Las gotas de la sangre salpicada por Ribbons tenían siete milímetros de anchura y formaban un estrecho grupo. Habían manchado toda la parte izquierda del asiento del conductor, desde cerca de la altura de los hombros hacia abajo. Eso no era sangre salpicada por un disparo. Imposible. Era un desangramiento posterior, que debía de haber tenido lugar después del impacto de bala inicial. Grandes gotas como aquellas sugerían una salpicadura pasiva, lo cual me decía que Ribbons había arrojado el cuerpo de Moreno fuera del coche, y que él mismo se había llevado un balazo antes de pasar al asiento del conductor. Examiné el interior del coche pero no encontré la salpicadura por fuerte impacto de la herida inicial de Ribbons, así que le debían de haber disparado fuera del coche.

Me puse en su lugar un minuto. Cerré los ojos y sentí cómo su pánico y su dolor me envolvían como una enorme ola. Ribbons se movía por puro instinto. El plan de huida era lo único que él sabía. Lo único en lo que él confiaba.

Tras un ligero parpadeo miré el coche con más detenimiento. Había marcas de herramienta entre la ventanilla y la goma aislante, donde uno de los dos había hecho saltar el seguro. Era un coche robado porque sabían que tenían que deshacerse de él inmediatamente. En el posavasos había una botella vacía de bourbon barato.

Me tuve que tapar la nariz con la manga. El coche apestaba.

Era un olor como de aire acondicionado, pero fétido. Tenía algo de sulfúreo y químico, como gasolina mezclada con quitaesmalte. La sangre y la sustancia gris no huelen así. Dirigí la luz de mi teléfono móvil al interior, por las ventanillas del coche. Entre los asientos delanteros había un pequeño estuche de piel. Cuando nos conocimos en Dubai, Moreno llevaba bajo el brazo un estuche igual. No le había preguntado nada porque sabía que dentro habría una cuchara torcida, un mechero, papel de aluminio y una pipa de cristal. Era un estuche para fumar farlopa y metanfetamina. Moreno me habían contado que prefería inhalar la droga evaporada con un billete enrollado. Cuando no estaba fumando o bebiendo se rascaba las pústulas de la cara. Cuando lo conocí, se rascaba y se rascaba y se rascaba.

Pero el olor no era de eso.

La farlopa tiene un olor acre y ligeramente metálico. Me he rodeado de suficientes brutos y adictos como para saberlo de primera mano, aunque siempre he rehusado unirme a ellos cuando me lo han ofrecido. No olía en absoluto a aquello. Era mucho peor.

Rodeé el coche para ver el otro lado. El hedor parecía empeorar cerca del maletero. Había salpicaduras de sangre en el tapacubos de la rueda de la izquierda, y trocitos de cráneo ensangrentados en la moldura del guardabarros. Dios. Por un momento me imaginé a Ribbons aterrado, arrojando el cuerpo de Moreno a la acera y dando marcha atrás. El coche había pasado por encima de la cabeza de Moreno y se la había aplastado. El maletero estaba cerrado. Me tomó un minuto encontrar la palanca de abertura. Dentro encontré un petate negro con cajas de munición de fusil vacías, de importación barata. Las cajas estaban recortadas como con abrecartas. Solo quedaba un cartucho lleno, que examiné: 7,62 × 39 mm con núcleo de acero, con toda probabilidad para el AK-47 de Ribbons. Debió de haberlo perdido durante la agitación o se le cayó mientras llenaba los cargadores. Me guardé la bala en el bolsillo y abrí el compartimento de la rueda de recambio, por si el olor procedía de allí. No. Abrí una de las puertas del asiento trasero.

Debajo del asiento había un maletín blando de piel, con más munición dentro. Pasé un dedo enguantado por la ventanilla del copiloto y palpé las grietas del cristal. El guante salió manchado de suciedad y de restos de sangre. Las dos balas habían atravesado la tapicería. Se habían quedado incrustadas muy al fondo de los asientos, si no los habían traspasado completamente.

Saqué la cabeza de dentro del coche, cerré la puerta, avancé unos pasos y tiré de la puerta del copiloto. No tenía el seguro puesto. Al examinar la guantera encontré una bolsa de plástico con más de media docena de botes de color naranja llenos de pastillas. Hemostabil, ibuprofeno, dextrometorfano, diazepam, fenobarbital.

Reconocí varios. El ibuprofeno era el ingrediente principal de varios analgésicos que se pueden comprar sin receta. El dextrometorfano era un medicamento para la tos. El diazepam y el fenobarbital eran sedantes, probablemente para calmarse los nervios y bajarse el colocón de cristal. Así juntos parecían el cóctel de combate que, según había oído, los soldados insurgentes solían tomar en Sudamérica. Detrás de las drogas había un bote de aerosol con una etiqueta que decía «QuikClot». Reconocí la marca, pues la había visto algunas veces en las noticias, algunos años atrás, durante la segunda guerra del Golfo. Los soldados se rociaban con eso y las heridas coagulaban y dejaban de sangrar un rato. Salvó varios cientos de vidas, así que luego se distribuyó en Estados Unidos para los hemofílicos. Cualquiera lo podía comprar, si sabía dónde buscarlo. La tirita del futuro, en formato aerosol.

Me imaginé a Ribbons aparcando el coche y apresurándose a vendarse la herida. Pero las heridas de bala son complicadas. Sangran profusamente. Si Ribbons era listo se habría tapado la herida con algo blando, como un trozo de tela o hasta un pedazo de panecillo de hamburguesa, y luego lo habría atado con una tira de su camisa o con un trozo de plástico. Con QuikClot y primeros auxilios básicos, Ribbons podía haberse mantenido consciente durante horas después de su herida de bala.

Abrí el maletín de piel entre los asientos y no me sorprendió nada lo que encontré. Había una cuchara torcida que olía a vinagre y un par de hipodérmicas nuevas. También había dos gramos de metanfetamina de cierto tono rosado. Puse el dedo en la metanfetamina y la probé. Estaba adulterada con alguna clase de aromatizante con sabor a fresa. Cuando el golpe se fue al traste, aquellos dos debían de llevar un colocón de la hostia.

En el suelo del asiento trasero vi un Colt 1911. Me aupé un poco en el asiento del copiloto y examiné la ventanilla trasera hecha añicos. Ribbons debió de haber usado el Colt contra algo que tenía detrás, girándose en el asiento y disparando por la ventanilla. ¿A quién había tenido detrás? ¿Lo perseguía la policía, o el tercer tirador, o había ocurrido todo en los cerca de diez segundos que habían pasado hasta que Ribbons pudo poner en marcha el motor?

El espantoso hedor apenas me dejaba pensar. Volví a oír el mismo pitido de antes, esta vez muy cerca de mí.

Saqué mi teléfono móvil y marqué el número de Ribbons dígito a dígito. Apreté el botón de llamada y un segundo después un fuerte pitido entre campana y chirrido metálico llegó de la puerta del lado del conductor. Resonó en las grandes paredes del hangar.

Encontré el teléfono, un modelo de bisagra antiguo, bajo el acolchado del asiento manchado de sangre. Veinte llamadas perdidas de un número privado. La última llamada entrante contestada era de las cinco de la mañana. Había una llamada rechazada a las seis menos dos minutos, y luego otra a las seis y dos minutos. También había varias docenas de mensajes de texto. Todos ellos «Tu padre te necesita», todos de un número privado. La lista de contactos estaba vacía.

La última llamada entrante era mía.

Salí otra vez del coche y volví al maletero. El olor era repugnante y me ofuscaba. Puse una rodilla en el suelo y con la luz del teléfono móvil enfoqué debajo del bastidor. Me cubrí la boca y la nariz con la manga. Cuando miré debajo del maletero la vista se me nubló. Entonces vi el origen del olor.

Dios mío.

# 16

Debajo del coche había una lata plateada y marrón con veinte litros de gasolina. La válvula estaba rota y el líquido se había derramado poco a poco formando un gran charco. En un lado de la lata había un signo amarillo de peligro. Supe instantáneamente qué era. Nafta, también conocida como combustible Coleman, compuesto de petróleo y brea vegetal. Extremadamente inflamable. Se iba evaporando poco a poco debajo del Dodge.

Peor aún, llevaba más de doce horas allí.

En mis inicios me juntaba con quien podía para atracar bancos. Conocí a un timonel, un tipo meticuloso y pulcro. Llevaba siempre el pelo impecable, con aquella gomina que solían vender en latitas redondas. Era la clase de tipo al que le gustaba la palabra «fino». Coche fino, aspecto fino, trabajo fino. Conducía un Shelby GT500 plateado tan bien conservado que parecía traído a través de una máquina del tiempo. Tenía un motor tan reluciente como un anillo de boda y una capa de pintura tan flamante como una novia en su día de bodas. El tipo adoraba aquel coche. Después de un atraco en Baltimore, donde colaboré con él haciéndome pasar por un cliente adinerado, huíamos de la policía con seiscientos mil pavos en bonos al portador, y de alguna forma se descubrió que íbamos a cambiar nuestro coche por el GT. Una vez en el 500, el timonel no vaciló. Aparcó en el primer sitio que le pareció seguro, bajó del coche y se metió en una tienda mientras yo robaba del aparcamiento de un hotel un tercer coche de huida. Con una tarjeta de crédito de prepago compró una lata de veinte litros de nafta sin que la chica del mostrador sospechara nada. Vertió la lata entera por la ventanilla del conductor, y con una cerilla le pegó fuego a la única cosa que había amado. Aquel Shelby era su vida. El combustible hizo arder el coche hasta el chasis. Hasta el bloque del motor. Su coche clásico estaba completamente carbonizado cuando la policía llegó. Su radiocasete recién estrenado. Su parachoques de época. Sus asientos de piel hechos por encargo, todo achicharrado. Del golpe sacamos suficiente dinero para comprar una flota entera de GT500 como aquel, pero el que se compró después no era lo mismo, me dijo. El combustible Coleman le había carbonizado el alma también.

Di tres pasos atrás al recordar cómo lo había llamado mi timonel.

Gasolina de incendios.

Me aparté deprisa de los gases tóxicos. Ya más lejos, respiré largo y hondo. Había visto de qué era capaz esa cosa. Cartuchos de escopeta derretidos en un charco de plástico. Casquillos de bala deshechos en metal chamuscado. Un cuerpo humano ardería hasta que incluso los huesos fueran cenizas.

Pensé en darme la vuelta y acabar lo que Ribbons había empezado. La menor chispa carbonizaría hasta la última pizca de evidencia. Ardería todo como en San Juan. Las drogas se evaporarían. Las balas se fundirían como soldadura en el chasis. El hangar entero quedaría calcinado.

Este era el problema.

En ese lugar había pruebas que yo había pasado por alto. Para un experto, aquel coche podía explicar muchas cosas. Hasta el momento me había explicado el estado de ánimo y de salud de Ribbons, y sus planes de huida. Pero había más cosas. ¿Qué pasaba con las huellas de neumático que salían del hangar? ¿De qué tipo de coche eran? Además, a partir del momento en que yo le arrojara una cerilla al cacharro, la policía no tardaría en ponerse en camino y aparecer, y en aquel lugar me quedaban aún cosas por hacer.

¿Por qué Ribbons no le había pegado fuego al coche, para empezar? Con la gasolina de incendios ya derramada en el suelo,

¿por qué no había rematado el asunto? Estaba todo preparado para la quema, así que no habría costado nada. Solo tenía que encender una cerilla. Prender una cerilla puede costar cuando llevas guantes y además tal vez sufres un choque séptico a causa de una herida de bala, por no decir que temblequeas bajo los efectos de un cuarto de gramo de cristal, pero no podía haber sido tan difícil. Tal vez intentó pegarle fuego al cacharro, pensé. Las cerillas no son tan fiables como la gente piensa. Ocho de cada diez veces, una cerilla encendida se apaga antes de llegar al suelo. Y en ocasiones, aunque llegue encendida a la gasolina, nada ocurre. Una vez vi cómo un tipo arrojaba un cigarrillo encendido en un cubo lleno de gasolina. Chisporroteó y se apagó, tal como él había predicho. El fuego necesita combustible y oxígeno. Los combustibles líquidos, especialmente dentro de un recipiente, a menudo no tienen suficiente oxígeno para prender con una pequeña llama. Pero algo no encajaba. Si Ribbons se había convencido de llegar a aquel punto, habría hecho cualquier cosa para pegarle fuego a ese Dodge. La evidencia que dejaba podía sentenciarlo. Joder, incluso si se había quedado sin cerillas, podía haberlo abrasado todo con un fogonazo de su fusil de asalto. Debía de haber algo que yo no había sabido ver.

Cogí otra vez el teléfono móvil y me quedé mirando los números unos segundos. Atlantic City. El número me volvió a la memoria, como un recuerdo inconsciente.

«Servicios de conserjería para ejecutivos.»

La línea se conectó un segundo después.

—Alexander Lakes al habla.

—Necesito un timonel.

—¿Cómo dice?

—Necesito a alguien que sepa de coches. ¿Proporcionan ustedes servicios, o solo suministros?

—Trabajamos con varios mecánicos de la ciudad. ¿Dónde quiere que se lo…?

—No necesito un mecánico. Necesito un timonel, no alguien que me repare una caja de cambios. Busco a alguien que le eche un vistazo a unas huellas en el barro y me diga de qué tipo de coche son. Alguien discreto, que no haga preguntas y quiera cobrar en efectivo. Necesito a alguien que sepa de coches como yo sé respirar.

Lakes se quedó en silencio unos segundos. Pensando.

—Se lo podemos conseguir —dijo.

Me quedé escuchando mientras Lakes cambiaba de habitación con el teléfono. Por la naturaleza de mi trabajo, el repertorio de nombres y de números de teléfono que guardo en la cabeza cabría en una sola tarjeta. Cuento con que peristas y maquinantes conozcan a la gente por mí. Es más seguro, por lo general. A lo lejos oía grillos, hasta que Alexander se puso al teléfono otra vez.

—Tengo a un hombre llamado Spencer Randall, con quien ya he trabajado antes. Ha hecho alguna conducción de emergencia para clientes nuestros. Muy profesional, muy discreto. Y uno de los mejores conductores que he conocido.

—¿Sabe de coches?

—Más que nadie.

—¿Vive en la ciudad?

—Tiene un taller de coches en Delaware.

—¿No tiene a nadie más cerca? Delaware está demasiado lejos.

—Tal como ya le mencioné, no guardamos una lista de clientes. Solo de recursos.

Hice un gesto de contrariedad y pregunté:

—¿No tiene realmente a nadie más que a Randall?

—Lo siento, señor. Si me da unas pocas horas…

—Deme el número.

De fondo oía el murmullo de un ordenador y el sonido de un televisor con el volumen bajado en la otra punta de la habitación. Me pareció oír a unos niños que jugaban. Lakes me recitó el número despacio y me bastó con escucharlo una vez. Corté la llamada y marqué el nuevo número.

El teléfono sonó siete veces.

Quien contestó estaba evidentemente en un taller mecánico. El hombre del otro lado de la línea se aclaró la garganta.

—Spencer Randall al habla. ¿Quién es? —preguntó.

Su voz era suave y demasiado nasal.

—Me llamo Jack —le respondí.

—¿En qué le puedo ayudar, Jack?

—Necesito un timonel.

La línea se quedó en silencio un momento. «Timonel», un término casi exclusivamente del mundo del crimen, que se remonta a los inicios de los atracos profesionales, antes de John Dillinger y de la mafia de Chicago. Fue acuñado por un alemán llamado Herman Lamm, el primer maquinante. Militar retirado, fue la primera persona que planeaba golpes como si fueran operaciones tácticas. Antes de él, los atracos eran caóticos, sangrientos e improvisados. La palabra que Lamm eligió para el conductor de huidas era el nombre que los capitanes de barco daban al tipo que gobernaba el buque, pues, en la época, «conductor» aún se asociaba a caballos y carruajes.

—¿Quién le ha dado mi número? —preguntó Spencer.

—Un hombre llamado Lakes. ¿Lo conoce?

—Sí, lo conozco —respondió.

—Me ha dicho que está usted en Delaware —le dije.

—En Wilmington. Tengo un taller.

—Yo estoy en Atlantic City. Le daré mil dólares si me dedica una hora de su tiempo, pero tiene que ser ahora mismo.

—Antes quiero saber los detalles.

Me paré un momento a pensar qué debería decirle.

—Creo que sería mejor si lo viera usted mismo.

—Entonces mi respuesta es no. No hago ningún trabajo sin tener información de antemano. Ni siquiera debería estar hablando ahora con usted. Joder, no sé quién es. No reconozco su voz. Podría estar usted metiéndome en una ratonera de la policía.

—No es nada de eso.

—Entonces ¿qué es?

—Solo le pido que le eche un vistazo a algo y me diga qué es. No correrá ningún peligro.

—Quiero más de mil pavos. ¿Cuánto saca usted de esto?

—Nada.

—Y una mierda. Nadie trabaja por nada.

—Entonces yo debo de ser nadie. Ahora o nunca, Spencer.

—Que sean cinco mil. Y no huyo de la policía. Si me hacen luces paro el coche. Por lo que a mí respecta, se trata de un asunto del todo legal.

—Tres mil.

—Hecho. ¿Dónde quiere que nos encontremos?

Consulté mi reloj.

—En el cine que hay junto al aeropuerto —le dije—. En la salida de Pleasantville. No tiene pérdida. Dentro de una hora.

—Estoy a tres horas de distancia.

—Usted es un timonel. No quiero un conductor dominguero.

Colgué el teléfono y lo tiré. Antes no lo había notado, pero incluso al aire libre empezaba a oler el combustible. La nafta se evapora limpiamente. Hay quien la usa para quitar pintura. Pero se tarda un poco. Especialmente con toda una lata de veinte litros. Me giré hacia los contenedores de basura y aplasté el teléfono con el pie. Se partió en dos sobre el polvo y el ácido de la batería se desparramó como ketchup de sobre.

Hora de ponerse en marcha otra vez. Una hora, tres mil dólares y un teléfono por un timonel. No estaba mal, pensé.

Eché a andar hacia el Civic y miré el reloj mientras me agachaba para salir por la verja. Las nueve de la noche: quedaban treinta y tres horas.

Entonces vi que un Chevrolet Suburban negro me esperaba.

# 17

Estaba aparcado al otro lado de la calle, cerca del antiguo estadio de béisbol, con el morro asomando detrás de un contenedor, como si fuera un elefante escondiéndose tras un árbol. Tenía los cristales ahumados y la rejilla del motor parecía unos dientes gruñendo con el logotipo de Chevrolet pegado. Antes no estaba allí.

Ya era oficial.

Me estaban vigilando.

No estoy acostumbrado a eso. Buscado, sí. Perseguido, ciertamente. Pero no vigilado. Se supone que nadie sabe quién soy. De esto se trata. Se supone que no hay ningún indicio de mí. Ni teléfonos, ni casas, ni novias, ni hipotecas, ni contactos. La policía puede perseguir a un ghostman durante unas cuantas manzanas hasta la autopista en los treinta segundos inmediatamente posteriores a un atraco; o un agente de la Interpol puede seguir pistas de alguna de sus identidades de ciudad en ciudad durante un tiempo, pero nadie nos acecha nunca. Esto es exactamente lo que no tiene que pasar.

Entonces ¿cómo diablos habían dado conmigo?

Al entrar en el coche ajusté el espejo retrovisor para verlo mejor. El Suburban estaba a unos cincuenta metros detrás de mí. No tenía matrícula en la parte delantera y había rastros de barro en sus neumáticos. Me quedé pensando un momento. No conocía trucos para despistar a un perseguidor. Había visto a timoneles despistando a la policía de cincuenta maneras diferentes, e incluso recordaba algunas, pero esto era completamente distinto. Despistar a un perseguidor es un asunto lento y espontáneo, no rápido y coreografiado. Cuando después de un atraco te persiguen has tenido tiempo para prepararte. Conoces todas las calles de la ciudad y has hecho la ruta un centenar de veces. Te has instalado con una silla plegable en la cuneta de la carretera y has cronometrado los intervalos de tiempo entre un coche y el siguiente. Cuando te acechan tienes que improvisar.

Arranqué el motor del Civic despreocupadamente, como si no los hubiera visto, y salí a la calle doblando a la izquierda. Traté de conducir con normalidad, pero era más difícil de lo que había pensado. No dejé de mirar por el retrovisor. El Suburban salió de detrás del contenedor y se mezcló entre el tráfico. Se quedó a dos coches de distancia, lo cual era una maniobra bastante inteligente. Nadie presta atención a algo que está a tanta distancia. En mi espejo solo alcanzaba a ver su portaesquís.

Crucé el puente y atravesé el parque en dirección al Regency. Cuanto más me acercaba al centro de la ciudad, más denso era el tráfico. Era una tarde de playa, lo cual significa mucho tráfico. La gente se disponía a volver a casa o a salir a algún sitio. Había colas de ocho coches en cada semáforo. El Suburban recortó la distancia que nos separaba y dio un volantazo para colarse por el carril de giro. Esos tipos eran buenos, pensé. El conductor temía que yo me pusiera el primero en algún cruce y luego me saltara un semáforo en rojo antes de que ellos llegaran. Si se quedaban a dos coches de distancia con tráfico, no podrían seguirme. De cerca, si yo me saltaba un semáforo, ellos podrían dar gas y perseguirme.

Continué conduciendo. Seguí las señales hacia la autopista de Atlantic City. La ruta me llevó al otro lado de la ciudad, más allá del casino Regency. Llegué a la entrada de la autovía y me metí en el carril que iba a Filadelfia. El todoterreno redujo un poco la velocidad y se mezcló entre el tráfico, dejando otra vez un poco de distancia entre ambos. Dos coches entre los dos. Me puse en el carril izquierdo. Se puso en el carril izquierdo. Aumenté la velocidad. Aumentó la velocidad.

Cogí mi último teléfono y marqué el número de Lakes.

—Servicios de conserjería para ejecutivos —dijo Lakes.

—Soy yo. Voy a necesitar otro coche.

—¿Ha tenido algún problema con el Civic?

—No —respondí—. Pero tengo que cambiar de vehículo. Algo diferente. Cuanto antes mejor.

—¿Por qué?

—Pensaba que era usted de los que no hacen preguntas.

—Disculpe, señor. Se lo puedo conseguir ahora mismo.

—Quiero un Chevrolet Suburban negro. Modelo nuevo. ¿Puede conseguirme uno?

—Sí, señor —contestó—. ¿Quiere que nos encontremos en algún lugar concreto?

—No —contesté—. Déjelo en el aparcamiento del Chelsea. Y asegúrese de que sea negro. Tiene que ser negro, ¿entendido? Ponga la llave con el resto de las cosas que tiene para mí. Iré a buscarlo cuando esté listo.

—Tendré que devolver el Civic, por supuesto.

—Puede recogerlo detrás del cine de Pleasantville. Lo aparcaré cerca de la salida de emergencia. Ya sabrá dónde encontrar la llave. Y cuando se deshaga de él, no quiero ver ese coche nunca más. Devuélvaselo al concesionario y haga desaparecer la documentación. Consiga el otro coche en otro lugar y con una identificación diferente. ¿Comprendido?

—Me sería mucho más fácil si me explicara la situación —me dijo Lakes.

—Lo ha entendido al revés. Usted está para facilitarme las cosas a mí, no yo a usted.

Colgué el teléfono.

Miré por los retrovisores. El Suburban se lo estaba tomando con calma. Me seguía despacio. Yo ya tenía otro plan para despistarlo. Lo había hecho una vez en Las Vegas, huyendo de la policía. Aquella vez funcionó, pero estuve a punto de matarme. Valía la pena probarlo.

Reduje la velocidad hasta ponerme a ochenta kilómetros por hora y me cambié al carril de la izquierda. El Suburban hizo lo mismo. Cruzamos las marismas y seguimos varios kilómetros más hasta Pleasantville y luego hacia los bosques de pinos. La salida hacia el aeropuerto se acercaba. Esperé a ver el letrero. «Vamos, vamos, vamos…»

El letrero de la salida asomó por fin en el horizonte.

Entonces di un volantazo a la derecha sin poner el intermitente. Mi coche cruzó los cuatro carriles de golpe en un largo y peligroso viraje. Pisé el acelerador a fondo hasta casi quemar el motor, y fui hacia la salida dando bandazos entre los cuatro carriles de tráfico. Los coches que tenía detrás me maldijeron a golpes de claxon. Se oyeron frenos chirriando. Un Mazda verde hizo un trompo y perdió el control. Chocó contra el quitamiedos y soltó una lluvia de chispas al rascar varios metros de metal. El Suburban zigzagueó un poco, se salió del carril y luego se perdió.

Tomé la salida del aeropuerto a toda velocidad.

En el cruce en trébol di la curva como en una máquina de millón. La calle de debajo de la rampa estaba totalmente desierta, así que apreté a fondo en el paso elevado y volví a la autopista en la otra dirección. No llegué a tocar el freno.

Seguí vigilando por el retrovisor y después de que el Suburban no reapareciera en dos minutos enteros dejé escapar un suspiro de alivio y aminoré la velocidad. Dejé la autopista dos salidas después y circulé por calles laterales antes de parar en una gasolinera de las afueras de la ciudad. Aparqué en la parte de atrás y esperé con las luces apagadas, observando los coches que pasaban zumbando por la carretera. Debí de pasar diez minutos así, esperando ver el Suburban negro pasando a toda velocidad. No pasó.

Encendí el motor y conduje hacia el cine.

## 18

Era un gran multicine, la clase de sitio en que las palomitas se preparan en recipientes de cuarenta kilos. Tenía dieciséis pantallas y una franja roja alrededor de todo el estucado exterior. Parecía menos un cine que un almacén. Estaba frente a una carretera y un aparcamiento abarrotado de coches de un centro comercial, a menos de ocho kilómetros de las marismas de Atlantic City.

Hacía media hora que no veía a mis perseguidores.

Cuando llegué allí, el sol ya estaba bajando e iluminaba las nubes del oeste con vivos tonos rosados y púrpuras. Incluso en medio de los bosques de pinos, se oía el viento que llegaba del océano. En el mapa de la ciudad que yo tenía en la cabeza, aquel era el único cine importante en esa parte de Nueva Jersey. Di una vuelta con el coche por el aparcamiento, vigilando por si reconocía algún vehículo. Cuando me di por satisfecho aparqué el Civic otra vez en la parte trasera, junto a las salidas de emergencia. Estaba todo tranquilo: solo yo y unos cuantos contenedores de basura. A mi derecha el asfalto se convertía en descampado de pinos silvestres y desperdicios. La luz ambiental le daba un matiz azul a mi cara. Apagué el motor y esperé.

Cuando yo tenía veintitrés años Angela me presentó a mi primer timonel de verdad. Yo le había hablado del tipo fino del Shelby y ella me había dicho que nunca más me pasaría una cosa así. Ningún verdadero profesional usaría su propio coche para una huida. Pocos días después, me llevó a conocer a Salvatore Carbone. Tenía setenta y pico años, pero era un tipo fornido como un martillo pilón. Debía de medir metro sesenta y siete o sesenta y ocho y pasaba de sobra de noventa kilos de peso, pero no había ni un gramo de grasa en él. Tenía el pecho tan ancho como la mayoría de los portales de casa, y brazos tan gruesos como jamones. Parecía capaz de atravesar una pared, si se lo proponía, o de levantar una moto como quien hace pesas. Nos dimos la mano detrás de su taller de chapa y pintura en la calle Cincuenta y tres Oeste. Encendió un puro y me hizo entrar en su taller. Justo en medio tenía un viejo y destartalado cupé, y me pidió que me subiera a él. Se sentó a mi lado, en el asiento del copiloto, y me dijo que lo llevara a dar una vuelta. Cuando le dije que se había olvidado de darme las llaves me dio un manotazo en la cabeza. Sacó una navajita, la metió en la ranura de la llave y la retorció hasta que los seis pines se rompieron y el motor arrancó haciendo un ruido sordo. Luego me enseñó todo lo que un timonel debe saber. Me enseñó a planear rutas de huida. Cómo hacerse con un coche de huida. Cómo reconocer un coche camuflado y cómo camelarse a la policía cuando esta te hace parar el coche. Nunca fui lo bastante bueno para ser un timonel, pero esta no es la parte que importa. Aprendí qué habilidades había que tener.

Si la fortuna me sonreía, quizá Spencer las tendría.

Esperé allí, en la penumbra, con un ojo mirando el reloj y el otro la calle. El sol se puso y las luces se encendieron parpadeando. Proyectaban profundas sombras en los pinos. Diez minutos después un Camaro último modelo entró en el aparcamiento. Era un coche que se agarraba al asfalto como una babosa y se movía con el silencio de un gato al acecho. De impecable que estaba, sus tapacubos habrían servido de platos para cenar. Los cristales de las ventanillas estaban todo lo ahumados que podían estar, y no había matrícula en la parte delantera. Observé cómo el Camaro daba una vuelta por el aparcamiento antes de doblar por la franja de pavimento delante de mí. Me hizo luces largas.

Puse el motor en marcha para que el conductor viera mis luces diurnas. Miré la hora. Había tardado sesenta y siete minutos en hacer ciento veinte kilómetros por la costa del Atlántico. Llegaba tarde.

Las diez y cuarto. Quedaban treinta y dos horas.

El Camaro se acercó un poco más y se detuvo a no más de quince metros de mí bajo el halo de un foco. Un tipo desgarbado y vestido con un traje negro caro bajó del coche. Era delgado y alto, de casi metro noventa, con nariz grande y unos guantes de conducir de piel negra que no le cubrían los nudillos. Era apuesto, también, quizá demasiado apuesto. Mostró unos dientes blanquísimos y brillantes, como las molduras plateadas de su coche. Sus hombros traslucían cierta fuerza infravalorada. Se parecía un poco a James Dean.

Salí del coche y me puse delante de mi Civic.

Él me examinó como si yo no fuera exactamente lo que él esperaba.

—Es el tipo con quien he hablado por teléfono, ¿verdad?

—Sí —respondí—. Esperaba que llegara en una hora.

—Me detuve para tomar una hamburguesa.

—¿Es eso cierto?

—No. Había tráfico en el puente. Tuve que circular a casi ciento treinta por hora todo el camino hasta aquí, capullo exigente.

Bromeaba, creo.

—¿Tiene algo para mí —me dijo—, o he infringido normas de circulación en tres estados diferentes sin razón alguna?

Me saqué del bolsillo de la chaqueta el fajo de billetes de Marcus y conté tres mil dólares. Avancé un par de pasos y le puse el dinero en la mano, como si se la estuviera estrechando.

Él examinó los billetes rápidamente. Cuando se dio por satisfecho se los guardó en el bolsillo trasero del pantalón, le echó una mirada a mi coche e hizo una mueca.

—Dígame que está bromeando —me dijo.

—Es de alquiler.

—No pretenderá que trabaje con eso, ¿verdad?

—Trabajará en algo que he encontrado a unos tres kilómetros de aquí. Lo que va a ver no se lo contará nunca a nadie, ¿comprendido? Le pago por su tiempo y por su silencio.

—Soy un experto en guardar silencio. No hace falta que se lo jure por nadie.

—Estoy seguro de ello.

Spencer asintió con la cabeza, como si ya se supiera la historia.

—Quiero que me diga que lo ha comprendido —insistí.

—Lo he entendido perfectamente.

—De acuerdo —le dije—. Vamos a ir en su coche.

—¿Va a dejar ese pedazo de mierda aquí, sin más?

Entré en el Civic y cogí mi bolso de viaje. Cerré las puertas, luego me agaché y empujé la llave debajo de la rueda delantera derecha, hasta que la piececita metálica desapareció bajo el neumático.

—Esa es la idea —contesté.

Spencer asintió con la cabeza. El interior de su coche olía a ambientador y a bebidas energéticas. En el hueco para los pies había un montón de latas aplastadas. Tuve que apartarlas antes de entrar. Spencer salió del aparcamiento del cine lenta y metódicamente, como si pensara que en cualquier momento tendría que salir volando. Ya en la autopista fue directo al carril de la izquierda y pisó a fondo. La aceleración me echó atrás en el asiento, pero cuando voy de copiloto no siento la misma emoción que cuando conduzco. Mi reflejo destellaba en el parabrisas con las ráfagas de luces de la ciudad.

—¿Le han seguido? —pregunté.

—No. ¿Por qué lo pregunta?

No contesté.

El trayecto tomó sus buenos quince minutos y solo hablé para indicarle el camino. De Pleasantville a la Ruta 30 y por Pacific hasta el aeródromo abandonado. Aparcamos detrás de unos árboles al otro lado de la valla, donde no se nos veía desde la calle. Spencer bajó primero. Sacó del maletero una caja de herramientas de coche, escudriñó la zona con una mirada de asco, echó a andar a mi paso y preguntó:

—¿Y ahora qué?

—Quiero que haga dos cosas. Quiero que me diga todo lo que pueda acerca de un cacharro que alguien dejó abandonado aquí. Luego quiero que le eche un vistazo a unas huellas de neumático y me diga a qué tipo de coche pertenecen.

—¿De qué clase de cacharro se trata?

—De un Dodge Spirit del noventa y dos. Con mucha gasolina de incendio desparramada.

—Qué divertido. ¿Algo más que deba saber?

—Sí. El coche está lleno de sangre.

Cruzamos la valla y la pista hacia los hangares en ruinas. Ya había oscurecido, lo bastante para que a duras penas yo viera donde pisaba. Spencer remedió el problema sacando su BlackBerry y meneándolo hasta que la pantalla se encendió. Iluminó con un pálido resplandor verde el suelo delante de nosotros. Fui a la puerta del hangar y la descorrí para que él entrara. Reaccionó instantáneamente al olor de sangre y nafta. Una extraña mezcla de horror y discernimiento se reflejó en su cara. Sangre y octanaje.

—Dios bendito —dijo.

—¿Ve lo que quería decirle?

—Es el coche del tiroteo del Regency.

—Échele un vistazo y dígame lo que ve.

—Solo verlo me hace cómplice de los hechos.

—¿Qué esperaba?

—Esto es un marrón de la hostia.

—No se queje. Además, se hizo cómplice en el mismo momento en que aceptó mi dinero. Lo único que le pueden endosar es una falta menor por no informar a la policía, que es nada.

Spencer me echó una mirada, hizo un gesto de desaprobación y se preparó para entrar en el coche. Me tendió su BlackBerry, se quitó el cinturón, preparó sus herramientas y se tapó la nariz y la boca con un pañuelo bien ceñido a la cara, como si fuera un artista de pintura con aerosol.

—¿Por qué tantos preparativos?

—¿Ha dejado usted alguna vez abierta la válvula de un depósito de gasolina —preguntó Spencer—, aunque solo fuera por un ratito, en un día caluroso?

—No.

—El calor hace que la gasolina y otros líquidos inflamables se evaporen. Los gases se mezclan con el aire, y si hace suficiente calor se pueden encender. Se llama punto de inflamación. En un día caluroso, dejar un cubo de gasolina en un garaje, aunque el garaje esté abierto, supone un verdadero riesgo. Cualquier cosa lo puede encender. ¿No ha oído nunca la historia de la mujer que hizo volar una gasolinera porque estaba hablando con su teléfono móvil? Es una trola, pero no voy a ser yo quién averigüe por qué.

Acabó de atarse la máscara y empezó a respirar por ella. Cuando vio más de cerca la sangrienta carnicería del interior del coche titubeó un segundo. Todo el mundo lo hace, por lo menos ligeramente. El cuerpo humano contiene mucha sangre, y no es nada agradable verla fuera. Spencer se movía despacio, como un artista. Era un buen timonel, ya lo estaba viendo.

Rodeó poco a poco las finas huellas de barro y examinó las marcas del dibujo de los neumáticos. Pasó el dedo por la superficie de la ventanilla del copiloto para ver la sensación que daba. Era como decirle hola al coche, a pesar de los gases que se iban formando a su alrededor. Spencer se estaba relacionando con el coche, de la misma manera que otra persona lo haría con un caballo, un arma o un ordenador. Cuando estuvo preparado se puso de rodillas y miró debajo del coche. Trabajaba rápido pero a conciencia. Al acercarse más contuvo la respiración.

Los timoneles no piensan como la gente normal. Piensan en términos de coches. Para ellos, un coche es una unidad de moneda. Comprar una casa cuesta dos coches, o seis, o diez. La comida de un año entero es lo que cuesta restaurar un coche. Un almuerzo, un cuarto de depósito de gasolina. Así que cuando Spencer se acercó al suelo de aquel lado del hangar, echó un vistazo debajo del coche y dijo:

—Lo mejor que puede hacer es pegarle fuego a este trasto.

Yo sabía exactamente lo que quería decir. El Spirit tenía tantos marrones como un coche pueda tener: evidencia de sangre, evidencia material y, por supuesto, marca, modelo y número de matrícula fácilmente reconocibles. Me quedé observando cómo Spencer dibujaba líneas mentalmente y trazaba la trayectoria de las balas que habían hecho añicos el parabrisas delantero y de las que habían roto el cristal de detrás. Yo me había fijado en las salpicaduras de sangre; él se fijaba en los daños materiales. Le dio dos golpecitos con los nudillos al bloque del motor. El sonido no le gustó.

—¿Qué quiere que le explique? —me preguntó, girándose hacia mí.

—Quiero saber adónde fue el conductor.

—No muy lejos, con toda la sangre que hay aquí.

—Eso ya lo sé.

Spencer señaló las huellas de neumático.

—Hay huellas de barro del Dodge entrando, pero no hay huellas del coche que sale, lo cual significa que todo se hizo en un solo paso. Hay también un pequeño reguero de sangre que va de la puerta del copiloto a otra parte de este lado del edificio. A partir de esto, parece que el conductor se fue con un cupé de tamaño mediano, quizá un turismo, no muy cargado, con ruedas ligeramente gastadas.

—¿Puede deducir todo esto a partir de lo que ve? —pregunté.

—Sí. Puedo.

Spencer avanzó dos pasos hacia mí e hizo chascar los dedos como si pidiera una cerveza. Me pedía su BlackBerry. En la pantalla tenía la imagen de una chica desnuda sobre el capó de un Ferrari Enzo amarillo. Le dio la vuelta al teléfono y tomó una foto de las huellas del suelo en la entrada del hangar. Examinó la foto unos segundos. Amplió la imagen al máximo, hasta que yo ya no pude distinguir las marcas de rueda del barro que las rodeaba. En dos minutos, con una sola foto, su memoria y su conexión a internet, redujo a tres el tipo de neumáticos que podían ser. En cinco minutos, estaba un 70 por ciento seguro del neumático que era. En diez, un 90. El tipo era una máquina.

Los timoneles no piensan como la gente normal. Ven los pequeños detalles.

—Su hombre salió de aquí en un Mazda MX-5 —afirmó Spencer—. Y son ruedas de concesionario, seguro.

Asentí con la cabeza. Un MX-5, el Miata, es elección corriente para coche de huida. Tiene una aceleración decente y espacio para dos, pero el Miata tiene una cosa que otros coches no tienen. Puede girar sobre un sello. Puede doblar una esquina a una velocidad que lanzaría a todos sus ocupantes contra el cristal de la ventanilla sin que los neumáticos derraparan un solo centímetro. Puede dar curvas cerradas o zigzaguear entre el tráfico mucho mejor que coches que cuestan ochenta mil pavos más. Ventajas importantes para una huida. En una huida, la velocidad no es ni de lejos tan valiosa como la maniobrabilidad.

Spencer se apartó un poco de las huellas de neumático y se quitó los guantes.

—Lo que pasa con el Miata, sin embargo, es que hay cientos de miles de ellos. A cada momento salen modelos nuevos y llevan ahí desde sabe Dios cuándo. Puede haber miles de matriculados solo en esta mitad de Jersey. Es uno de los coches deportivos más populares de todos los tiempos.

—¿Hay algo más específico que pueda decirme?

—¿Qué más espera que le diga, míster?

—¿Qué cree, entonces, del tipo que conducía el Dodge? ¿Cree que lo estaban persiguiendo?

—Disparó una buena cantidad de balas por la ventanilla de atrás, ciertamente, pero no puedo afirmar nada con seguridad, excepto que hay importantes daños causados por múltiples choques y por media docena de disparos. Cuando usted llegó aquí, ¿encontró las puertas del hangar abiertas o cerradas?

—Cerradas.

—Entonces no lo perseguían. Simplemente estaba tocado.

—¿Por qué no le pegó fuego al cacharro, entonces? —le pregunté—. Si pudo verter el combustible Coleman debajo del coche, ¿por qué no lo encendió?

—Lo hizo —respondió Spencer—. Échele una mirada a esto.

Me hizo señas para que me adentrara unos metros en el hangar, se puso de cuclillas y yo hice lo mismo. Spencer subió el brillo de su teléfono y alumbró debajo del Dodge. Observé con cuidado la lata de nafta. Al lado había un cordel muy fino, casi como un hilo, sumergido en el combustible. Spencer puso la luz encima. El hilo medía varios palmos de largo, pero no llegaba a ninguno de los dos lados del coche.

—¿Ve esto? —me preguntó—. Es una mecha. No exactamente una mecha para dinamita, pero similar. Una mecha casera. Parece hecha con papel higiénico y el material que usan para los fuegos artificiales. ¿Ve la punta quemada? Su muchacho la encendió, esto es seguro, pero se apagó antes de inflamar la gasolina. Yo diría que su tipo trataba de ganar unos minutos de tiempo antes de que las llamas prendieran, por si alguien veía el humo.

—¿Puede decirme algo más?

Spencer negó con la cabeza, hizo rechinar los dientes y señaló el coche. No había mucho más que decir.

—De acuerdo —le dije—. Si no puede decirme nada más, lléveme al paseo marítimo y habremos acabado.

—¿Esto es todo?

—No; una cosa más.

—¿Sí?

—¿Tiene un cigarrillo?

Me miró con cara de extrañeza mientras sacaba del bolsillo de la camisa una cajetilla de Parliaments y me ofrecía uno. Me lo puse entre los labios, él sacó un librito de fósforos y me encendió el cigarrillo.

Di una larga calada.

—Gracias —le dije—. ¿Puedo quedarme también las cerillas?

—Claro. —Me tendió el librito de cerillas y se quedó quieto unos segundos, mirándome con una expresión rara. No supe bien de qué. Unos instantes después me preguntó—: Jack no es su nombre real, ¿verdad?

—¿Qué es un nombre real?

Spencer asintió como si lo hubiera entendido. Permaneció así unos momentos más, como si buscara algo más que decir, luego echó a andar por el asfalto hacia su coche. Me quedé mirando cómo se alejaba, hasta que su figura se fundió en la oscuridad.

Tarde o temprano alguien llegaría y daría con el Dodge, y entonces el lugar entero sería un hervidero de policías. Encontrarían las mismas cosas que yo: las huellas, la sangre, las drogas, los casquillos de bala. Le eché una última mirada a todo. Cuando el cigarrillo se consumió hasta la mitad, abrí el librito de fósforos y metí el cigarrillo encendido en el pliegue entre el papel y las cabezas de cerilla. El cigarrillo ardería unos minutos más, luego el ascua llegaría a las cabezas de cerilla y le prendería fuego al librito. Entré con mucho cuidado en el hangar y coloqué el librito de fósforos en el borde del charco de nafta que se había ido formando. Yo estaba a casi cien metros de allí cuando el ascua llegó a las cerillas. Cuando los fuegos artificiales empezaron resonó por todo el canal.

Consulté el reloj. Las once de la noche.

Quedaban treinta y una horas.

19

El hotel Chelsea estaba en el centro de la ciudad, a la orilla del mar. Spencer me dejó a cuatro manzanas de distancia, que hice andando, sin dejar de vigilar por si aparecía el Suburban negro que me había estado persiguiendo. Las luces traseras de los coches que pasaban parecían fundirse unas con otras. Tomé atajos a través de hoteles y casinos, por si acaso. Nadie me estaba siguiendo.

El Chelsea tenía un aire muy años sesenta. Focos de luz púrpura iluminaban desde abajo el letrero de la torre, y dentro habían bares y mesas de billar con el mismo repertorio de colores. El mobiliario del vestíbulo era cursi y zarrapastroso. Me gustaba la atmósfera que tenía. Era la clase de sitio que le habría gustado a mi padre, si aún viviera.

Escruté el vestíbulo buscando cámaras de vigilancia, por puro instinto. Allí estaban, pero no eran nada sofisticadas. Advertí el banco de monitores bajo la fachada de mármol, casi a la vista. Eran de calidad mínima: ni banco de datos de secuencias filmadas, ni vigilancia las veinticuatro horas. Las cámaras estaban probablemente por requerimiento de la póliza de seguros. Me acerqué al mostrador. Detrás había un asiático lo bastante viejo como para andar con bastón. Le dije que me llamaba Alexander Lakes. El anciano miró unos segundos la pantalla del ordenador y luego me miró a mí. Me tendió una tarjeta magnética con un nombre en ella, para una habitación en la tercera planta. Estiró la mano bajo el mostrador y sacó una llave de minibar. Me sonrió inexpresivamente. Yo le devolví la sonrisa y no dije nada.

122

Cuando llegué a la habitación, en los pies de la cama me esperaba una gran bolsa de papel marrón, con una tarjeta que decía «Servicios de conserjería para ejecutivos». Antes de hacer nada cerré las persianas de la ventana. En algunos casos es mejor dejarlas abiertas. De esta manera puedes ver si se avecina algo. Otras veces es mejor la oscuridad. Una persona con binoculares puede ver a través de una ventana desde cualquier lugar a la misma altura, y la ventaja es siempre del de fuera. Ellos miran dentro, tú ves fuera. No es lo mismo mirar que ver. La mejor manera de hacerlo es con cortinas opacas con finas rendijas para atisbar desde los lados. Esas rendijas son demasiado finas para ver a través de ellas desde el exterior, pero suficientemente anchas para atisbar desde dentro, como en una garita. La persona de dentro ve el exterior, la persona de fuera no ve el interior. Está en desventaja. No es que una habitación de hotel sea un sitio especialmente seguro. Por dentro es un sarcófago de hormigón de nueve metros cúbicos con una sola salida. Yo estaba en la planta más baja para clientes, en el tercer piso. Buen sitio. Angela me había enseñado a no coger nunca una habitación por encima de la décima planta o por debajo de la segunda. Diez plantas es demasiado alto para un camión de bomberos y dos plantas es lo bastante bajo para que alguien trepe escalando.

Encendí el televisor y puse las noticias. Daban crónicas internacionales. Llamé al servicio de habitaciones y pedí un filete ahumado sin guarnición y un termo de café. Le quité el volumen a la tele y abrí la bolsa que había a los pies de la cama. Miré la tarjeta otra vez y la eché a la papelera.

Había un traje Hugo Boss negro, dos camisas blancas y una corbata azul. Debajo de la ropa había una funda de piel con un juego de ganzúas. Debajo estaba el slim jim, un cuchillo Microtech Halo y una llave electrónica negra con el logotipo de Chevrolet. Al fondo de todo había una pila de teléfonos móviles de prepago y sus cargadores. Todo lo que había pedido, nada que no hubiera pedido.

Lo metí todo en mi bolsa de viaje y me senté en la cama mientras esperaba la comida. Seguí las noticias hasta que hablaron del atraco. Esta vez no mostraron la fotografía de Ribbons, pero sí la de Moreno, junto al número de colaboración ciudadana. Esta vez había secuencias tomadas en helicóptero del área del casino y hasta una breve secuencia sacada de las cámaras de vigilancia. En blanco y negro y con todo el grano posible. No era gran cosa, pero me dio lo que yo buscaba: una imagen de Ribbons enmascarado disparando su arma, y otra del francotirador del aparcamiento. Aquello confirmaba mi teoría. El francotirador había estado esperando a Ribbons y a Moreno. En el vídeo se veía a alguien dentro de lo que parecía un Nissan con cristales ahumados. Vi los fogonazos que salían de la ventanilla del conductor. Subí el volumen y escuché. El vehículo del tercer tirador había sido hallado, dijo el reportero, a cuatro manzanas de la escena del crimen, en un garaje a pupilaje. Lo habían robado pocos días antes y lo habían limpiado.

No decían nada de los sospechosos.

Me trajeron el filete y el café. Le di la vuelta a la cuenta y, con la mano izquierda, firmé «Alexander Lakes» con la letra perfecta que recordaba del aeropuerto. Es más fácil copiar una firma dándole la vuelta al papel. No sé por qué.

Me comí el filete y me tomé el café mirando las noticias en otro canal, pero no había nada que no hubiera visto ya. Saqué la bandeja al pasillo, volví a entrar y llamé a la puerta que separaba mi habitación de la contigua, la 317. Llamé más fuerte. Ningún sonido. Llamé a recepción.

Cuando un hombre me atendió, dije:

—Mi esposa está oyendo un sonido extraño.

—¿Desde qué habitación llama?

—Tres dieciséis.

—¿De dónde viene el sonido?

—De la contigua a la nuestra, dice mi mujer.

—¿A su izquierda?

—No, a la derecha, número tres uno siete. Ella dice que sonaba como un chirrido.

—¿Está segura? Puedo enviarle a alguien, si quiere.

—¿Podría decirme si hay alguien allí? Puedo ir a hablarles yo mismo.

Hubo un momento de pausa. Oí cómo el recepcionista tecleaba en un ordenador.

—Lo siento, señor, pero esa habitación no está ocupada. ¿Está usted seguro de que no se refiere a la tres uno cinco?

—Es lo que mi esposa ha dicho, pero no se preocupe. Gracias de todas formas.

Colgué. Con mi juego de ganzúas abrí la cerradura de la puerta entre las dos habitaciones. La 317 estaba a oscuras y la cama doble extragrande hecha. Trasladé mis cosas de la otra habitación y cerré la puerta. Programé la alarma de uno de mis teléfonos móviles para que me despertara cuatro horas después y saqué el revólver de mi bolsa de viaje. Hice rodar el tambor para asegurarme de que estaba cargado y listo. El tambor giró con un clic cada vez que la aguja de retén engranaba con una recámara. Preparé la nueva muda y guardé la vieja y el resto de las cosas en la bolsa.

Algunos atracadores toman muchas precauciones antes de irse a dormir donde sea. He conocido a tipos que extienden páginas de periódico por el suelo alrededor de la cama, para así oír las pisadas si alguien se cuela en su habitación. He conocido incluso a tipos que solo duermen erguidos en una silla. Tengo mis propias reglas, pero nada tan drástico. Pongo el arma, cargada y lista para disparar, debajo de la almohada. Los zapatos al lado de la cama con los cordones sueltos, para así poder calzármelos en un instante. La ropa del día siguiente a mi lado, en el suelo. Dejo mi bolsa preparada junto a la puerta, y la luz del baño encendida, para no estar completamente a oscuras. No me quito el maquillaje y, al menos cuando trabajo, no me quito el reloj. Quiero estar listo para largarme, y un poco de cosmético corrido no importa.

Si alguien viniera a matarme mientras duermo, no podría oponer demasiada resistencia. Pero si tuviera que correr, podría salir por la puerta en diez segundos. Estas son mis prioridades. Por supuesto que alguien ha tratado de matarme alguna vez mientras dormía. En Bogotá me desperté con un hombre encima de mí con un cuchillo. Le disparé dos veces antes de que me rebanara el pescuezo. Aquella vez tuve mucha suerte, pero no puedes contar con la suerte. Dudo que nunca vuelva a tener tanta suerte.

Estaba aún ligeramente excitado por el café, así que saqué de la bolsa mi ejemplar de *Las metamorfosis* y pasé unos minutos leyendo para aclararme la cabeza. No necesito una traducción del latín, pero me gusta leer nuevas traducciones para ver cómo se ha desenvuelto el traductor. Traducir implica una sutileza que me recuerda un poco a mi trabajo. Los traductores recogen el relato de otra persona y lo transcriben con sus propias palabras. De alguna forma, yo hago lo mismo. Angela no acabó nunca de entender esto. Yo intentaba explicárselo, pero ella era demasiado astuta para comprenderlo. Para ella, adoptar una identidad nueva era como respirar. Para mí era un trabajo de traducción.

Guardé el libro otra vez en la bolsa y el arma bajo la almohada.

Me metí bajo las sábanas y cerré los ojos. Apenas recuerdo el momento en que me dormí. Angela solía burlarse de lo bien que yo dormía. En mis últimos pensamientos estábamos los dos juntos en aquel hotel de Oregón, escuchando el sonido del bosque y el crepitar del lar de fuego debajo de nuestra ventana. Si soñé, no recuerdo nada de ello.

Pero nunca olvidaré el sonido que me despertó.

## 20

*Kuala Lumpur*

La primera mañana del Golpe de la Bolsa de Asia, Angela cruzó el pasillo de su dormitorio en nuestra suite compartida, fue a mi habitación y me despertó. Cogió el despertador de la mesita de noche y me lo acercó a la oreja. Di un salto. Ella solía reprocharme mi sueño profundo. Angela dormía a intervalos de una hora, que interrumpía andando de un lado a otro de la habitación y fumándose un cigarrillo de vez en cuando. Cuando yo dormía era como si entrara en coma.

—La reunión es dentro de una hora —me dijo ella.

Tardé unos instantes en reaccionar y orientarme. Angela llevaba un traje de pantalón azul con una placa de credenciales dorada con la insignia del hotel. «Mandarin Oriental, Kuala Lumpur.» En la chapa decía que se llamaba Mary. No sé cómo había conseguido Angela el uniforme, pero resultaba muy convincente, aun siendo una mujer blanca en una ciudad asiática. Su maquillaje era perfecto. Tenía las grandes ojeras de una empleada de hotel extenuada. Llevaba unos zapatos gastados. Miré por la ventana. El sol ya se reflejaba en los rascacielos contiguos.

Apagué la alarma.

Había algo de belleza enérgica en Angela. Era actriz y había estudiado interpretación en la universidad. Lo único que yo hice en la universidad fue leer y traducir del latín y del griego clásico. Nunca asistí a obras de teatro porque, en aquel tiempo, el concepto de actuar me pillaba muy lejos. No ansiaba atención. Ansiaba anonimato. Lo único que quería era dedicarme a mis traducciones y que me dejaran en paz. Angela cambió todo eso. Me enseñó que, no siendo nadie, podía ser quien quisiera. Ella me proporcionó mi verdadera educación. Copié firmas de gente hasta que supe escribir con la letra de cualquiera. Aprendí cómo transformar los músculos de mi laringe hasta que pude hablar con la voz de cualquiera. Estudié las diferencias en postura y sintaxis. Pero, sobre todo, Angela me enseñó que, más que perfecto, tenía que ser convincente. Una vez me dio una placa de policía de juguete y me pidió que me llevara una prueba de la escena real de un crimen. Pasé por debajo de la cinta amarilla, recogí con unas pinzas un casquillo de bala y me lo llevé en una bolsa de plástico. Ese fue uno de los últimos exámenes que Angela me puso. Así fue como supo que yo ya estaba preparado.

Esa mañana me moví hacia un lado de la cama y me erguí. Ella me miró con los brazos cruzados, me dijo que estaba preparando café y se fue. Cuando salí de la ducha me tendió una taza de café recién hecho, sin leche ni azúcar, y me dijo que moviera el culo.

No le gustaba esperar por nada.

La videoconferencia con Marcus tuvo lugar allí mismo, en la sala de estar de nuestra suite. En el centro de la mesa había doce llavecitas doradas, dos para cada uno, excepto para el timonel Alton Hill, que solo conduciría. En aquel momento aún no sabíamos para qué eran las llaves, pero pronto nos íbamos a enterar. Solo sabíamos que teníamos que guardarlas bien y llevarlas encima a todos lados durante el golpe. En la habitación había también un gran televisor de pantalla plana, con una cámara que resplandecía en verde, conectada a un cable. En aquellos tiempos las videoconferencias por internet no eran tan comunes como hoy día. Recuerdo que me quedé fascinado con cómo la cara de Marcus daba sacudidas y se paraba en la pantalla. Donde él estaba era media tarde, a casi trece mil kilómetros de distancia, pero parecía que estuviera en la sala con nosotros. Con todos sentados alrededor de la mesa, él nos explicó el trabajo. Para llevarlo a cabo teníamos que empezar inmediatamente. Nada de preguntas ni conjeturas. Hablaba con total naturalidad, y despacio, para que no nos perdiéramos nada.

–Dentro de dos semanas –explicó–, todos seréis dos millones y medio de dólares más ricos.

El botín era un paquete de moneda extranjera para el mercado de divisas, cuyo valor difería según dónde preguntaras y en qué momento del día lo hicieses. En líquido eran unos diecisiete o dieciocho millones de dólares. Yen, baht, yuan, dólar malayo, de todo lo habido y por haber. Entre cheques de viaje y tarjetas de crédito solamente, grandes sumas de todo ese papel moneda iban a parar al extranjero cada mes.

El objetivo era una compañía de cambio con sede en Alemania, que devolvía a Malasia toda su moneda asiática desplazada, el equivalente financiero de una estación de pesado de camiones, para distribuirla nuevamente en sus respectivos países.

El escenario era una entidad de altas finanzas, el Banco de Gales, alojada en un bloque de oficinas de Jalan Ampang. Allí contaban el dinero y lo guardaban temporalmente en la cámara acorazada, luego lo empaquetaban y lo enviaban en camiones blindados al aeropuerto, para que lo expidieran a los países de origen. Los camiones blindados nunca transportaban más del equivalente a un millón y medio de dólares estadounidenses en moneda extranjera, y nunca hacían más de una entrega por hora, a la hora en punto. La cámara acorazada era de primerísima calidad. Bloque con temporizador, apertura retardada, triple custodia. Para hacernos con el total del monto tendríamos que ser creativos. Tendríamos que hacer lo que los atracadores a mano armada profesionales suelen considerar un suicidio. Tendríamos que perforar la cámara acorazada, lo cual significaba que tendríamos que tomar el banco.

Durante una hora por lo menos.

Los atracos con ocupación del banco son muy arriesgados. Son muy raros también. La mayoría de los atracos son tan simples como cabe imaginar. Una persona entra en un banco con una capucha y unas gafas de sol y le da al cajero un pedazo de papel pidiendo la pasta. El cajero saca todo el dinero que hay en los cajones y el atracador se va. Los bancos ya no tienen vigilantes, así que es tan fácil como esto. El problema está en que de esta manera no se gana mucho dinero. En los cajones puede haber diez o quince mil dólares, pero eso es todo. Para conseguir dinero, dinero de verdad, hay que tomar el banco, con máscaras y armas y una coordinación precisa. El botín es diez o veinte veces más grande, porque entonces también te llevas el dinero de la cámara acorazada. Pero el riesgo es mucho mayor. Entras armado y solo tienes dos minutos para salir. Y si en dos minutos no tienes aún el dinero te vas igualmente, porque ese es el mínimo de tiempo que transcurre entre que alguien dispara la alarma silenciosa y la policía se organiza y acude. Cada segundo de más, tus posibilidades de ir a la cárcel se multiplican por diez. Si te quedas cinco minutos, el atraco ha salido mal. Si te quedas diez minutos, el atraco es un desastre irreparable. Si te quedas treinta minutos o más, el atraco será la última cosa que hagas en la vida.

Y esto es lo que planeábamos: para perforar la cámara acorazada, tendríamos que permanecer dentro durante por lo menos una hora, quizá más.

Habría múltiples problemas. El primero era el control de daños. Ocupar un banco implica tomar rehenes. Tomar rehenes implica montar guardia. Alguien tendría que vigilarlos todo el tiempo. Si nadie los vigilaba, quizá uno de ellos se envalentonaría. Si alguno se envalentonaba, alguien podía resultar herido. Si alguien resultaba herido, más gente se envalentonaría. Y así hasta que empezara a haber muertos. A ninguno de nosotros le gustaba la idea de matar a nadie por el solo error de estar en el sitio equivocado en el momento equivocado. Uno, quizá un par, de nosotros tendría que hacer de niñera.

La ubicación era otro problema. El banco estaba en la planta treinta y cinco de un rascacielos. Tan pronto como se diera la voz de alerta, los guardias de seguridad de la planta baja bloquearían todos los ascensores para impedirnos la huida. Y si conseguíamos llegar hasta arriba con máscaras y armas, aún teníamos muchas posibilidades de quedarnos sitiados.

El tercer problema era la huida. Jalan Ampang, una de las arterias principales de la ciudad, tiene nueve carriles y atraviesa cuatrocientos metros de rascacielos, restaurantes y hoteles. A media mañana estaría congestionada de tráfico y de peatones, lo cual significaba también que habría mucha policía. Había una autovía a solo una manzana al norte de nuestro objetivo, pero la vía de acceso más cercana estaba a cuatro manzanas al oeste. Por no mencionar que, si las alarmas se disparaban, en una hora la Policía Real de Malasia ya habría levantado una barricada mientras el ejército enviaba helicópteros.

Y finalmente, si de alguna manera conseguíamos salir del banco y huir de la policía, aún habría que sacar el dinero del país. Diecisiete o dieciocho millones de dólares en moneda extranjera de relativamente bajo valor pueden pesar diez o veinte toneladas. Hablo de ladrillos de dinero grandes como balas de heno que podrían llenar un camión tráiler. Cargándolo todo en un avión, pesaría demasiado para despegar de la pista.

Marcus hablaba con voz seca como la mojama mientras describía paso por paso todo el plan. Exponía los problemas, luego las soluciones, una por una. Angela se equivocaba con él. Marcus no era inteligente. Un perro puede ser inteligente. Un niño que juega al ajedrez puede ser inteligente. Un tipo que tramita su propia declaración de la renta puede ser inteligente.

Marcus era un genio.

Vincent, el bocazas del grupo, preguntó en voz alta, para que todo el mundo lo oyera:

—¿Cómo diablos vamos a trasladar tal cantidad de dinero?

—No lo haréis —respondió Marcus—. El dinero no saldrá del edificio.

## 21

*Atlantic City*

Un sonido procedente de la habitación que Lakes me había reservado me despertó.

Abrí los ojos de golpe y mi pulso se aceleró. Me erguí y me quedé súbitamente inmóvil, concentrando toda mi energía en escuchar. Contuve la respiración y saqué el arma de debajo de la almohada. Miré el reloj. Faltaban pocos minutos para las dos.

Era un sonido fuerte que sugería algún tipo de movimiento pesado, similar al del roce de una caja de cartón grande cuando la empujas de un lado a otro. Los hoteles modernos tienen paredes gruesas e insonorizadas. Ya no hace falta aporrear el cabezal de la cama para que la pareja de la habitación de al lado desista de su ardor. Hoy día las puertas son sólidas y las paredes extragruesas, con dos capas de relleno de espuma en el interior. Los sonidos que se hacen en la habitación son absorbidos por la espuma, igual que en un estudio de grabación. Eso significaba que si podía oírlo, el sonido sería cinco o seis veces más fuerte en la otra habitación.

Me levanté de la cama sin hacer ruido y me puse los pantalones. Me metí el revólver en el bolsillo, por si acaso, y cogí del tocador uno de los vasos de agua, cortesía del hotel. Me acerqué sigilosamente a la puerta que me separaba de la habitación 316 y con mucho cuidado apreté el vaso contra la madera, como aparato de escucha. Las paredes pueden estar insonorizadas, pero las puertas interiores son de madera. Durante un tenso momento de silencio solo oí el ruido sordo de mi corazón y el casi imperceptible tictac de mi reloj de pulsera. Esperé a que el sonido se repitiera, solo para demostrarme a mí mismo que no lo había soñado.

Se repitió.

Alguien empujaba los muebles de un lado a otro. Oí un fatigado resoplido de esfuerzo y el sordo y fuerte chirrido del bastidor de la cama arrastrado por la moqueta que cubría toda la habitación. Los resoplidos sonaban inequívocamente femeninos. Oí cómo soltaba un reniego mientras empujaba. Tenía una voz profunda, una voz hermosa, como si en otro tiempo hubiera sido cantante. Oí el frufrú de las sábanas al ser retiradas y el golpetazo del colchón cuando ella lo giró del revés. Farfullaba cosas mientras trabajaba, pero las palabras sonaban confusas e indistintas.

Habría apostado cualquier cosa a que era la agente del FBI.

Sabía exactamente qué estaba haciendo.

Estaba registrando el lugar.

Rebecca Blacker estaba registrando cada rincón de la habitación, desde el suelo hasta el techo, para asegurarse de que ningún escondrijo le pasaba por alto. Oí cómo descolgaba de la pared el típico cuadro enorme que hay en cada habitación de hotel y lo dejaba caer sobre la cama. Un momento después abrió el armario y apartó a un lado todos los colgadores metálicos. Esperé a oír qué hacía después, pero durante el siguiente minuto no pasó nada. Oía cómo hablaba, pero no podía distinguir las palabras. Me pregunté si habría alguien más en la habitación, pero lo descarté. Si ella hablara con alguien, esa persona habría contestado.

El gerente del hotel debía de haberle conseguido la tarjeta de acceso. La policía necesita una orden judicial para registrar una habitación de hotel solo si el gerente del hotel se niega. Los gerentes de hotel raramente se niegan. Una redada policial es mala para el negocio, seguro, pero peor es tener reputación de dar refugio a criminales. En un lugar como este, al menos.

Con cuidado de no hacer ningún ruido bajé el vaso, me acerqué con lentitud casi glacial a la puerta del pasillo y puse mi ojo bueno, el izquierdo, en la mirilla. Miré a izquierda y derecha, tanto como la lente de ojo de pez me permitió.

Los federales suelen trabajar en grupo. A veces, incluso cuando hay un solo agente asignado al caso, tienen a agentes locales trabajando con ellos. Al atisbar por la mirilla casi me esperaba ver un poli uniformado, o un tipo con chándal y chapa de detective, o con cualquier otro traje barato y una placa del FBI, montando guardia. Pero tuve suerte.

Estaba sola.

Al otro lado del pasillo había un carrito del servicio de habitaciones con cubreplatos de metal vueltos del revés y un par de platos sucios encima. Aparte de eso, parecía que estábamos completamente solos. Por lo visto, el pasillo estaba desierto.

Sabía qué debería haber hecho. Si Angela hubiera estado allí me habría lanzado la bolsa de viaje a las manos y me habría dicho que me largara a toda prisa. Me habría dicho que caminara con calma directo a las escaleras de la salida de emergencia, y bajara inmediatamente al sótano. Desde allí cruzaría la cocina, saldría al garaje y cogería el coche. De haber estado ella a cargo, me habría chillado por ser tan estúpido como para confiar en un servicio de consejería ejecutiva para reservar mi habitación de hotel. Angela se habría puesto rápidamente en acción en el mismo momento en que hubiera oído el sonido.

Pero Angela no estaba allí.

Y yo sentía curiosidad.

Me puse despacio la camisa nueva, la chaqueta y la corbata, lo cual no fue fácil porque no quería encender ninguna luz. Me pasé un par de veces la mano por el pelo para no tener aspecto de quien acaba de saltar de la cama, agarré la bolsa y salí por la puerta.

El pasillo estaba completamente desierto y la puerta de la habitación que Lakes me había reservado estaba cerrada. Me acerqué a ella y traté de atisbar por la mirilla, pero esas no están diseñadas para funcionar así. Lo único que vi fue una mancha borrosa del color de las cortinas del hotel.

Me escabullí otra vez en la 317 y arranqué una página del taco de papel de carta. Escribí «Cortesía de J. Morton» junto al número de uno de mis teléfonos móviles de prepago. Salí otra vez al pasillo y dejé la nota encima de la cuenta en el carrito de servicio vacío. Puse los cubreplatos metálicos sobre los platos, para que el carrito pareciera lleno, y lo hice rodar lentamente hasta la habitación 316. Si ella abría la puerta no podría pasarle desapercibido.

Caminé por el pasillo hacia los ascensores, me saqué del bolsillo la tarjeta magnética y la rompí en dos. Empujé la puerta que daba a las escaleras y bajé los peldaños de dos en dos. No me quitaba de la cabeza a aquella mujer. Ella ya conocía mi cara, seguro, pero yo también conocía la suya. Y además sabía su nombre y su número de placa. Accediendo a un ordenador me enteraría de todo lo que se pudiera saber sobre ella. Algo en mí quería descubrirlo.

Me pregunté cuánto tardaría ella en descubrirme a su vez. Sabía que era solo cuestión de tiempo que ella examinara la grabación de las cámaras de vigilancia y supiera de mí. Lo que me molestaba era cómo había llegado ella tan lejos. Alexander Lakes me había dicho que todo lo que hiciera para mí se mantendría en privado. Claramente, esto no era verdad. De alguna manera, ella había averiguado dónde me alojaba, lo cual significaba que Lakes tenía un grave problema de seguridad.

Cogí un teléfono y marqué el número de Lakes. Sonó. Tres veces. Finalmente, Lakes atendió al cuarto timbrazo.

—¿Hola?

Oí sus sábanas deslizándose sobre la cama. Lakes tenía voz adormilada.

—Me ha dado una habitación pringada.

—¿Quién es?

—¿Quién cree que soy? La habitación que me ha conseguido en el Chelsea estaba pringada. El FBI está allí ahora mismo, echando las paredes abajo.

—Ulises.

Llegué al final de las escaleras y encontré la salida hacia el sótano, cableada para disparar la alarma de incendios si se abría la puerta desde dentro. Me puse el teléfono entre la mejilla y el hombro, y deslicé mi cuchillo entre los contactos de la alarma. Abrí cuidadosamente la puerta, empujándola con la cadera, sin quitar el cuchillo hasta que la puerta se cerró de nuevo.

—Son altas horas de la noche, señor —dijo Lakes—. ¿Cómo está tan seguro de que es un agente federal?

—Porque la conocía de antes. Me dijo que había interrumpido sus vacaciones.

—¿Una mujer? ¿Cómo se llama?

—Es una agente federal. Su nombre no importa.

A esa hora de la noche las luces del aparcamiento estaban apagadas y solo se encenderían si eran activadas por los sensores de movimiento. La única luz permanente venía del tenue reflector que había en las escaleras. Fui hacia el aparcamiento, saqué la llave que Lakes me había proporcionado y empecé a apretar el botón que desbloquea las puertas. Al andar, las luces empezaron a parpadear a mi alrededor. Cuando había cruzado ya medio garaje oí el sonido de desbloqueo y vi los destellos de los faros del coche. El Suburban negro que Lakes me había prometido estaba aparcado cerca de la salida. Era exactamente el tipo de coche que yo quería. Flamante, negro azabache, tres cuartos de tonelada, con trescientos caballos de potencia y tapacubos cromados.

—No sabe cuánto lo siento, señor. Puedo conseguirle otra habitación en el Caesars, esta vez tan limpia como se pueda imaginar.

—No.

—Tengo contactos en un motel de las afueras de la ciudad. Conozco allí a un tipo hindú excelente. Estoy seguro de que hará lo que usted le pida, con total confianza.

—A partir de ahora me buscaré yo mismo el alojamiento.

—¿Está usted seguro?

—¿Le parezco confuso por algo?

—No, señor. ¿Hay algo más que pueda hacer por usted?

—Reúnase conmigo en el restaurante que hay en Maryland con Arctic dentro de veinte minutos. Tenemos que hablar.

Me subí al coche. Ojeé a izquierda y derecha. Miré por los retrovisores. Eché una mirada a la fila de coches que tenía detrás para asegurarme de que no chocaba con nada. Puse la mano en la palanca de cambios.

Pero me paré de repente y le colgué el teléfono a Lakes sin decir una palabra más. Ajusté otra vez el espejo retrovisor.

Ahí estaba el otro Suburban negro, aparcado a dos coches de distancia en la fila de atrás.

# 22

Era el mismo vehículo que había visto antes. Cristales ahumados, suspensión baja. Parachoques delantero y tapacubos cromados. Entorné los ojos para verlo un poco mejor. Sí, era ciertamente la misma máquina que me había acosado cerca del antiguo aeródromo. Sin matrícula delante.

Hijo de perra.

Bajo la débil luz del aparcamiento distinguí a dos personas dentro de la cabina. En la penumbra no eran más que dos siluetas negras sobre un fondo más negro aún. Solo el tenue resplandor blanco de las luces de los sensores de movimiento sugería que estaban allí. Se hacían perceptibles en partes, cuando la luz se reflejaba en el pelo de alguno, la masa oscura de un torso, la forma de un brazo. Se amalgamaban con el fondo como si fueran de humo. Quienesquiera que fuesen debían de llevar horas esperando allí. Debían de haber descubierto dónde me alojaba y habían aparcado ahí, en el sótano, escuchando los leves chasquidos de su motor al enfriarse. Vigilando la salida. No escuchaban la radio ni tomaban café ni bromeaban el uno con el otro. Estaban aguardando en completo silencio, esperando a que yo apareciera.

Agarré con más fuerza el volante. ¿Cómo diablos me habían encontrado? Había tomado todas las precauciones con esos tipos. Los había despistado en la autopista. Había cambiado de coche. Había pasado buena parte de la noche oliendo el ambientador de pino en el asiento del copiloto del Camaro de Spencer. Incluso si habían dado conmigo otra vez cuando volví al hangar, había deambulado durante manzanas y manzanas a pie, antes de inscribirme en el Chelsea. Me había escabullido entre casinos y otros hoteles abarrotados de gente. No había ninguna posibilidad de que me hubieran seguido la pista. La mandíbula se me puso tensa como si hubiera recibido un puñetazo.

¿Quién diablos eran esos tipos?

Durante un minuto se quedaron casi perfectamente inmóviles, como cazadores que han localizado a su presa. Yo me quedé quieto en mi sitio, con los ojos puestos en el espejo retrovisor. Esta vez sería mucho más difícil perderlos, de esto estaba seguro. Sería mucho más difícil perderlos en un aparcamiento, en mitad de la noche, sin apenas más coches conduciendo. Si no hay nadie más en la carretera, hace falta un acto divino para escapar limpiamente. Cada movimiento que haces, ellos lo pueden seguir. Me tenían acorralado, y lo sabían. En un recinto tan limitado no necesitaban hacer gran cosa. Podían simplemente pararse delante de la salida y ya está.

Me mantuve inmóvil y observé. Una gota de agua cayó de las tuberías del techo y fue resbalando poco a poco por el parabrisas.

Una docena de posibilidades diferentes me pasaron por la cabeza. Podía poner en marcha el motor, apretar a fondo el pedal y escapar. Podía volver al hotel y tratar de perderlos a pie. Podía salir con el coche despacio, como si no los hubiera visto, y luego hacer lo que pudiera en la carretera. Todas las posibilidades parecían malas. Le eché una mirada al reloj. El segundero se movió con una lenta sacudida en la esfera.

Las dos de la mañana. Quedaban veintiocho horas.

Al entrar andando en el aparcamiento, las luces se habían encendido. Dondequiera que yo fuese, unos diminutos focos se iluminaban. Sensores de movimiento. Si funcionaban como yo pensaba, se apagarían tras un corto período de inactividad. Sin ellos, el aparcamiento estaría casi completamente a oscuras. La única iluminación sería la del resplandor del letrero de salida. Eso me daría un par de segundos de ventaja. Podía encender el motor y poner una marcha antes de que ellos reaccionaran. Por supuesto, cuando

me hubiera desplazado unos tres metros, las luces se volverían a encender y estaríamos en penumbra otra vez. Pero quizá bastara con eso.

Me incliné lentamente hacia delante, puse la llave de contacto en el arranque y la hice girar a la segunda posición. El tablero se iluminó un momento y la pantalla del ordenador del panel pasó de negro a un débil resplandor azul. Hice girar el interruptor de control de los faros. Desconecté todo lo que se podía desconectar. Los intermitentes, las luces diurnas, la pantalla del ordenador, todo. Volví a consultar el reloj.

Era cuestión de segundos.

La luz del fondo del aparcamiento junto a la escalera empezó a parpadear y se apagó. Otra se apagó un segundo después, luego dos más. Luego otros dos, luego tres. El proceso entero debía de durar unos veinte segundos, calculé, pues eso es lo que había tardado yo en llegar andando hasta el coche. Hice la cuenta atrás con mi reloj.

Diez segundos. El garaje entero volvía a una casi total oscuridad.

Cinco segundos.

Tres.

Dos.

La luz de encima del todoterreno que tenía detrás emitió un fuerte clic y se apagó con un parpadeo.

Un segundo.

Oscuridad. Mi respiración era lenta y profunda. Puse en marcha el motor. Los pilotos rojos traseros de mi todoterreno debieron de parecer una bengala de señalización despegando.

Puse la marcha atrás y di gas a fondo. Las ruedas chirriaron con mi viraje suicida en marcha atrás, cambié de marcha y aceleré. Las luces activadas por sensores eran de respuesta lenta. Se encendieron cuando yo ya había avanzado más de cinco metros. Subí por la rampa hacia la planta baja a todo gas y pasé rozando dos esquinas. No había nadie en la taquilla del guardacoches, lo cual me fue bien, pues yo no tenía ninguna intención de detenerme. Crucé la salida a más de cincuenta por hora.

Aun así, mi plan no me dio la ventaja que esperaba. Los otros tipos debían de estar preparados. Mis luces piloto fueron su pistoletazo de salida. Al salir derrapando a la calle oí al otro Suburban rugiendo por delante de la taquilla tras de mí. Ya no había tapujo alguno. No les importaba pasar inadvertidos. Querían arrollarme. Pasaron volando por encima del bordillo con los frenos rechinando.

Les llevaba quizá quince metros de ventaja. «Vamos.»

Apreté tanto el acelerador como pude. La caja de cambios engranó otra marcha y luego otra mientras doblaba la esquina de Pacific con Chelsea y me saltaba un semáforo en rojo. Fue un giro brusco y temerario, y mi coche fue a parar tres carriles más allá en una vía con semáforos. El otro Suburban corrigió el rumbo y continuó la persecución.

Esos tipos no eran polis, de eso estaba seguro. Esos tipos me querían matar.

Seguí el mapa que tenía en la cabeza. Dirección sur en Pacific y luego dirección oeste hacia Providence. Había un aparcamiento que podía usar como atajo para llegar a Atlantic. De Atlantic a Albany. De Albany a O'Donnell Park. Varias manzanas más y luego el acceso a la autovía. Había más de trescientas calles en la ciudad y yo las había memorizado todas.

Mis sentidos funcionaban a toda máquina. Oía el sonido de los neumáticos sobre el asfalto. Notaba cómo el dibujo de las ruedas se agarraba a cada pequeño bache de la carretera. Olía el tubo de escape.

Doblé por Atlantic derrapando y cambié de dirección. Al principio las luces de tráfico parecían un problema, pero cuando la cosa derivó en persecución pura y dura, me beneficiaban. Cruzamos casi diez saltándonos todos los semáforos en rojo que encontramos.

Tomé un cruce en trébol, por delante de una valla publicitaria del Atlantic Regency, y luego el paso elevado hacia la autopista. El ruido del motor ahogaba los bocinazos de los coches que yo adelantaba a casi el doble del límite de velocidad, lo cual es una locura en el sur de Nueva Jersey. Zigzagueaba entre el tráfico como si los coches estuvieran parados.

Aun así, el Suburban fue acortando distancias hasta que golpeó mi parachoques trasero y sentí con un escalofrío cómo mis ruedas patinaban inermes sobre el asfalto. Bandeé un momento entre dos carriles y estuve a punto de chocar con un coche al pasar volando junto a él.

Pensé en poner la marcha más larga y tratar de dejar atrás a mis perseguidores, pero enseguida descarté la idea. Llevábamos el mismo motor y ellos tenían más experiencia que yo en el manejo del todoterreno. Me arrollarían en cuestión de minutos.

El Suburban se fue acercando hasta ponerse a la misma altura que yo; entonces, el conductor apretó el claxon y se metió bruscamente en mi carril, tratando de echarme de la carretera. Mi coche pisó la sección corrugada del borde del carril y casi hizo un trompo en el arcén. El Suburban pasó zumbando y luego disminuyó la velocidad, mientras el conductor seguía haciendo sonar el claxon. El del asiento del copiloto me hizo gestos. Señalaba con la mano el lado de la carretera para que me detuviera. El siguiente golpe casi me lanzó contra la valla de contención.

Faltaban ocho kilómetros para la siguiente salida y estaba claro que aquellos cabrones no tenían ningún interés en prolongar la persecución. Realmente no tenía elección. O me paraba o me arrollaban. Así de simple.

Puse los intermitentes, reduje la velocidad y me dispuse a parar. Su Suburban me siguió quizá medio kilómetro más por el arcén. Fue disminuyendo la velocidad hasta quedarse a veinte metros detrás de mí. Cuando mi coche se detuvo, lo mismo hizo el suyo.

Silencio.

Durante unos momentos, nada pasó. Me quedé quieto, sin apagar el motor ni apartar el pie del acelerador. Pusieron las luces largas para que yo no pudiera verlos por mi espejo retrovisor. Escuché el rumor de los coches que pasaban a nuestro lado, y los grillos del pinar a mi derecha. Era el juego del gato y el ratón.

Saqué la pistola de la funda y me la puse debajo del muslo.

Unos momentos después se abrió la puerta del conductor y un hombre bajó del coche. Sus botas hacían crujir la gravilla como si llevara espuelas. Empecé a verlo con un poco de nitidez cuando hubo avanzado unos tres metros. Era un tipo bajo, con pelo teñido de rubio y piel del color de la porcelana. Caminaba erguido, con aire arrogante, como si se acercara para decirme que mis neumáticos perdían aire. Distinguí el número 88 tatuado en su cuello. Donde nací, ochenta y ocho era un código en clave. Ochenta y ocho es el equivalente numérico de HH, porque la hache es la octava letra del alfabeto. HH era un código en clave también. Era la abreviación de una frase común en las prisiones de todo el país: «Heil Hitler».

El tipo rubio golpeó con los nudillos mi ventanilla y me hizo señas para que bajara el cristal.

–Nos gustaría tener una pequeña charla contigo –me dijo.

Yo no dije nada y dejé las manos en el volante.

Él sacó un pequeño revólver de la funda que llevaba en el cinturón. Desenfundó con destreza. En un rápido movimiento había estirado el brazo, había empuñado el arma y me había encañonado con ella a través de la ventanilla. Tenía la mira del arma apuntando a mi cabeza antes de que yo pudiera siquiera pensar en empuñar mi fusca.

–Una pequeña charla, por favor –repitió.

Si hubiera querido, habría podido pisar el acelerador y salir disparado como un cohete. Podría haberle aplastado el dedo gordo del pie al rubio antes de que sus reflejos de cerebro de mosquito le dejaran apretar el gatillo. Un Suburban, para lo grande que es, tiene una aceleración más que decente, y yo seguía con la marcha puesta y el motor caliente. Cuando él se diera cuenta de lo que pasaba, sus balas solo le darían al aire y al cristal. Quizá tendría tiempo de disparar tres tiros, todos desviados, ninguno con probabilidades de acertar, antes de que yo estuviera otra vez en la autopista, con suficiente ventaja para perderlos definitivamente. Si quería, podía huir en aquel mismo momento. Pero ¿qué conseguiría con eso?

Seguía sin tener ni idea de quiénes eran aquellos tipos.

Bajé la ventanilla y él me hizo señas para que saliese del coche. Me incliné despacio hacia delante, saqué la llave de contacto y abrí la puerta del coche. Deslicé mi revólver de detrás de mi pierna y me lo metí en el bolsillo. Una maniobra sutil, pensé. Debió de serlo, pues el rubio no dijo nada ni me cacheó. Se quedó a un metro de distancia, apuntándome con su arma. Cuando salí, cerró la puerta y con el cañón de su arma señaló su Suburban. Le olí el aliento. Ajo y cigarrillos mentolados. Me hizo andar delante de él, abrió la puerta trasera del lado del copiloto y me hizo señas para que me subiera al coche.

Tan pronto como lo hice, el hombre del asiento del copiloto se giró y me puso una escopeta recortada en la cara. Era un tipo el doble de grande que el rubio y tenía el mismo tatuaje en el cuello. A esa distancia, una descarga de postas del triple cero me arrancaría la cabeza.

—Os equivocáis de persona —les dije.

El rubio cerró la puerta y entró en el coche.

—No —replicó—. No nos equivocamos.

—Estoy aquí de vacaciones. Soy un investigador de seguros.

—Sabemos quién eres.

—Lo dudo mucho.

—Ayer por la tarde estuviste husmeando en el trastero de Ribbons. No eres un investigador de seguros. No eres siquiera un poli.

Me quedé en silencio.

—Eres el hombre de Marcus —dijo el rubio.

—No soy el hombre de nadie.

El rubio no dijo nada. Me quedé mirando cómo ponía el Suburban en marcha y volvía a entrar en la autopista. Conducía con cuidado y con mucha cautela, para que yo no estuviera tentado de jugársela de alguna manera. Sentía el peso del revólver en el bolsillo.

—¿Adónde me lleváis? —pregunté.

El rubio me miró con aire burlón, como si yo fuera estúpido.

—Tienes una cita —respondió.

# 23

El trayecto en el asiento trasero del todoterreno fue misericordiosamente corto. Me llevaron por la autopista y luego salimos a la marisma. Yo no dejé de vigilar a mis asaltantes durante todo el viaje. La luz reflejada por los faros dentro de la cabina se mezclaba con la débil iluminación de la pantalla del panel central y le daba a todo un extraño resplandor blanco. Los ojos del rubio eran del color de una mancha de herrumbre, y sus brazos parecían tallados en madera. El otro hombre tenía unos ojos azul intenso, era pelirrojo y unos diez años más joven que el rubio. No dejó de vigilarme durante todo el trayecto. Ni siquiera pestañeaba. En los nudillos tenía un tatuaje que decía «Catorce palabras». Alguien me había contado qué significaba. Tenía algo que ver con la gente blanca y sus hijos, como «Debemos asegurar la existencia de nuestro pueblo y un futuro para los niños blancos». La redacción exacta dependía de cada prisión.

El tipo de la escopeta sacó un ajado teléfono móvil de prepago. Vi cómo marcaba los números, pero no pude distinguir cuáles. Sostenía el teléfono muy cerca de su cara pero no me quitaba los ojos de encima. No habló mucho, y lo hizo en voz baja, para que yo no lo pudiera oír. Pero yo sabía qué estaba haciendo. Estaba informando a su jefe de que me habían encontrado. Estaba pidiendo instrucciones.

—¿Qué queréis de mí? —pregunté.

—Cállate —me ordenó el rubio.

Entonces salió de la autopista, por un camino de tierra que se adentraba en la extensa marisma desierta. Seguimos durante quizá diez minutos más, hasta que estuvimos en medio del páramo. Las ruedas se hundían en el blando suelo arenoso y el todoterreno iba dando botes. La marcha era exasperantemente lenta. Estábamos en medio de la nada, cerca de la embocadura de la bahía de Absecon. Aún se veía la torre del Regency resplandeciendo a lo lejos, pero los sonidos de la autopista y el zumbido de la civilización se iban apagando. Luego ya solo se oía el viento que soplaba en la marisma.

El coche fue frenando hasta detenerse.

Esperamos allí unos minutos con el motor encendido. Una oscuridad inquietante nos envolvía. Escuché el sonido de la respiración de aquellos dos hombres, cerré los ojos y me pregunté qué pasaría a continuación.

¿Estaban esperando órdenes para matarme?

Deseché la idea tan pronto como me pasó por la cabeza. Si lo que tenían en mente era eso, no me habrían puesto en el asiento trasero. Limpiarlo sería demasiado complicado. No; me habrían metido en la parte posterior del vehículo, más fácil de limpiar. En cuanto yo hubiera bajado de mi coche, el rubio me habría atravesado las costillas con un cuchillo. Entonces, cuando yo me hubiera desplomado, me habría arrastrado hasta su Suburban, habría echado mi cadáver en la parte posterior y eso habría sido todo. A estas horas ya estaría en cuatro trozos, cortado por la columna vertebral y en horizontal por el estómago, y envuelto en bolsas de basura o algo parecido. Si me quisieran muerto no se habrían tomado tantas molestias. No se habrían arriesgado a mantenerme vivo. Cada minuto que yo pasara respirando aumentaría las posibilidades de que las cosas se volvieran en contra de ellos.

De pronto, unos faros centellearon por la ventana trasera. Me giré protegiéndome los ojos de las luces largas, y miré. Otro Suburban negro se acercaba por la marisma. Tardó sus buenos cinco minutos en llegar, y aparcó frente a nosotros, al otro lado del camino.

El rubio, sin prestarme más atención, apretó el botón que desbloqueaba mi puerta y me dijo:

–Sal del coche.

Tiré de la manija y salí. El camino entre los coches estaba surcado de huellas de neumático. Kilómetros de marisma desierta se extendían en todas direcciones, con nada más alto que un matorral, entre nosotros y la autopista. Vi mi reflejo aumentando de tamaño en el cristal ahumado de las ventanillas y luego abrí la puerta trasera del segundo vehículo.

Dentro me esperaba un hombre de rasgos muy oscuros. Pelo oscuro, piel oscura, ojos oscuros. Cejas como orugas. Tenía el aspecto de esos tipos que ves en las noticias, paseándose por el palacio de algún emirato del petróleo, haciendo negocios con los saudís o comprando tanques a los rusos, pero no trapicheando con cristal. Su traje negro costaba probablemente veinte de los grandes, pero lo más llamativo eran sus ojos. Incluso bajo el brillante resplandor de la luz de la cabina, sus ojos eran de un color negro azulado.

Sabía exactamente quién era.

A lo largo de los años había oído incontables historias sobre él. En algunas, era un bárbaro; en otras, un tipo sofisticado. Pero había una historia en particular que yo tenía grabada en la memoria. Era una historia que Marcus mismo me había contado, cuando nos conocimos en aquel hotel de Oregón cinco años atrás. Después de haber elegido a su banda, se inclinó sobre la mesa donde varios de nosotros estábamos reunidos y nos habló de un hombre que él conocía. Habían sido amigos de la infancia, explicó Marcus. Compañeros de clase ya en el parvulario. Se citaban con las mismas chicas. Comían en los mismos restaurantes. Cuando estaban aún en la escuela, el hombre que conocía empezó a vender cocaína, y al poco agarró al camello de su zona y lo metió a empellones en un almacén abandonado. A plena luz del día, sin máscara. Noqueó al tipo con una llave inglesa y luego le ciñó con cinta americana una bolsa de plástico en la cabeza. Sin embargo, no se trataba de asfixiarlo. En la bolsa había varios agujeros para respirar. El chaval esperó entonces a que el hombre recobrara el conocimiento. Cuando lo recobró, aplicó la boquilla de un espray de pintura

147

púrpura a uno de los orificios, y roció, roció y roció hasta que oyó el repiqueteo de la bolita metálica al fondo de la lata vacía. La pintura entró en la bolsa y los gases entraron en los pulmones de aquel tipo hasta que ya no pudo gritar. La pintura contiene un montón de cosas nocivas: butano, propano, disolventes industriales, metales pesados, etcétera. El tipo lo inhaló todo en su torrente sanguíneo. El chaval rasgó la bolsa y se fue. El hombre sobrevivió, pero el disolvente de la pintura había atravesado su barrera hematoencefálica. Cuando salió del hospital se pasaba el día babeando y respiraba con mucha dificultad. Se había quedado ciego y necesitaba diálisis. Para los altos mandos del cártel fue un mensaje simple y brutal: si el chaval quería, podía regir un imperio con una lata de espray de pintura púrpura.

Y durante los siguientes cuarenta años, lo hizo. Nació con el nombre de Harrihar Turner, pero nadie lo llamó nunca así. Tenía otro nombre, uno que muy pocos traficantes de drogas osaban pronunciar en voz alta. Un nombre que, una vez oído, nadie olvidaba.

El Lobo.

# 24

—Me preguntaba cuándo nos íbamos a conocer —dijo el Lobo al deslizarme en el asiento trasero junto a él.

Incluso con aquel calor veraniego, el cuero de la tapicería estaba frío como en invierno. El aire acondicionado debía de estar puesto en glacial. El Lobo no iba armado porque no le hacía falta. Los cabezas rapadas con la escopeta habían aparcado justo al lado de nosotros, y no había por dónde huir. Su chófer debía de ir armado también. Miré al Lobo como si no tuviera nada que decir.

—No es exactamente lo que me esperaba —dijo el Lobo—. Por lo que me habían dicho, pensaba que sería mucho más joven.

—No sé lo que esperaba —respondí—. Soy quien soy.

El Lobo asintió expresivamente.

—Por supuesto. Y sabe también quién soy yo, ¿verdad?

—Lo sé —contesté—. Se llama Harry Turner.

Hubo un abrupto silencio. Tampoco se esperaba esta respuesta.

—¿Quién le ha contado eso? —preguntó finalmente.

—Gente —contesté.

—Marcus.

—Simplemente, gente.

—Su gente tiene razón, ese es uno de mis nombres, pero Harry nunca me ha entusiasmado. Es una deformación de mi nombre real, Harrihar. ¿Sabe qué significa Harrihar?

—No tengo ni idea.

—Es un nombre hindú, es uno de los nombres de Krishna, un avatar de Visnú, el dios supremo de la religión hindú, según algunas sectas. Visnú es el amparador, el omnisciente y omnipotente protector del universo. Harry no lo capta en todo su significado, ¿no le parece?

—Supongo que no —contesté.

—Pero quizá me conoce también por otro nombre. Algo más fácil de recordar.

—Lo llaman el Lobo.

—Bien. —El Lobo se echó un poco más adelante en su asiento—. Entonces entiende al menos quién soy.

—¿Cómo me ha encontrado?

—Vamos, no le puedo contar eso. Podría tratar de impedírmelo la próxima vez. Basta con que le diga que puedo seguirle a todas partes.

Tomé aire.

—Usted es el ghostman de Marcus, ¿verdad? Puedo verlo. Lo veo en sus manos. Tiene la yema de los dedos tan tersa como la piel de la nariz.

—No trabajo para Marcus —le dije.

Él sonrió.

—Seguro que no. Es un agente autónomo. Solo trabaja por cuenta propia, ¿verdad?

No dije nada.

—¿Ve mucho las noticias? —me preguntó el Lobo—. En mi casa siempre hay un televisor encendido. Mi esposa me martiriza todo el día por eso. Cuando entro en una habitación, lo enciendo, y a veces me olvido de apagarlo. Es un hábito casi inconsciente. Desayuno y veo las noticias. Voy al trabajo y veo las noticias. Hablo por teléfono y veo las noticias. Ya casi no me doy cuenta, pero ella sí. Cuando hablamos, yo la escucho, pero estoy también escuchando las noticias. Ella se enfada, pero yo tengo que seguirlas, ¿me entiende? Nunca se sabe cuál va a ser la siguiente noticia. Ahora mismo podría ser la historia de una niña perdida en algún lugar, y yo la borraría de mi memoria como si nunca la hubiera oído. Dentro de una hora podría ser otra cosa. Podría ser una noticia que cambiara mi día por completo, o incluso el rumbo de mi vida.

»Una vez salí en las noticias –continuó–. No mostraron mi cara ni dijeron mi nombre, pero una filial local estaba haciendo un reportaje relacionado con uno de mis negocios. Una niña se había alejado de sus padres y estuvo perdida varios días. Al final la encontraron, inconsciente, en un descampado contiguo a uno de mis talleres mecánicos. En principio parecía que no había sufrido ningún daño, pero cuando la examinaron vieron que algo iba mal. Tenía la vista nublada. Le hicieron análisis de sangre y encontraron que había estado expuesta a enormes cantidades de gas fosfina. Era un misterio porque no había bolitas de fosfuro de aluminio (ya sabe, veneno para las ratas) cerca de donde la hallaron. Solo apestaba a pescado podrido. Los reporteros estaban perplejos. Lo que no sabían es que en el sótano de aquel taller mecánico había un laboratorio de metanfetamina. Los gases habían salido la noche anterior por una tubería que daba al descampado. La pequeña, jugando por allí, aspiró accidentalmente una gran bocanada de gas, suficiente como para que perdiera el conocimiento. Los cocineros no se dieron cuenta de lo sucedido y continuaron la producción. Los gases se disiparon, pero la niña siguió allí, a menos de cinco metros del conducto de ventilación. Si los reporteros llegan a descubrir el respiradero, yo habría perdido casi un cuarto de millón de dólares en la operación.

»Así que tan pronto como me enteré –siguió el Lobo– me subí al coche y conduje hasta el descampado. Una vez allí empecé a merodear por el vecindario y di vueltas y vueltas y vueltas hasta que encontré la casa de la niña. Aparqué un poco más abajo en la misma calle, volví a pie a la casa y me colé por una de las ventanas. Fui al dormitorio de los padres y les disparé a los dos con un arma paralizadora para que no se despertaran. Luego fui a la habitación de la pequeña y le dije que no chillara. Ella lloró y lloró, pero luego me escuchó y no hizo ningún ruido más. Estaba tan asustada que apenas se podía mover. Solo era capaz de respirar entre jadeos y llorar en silencio. Me la llevé en brazos a la cocina y la puse sobre la encimera, junto al fregadero. Llené un vaso de leche y se lo di, y ella se lo bebió. El siguiente vaso contenía líquido desatascador de cañerías. Con leche tiene la textura adecuada. Se bebió medio vaso y tuvo que parar. Le salieron ampollas en la lengua, y entonces le tapé la naricita a la niña y le hice tragar el resto. Después de eso, aún tardó veinte minutos en morir, ahogándose y vomitando sangre mientras el desatascador de cañerías le disolvía las entrañas. Al cabo de un rato dejó de llorar. Se quedó quieta allí, mirándome con sus grandes y dulces ojos castaños, con la respiración entrecortada. Poco después se desplomó inconsciente y ya no volvió en sí. Tenía la cara cubierta de sangre, sus ojos sangraban, su cerebro se disolvía. Dejé el cadáver allí mismo, junto al botiquín abierto. Después de aquello, los reporteros no dijeron ni una palabra más del taller mecánico.

—¿Por qué me cuenta todo esto?

—Porque soy quien hizo que mataran a Moreno —respondió el Lobo—. Y si no me trae el dinero del atraco de esta mañana, haré que lo maten a usted también.

## 25

El único sonido que se oía dentro del coche era el viento del océano que azotaba las ventanillas. Las luces de la autopista proyectaban largas sombras en los pinos al oeste. Atlantic City era un murmullo a lo lejos.

Yo tenía la garganta seca.

—Atlantic City me pertenece, Ghostman —me advirtió el Lobo—. Estoy enterado de cada bolsa de marihuana y de cada gramo de metanfetamina que se pule aquí. Estaba enterado de los movimientos de Ribbons y de Moreno desde hacía meses. Hablaban con la misma gente que yo. Se gastaban el dinero en mis casinos. Se alojaban en mis bloques de apartamentos. Aparcaban su coche en mis esquinas. Marcus debía de ser idiota cuando pensó que podía hacer un trabajito en mi ciudad sin que yo lo supiera.

—Usted tenía que saber que Marcus le iba a pagar con el dinero de un golpe —le dije—. Marcus fue maquinante durante casi veinte años.

—Lo sabía. Y sabía también lo que estaban robando. ¿De dónde cree que Marcus sacó el soplo sobre la carga federal? ¿Cree que se le apareció en un sueño, o que se lo contó un pajarito, como esas historias que los tipos duros cuentan en el bar? No. Marcus habló con gente que había hablado con gente que sabía de qué iba. Y créame, todos los que lo sabían también sabían de mí.

—Pero si conocía de antemano los planes de Marcus, ¿por qué dejó que Ribbons y Moreno los llevaran a cabo? ¿Por qué cargárselos solo después de que robaran el dinero?

El Lobo dejó escapar un suspiro.

—Esto es lo que os pasa a los ladrones. No transigís con la sofisticación.

Nos quedamos unos momentos en silencio.

—Explíqueme exactamente qué quiere —dije finalmente.

—Quiero ofrecerle un trato —respondió el Lobo—. Una ganga. Recogerá todo ese dinero que Marcus robó del casino y lo pondrá en el avión de Marcus el lunes por la mañana. Hará que los localizadores por satélite lo detecten y estalle.

—Esto mandará a Marcus a prisión por cincuenta años —le dije—. Una sentencia de muerte para un hombre de su edad.

—Ahora empieza a entenderlo. Si Marcus puede usar el dinero como arma, también puedo yo.

Me aclaré la garganta.

—Antes me ha dicho que iba a ofrecerme un trato.

El Lobo hizo un gesto hacia la marisma.

—No enterrarlo ahí.

—Eso no tiene mucho de oferta. Si no me mata usted, lo hará Marcus, incluso desde la cárcel. Hay gente que ha invertido mucho en la operación. Quizá yo no trabaje para él, pero no soy estúpido.

—Sí, es posible que Marcus trate de matarlo, pero debería considerar su situación a corto plazo. Ahí fuera, los vientos oceánicos llegan a ser atronadores. De noche aúllan a veces en grandes ráfagas por los juncos de la marisma. Suenan exactamente como alaridos, dicen los de aquí. Gente de las afueras de la ciudad jurará y perjurará que en la marisma hay alguien dando alaridos como un desaforado. El efecto es tan convincente que los turistas han llamado más de una vez a la policía. Cuando la policía les dice que solo es el viento, no se lo creen. Salen en plena noche, con sus pantalones de peto y sus camisas playeras, a buscar a la persona que chilla. Pero nunca encuentran a nadie. Solo es el viento. Los alaridos de verdad no llegan tan lejos. Apenas se oyen a quince metros.

No dije nada. El viento racheaba contra la ventanilla y se fundía con el sonido del aire acondicionado del coche del Lobo.

—De una forma u otra —dijo el Lobo— me ayudará. Haga lo que le propongo y le pondré en nómina. Juntos haremos mucho dinero. Si elige desoír mi propuesta, esta será la última conversación de su vida. Lo mataré como advertencia. Lo enterraré aquí mismo, bajo una duna, y cuando el tiempo cambie lo único que quedará de usted serán los dientes y ese reloj caro que lleva en la muñeca.

Atisbé por la ventana al otro Suburban negro, donde los dos hombres miraban al vacío. Quizá escuchaban el viento.

—Aún no tengo el dinero —le dije.

El Lobo giró la cabeza una fracción de ángulo hacia mí.

—Por supuesto que no lo tiene. Si lo tuviera ya no estaría aquí. Lo que no entiendo es por qué Marcus ha enviado a un ghostman para encontrarlo, y no a un ejército de sus matones.

—Puedo conseguirle el dinero, pero tiene que soltarme.

—¿Para que se largue de la ciudad y desaparezca? No, Ghostman. Está entrenado para desaparecer. Es prácticamente lo único que hace. Si va a cumplir mi encargo no se separará de mí durante las próximas treinta horas. Iremos a recoger el dinero robado juntos, en compañía de mis hombres. Es la única manera de que usted salga vivo de esta marisma.

—¿Cómo sé que no me pegará un tiro en la cabeza en el mismo momento en que le diga dónde está el dinero?

—Porque sé reconocer a un buen ghostman —respondió—. Y ya ha habido bastante sangre por hoy.

—No acabo de creerme esto.

—Entonces véalo así. Haga lo que le pido y por lo menos vivirá más. Pueden ser horas, días o años, pero vivirá más. Si no hace lo que le pido habrá muerto dentro de treinta minutos, justo después de cavar su propia tumba.

—Créame —contesté—, suena a buen trato, pero no tengo lo que busca, y no hay esperanza de que lo encuentre con usted pegado a mí.

—No voy a cambiar mi oferta.

—Pues es una lástima, porque no puedo aceptarla. Si me da doce horas de margen, cerramos el trato. Créame, odio a Marcus tanto como usted, pero no puedo darle algo que aún no tengo.

—Sigo sin creerle.

—Y tiene buenas razones para no hacerlo. Soy un mentiroso de primera clase, pero me da igual si me cree o no. Ya estoy aburrido de todo esto.

—¿Aburrido? ¿Amenazo con matarlo y usted se aburre?

—¿No lo está usted? —repliqué, abriendo la puerta del coche solo un poco.

—¿Entiende lo que significa bajar de este coche, Ghostman?

Asentí con la cabeza y dije:

—Me arriesgaré con lo de las dunas. Póngase en contacto conmigo cuando tenga algo más interesante.

El Lobo no dijo nada cuando salí y di un portazo. Me lanzó una mirada feroz por la ventanilla, como si yo fuera una especie de rompecabezas irresoluble para él. Quizá pensó que yo faroleaba. Tal vez era él quien faroleaba y no se esperaba que yo se la devolviera. En cualquier caso, el Lobo le hizo señas a su chófer para que pusiera el coche en marcha. Dieron la vuelta y regresaron lentamente a la autopista, dejándome atrás con sus dos cabezas rapadas.

Miré el reloj. Las tres y cuarto.

Quedaban veintisiete horas.

## 26

Me quedé mirando cómo el Suburban del Lobo se bamboleaba por el camino, salpicando barro cada pocos metros. Cenotes húmedos llenaban las planicies. El viento del océano empezó a levantarse. La hierba de la marisma chillaba.

No era tan tonto como para tratar de escapar.

No puedes escapar de una escopeta. Un cartucho Magnum del calibre 12 de 89 milímetros, con postas triple cero, lanza entre ocho y doce bolas de plomo a unos mil cuatrocientos kilómetros por hora. A los pocos metros, los perdigones empiezan a dispersarse formando una pequeña y mortífera nube. Cada bola mide ocho milímetros y medio de anchura y pesa como una moneda de cinco centavos. Una sola puede volarle los sesos a un hombre. Escapar no serviría para maldita la cosa.

Y no había dónde esconderse. Había un pinar a siete u ocho kilómetros al oeste y un par de gigantescos molinos de viento de energía eólica a unos quince kilómetros hacia el este, pero todo lo que había en medio era tan plano como el desierto. Además tenían un coche. Si conseguía ponerme fuera del alcance de la escopeta, solo tenían que encender el motor, perseguirme y atropellarme. Incluso en este tipo de terreno, no conseguiría esquivarlos.

Miré cómo el Suburban del Lobo desaparecía a lo lejos. El aire sabía a agua salada. Aspiré una bocanada y dejé escapar el aire poco a poco.

Oí que la puerta del coche se abría detrás de mí y vi que el rubio bajaba. Se quedó allí parado y parpadeó. Su expresión vacía sugería que no se moría de ganas de echar a golpe de pala dos metros de húmeda marisma sobre mi cuerpo después de matarme. El pelirrojo bajó del coche poco después, pero tenía otro aspecto. Tenía los ojos muy abiertos y la frente empapada. Sudaba. Alzó la escopeta hasta su mejilla y apuntó hacia mí.

—Lo siento —dijo el rubio.

No dije nada. No me moví.

El rubio rodeó el todoterreno y abrió la puerta de atrás apretando un botón. Allí tenía todo tipo de suministros. Cinta americana, alambre, una sierra de arco, cuchillos. Volvió con una pala. Era una cosa larga de madera, con una plancha oxidada. Debía de tener un metro y medio de largo por lo menos, y estaba cubierta de tierra seca de la última vez que la habían usado. El rubio se detuvo a un par de metros de mí y arrojó la pala al suelo entre él y yo.

Miré la pala y dije:

—No voy a recogerla.

No quería ni tocarla. Una pala no es un arma demasiado buena. Con ella puedes tumbar a cualquiera, seguro, pero esta es la cuestión. Con ella no puedes darle a cualquiera. Es demasiado pesada e incómoda. Se tarda demasiado en blandirla e impulsarla hacia delante. Y si fallas, la inercia te lleva. Parar el impulso y tratar de golpear de nuevo cuesta aún más tiempo y esfuerzo. Cualquiera verá venir el golpe. Habrá quien se quede inmóvil y se lleve el golpe, pero esos tipos no. El rubio sacaría su arma y me freirían a tiros mucho antes de que yo pudiera darles.

Miré a los dos.

—Tú lo has elegido, tío —me dijo el rubio.

Escuché el estridente sonido del viento y le eché otra larga mirada a las distantes torres de los casinos.

—Míratelo así —dijo el rubio—. Cava y vivirás un poco más. Si tardas dos horas en cavar una tumba, serán dos horas más de vida. No voy a mentirte. No tendrás oportunidad de escapar. Pero si cavas, por lo menos tendrás un poco de tiempo para pensar en cosas. Para reconciliarte con Dios o lo que sea.

—¿Cómo te llamas? —le pregunté.

El rubio y el otro tipo intercambiaron una mirada. El pelirrojo asió con más fuerza la escopeta, como si temiera que le resbalara de las manos.

—Si voy a morir —les dije—, debería por lo menos saber vuestros nombres.

El rubio se mostró reacio al principio, pero unos momentos después dijo:

—Me llamo Aleksei.

—Martin —dijo el otro.

—Aleksei. Martin. Tengo dinero.

—¿De verdad crees que pagando te vas a librar?

—De cavar, por lo menos —contesté.

Me metí la mano en el bolsillo del pantalón, pero antes de que llegara a tocar el dinero, Aleksei se echó la mano al cinturón, donde tenía aquella pequeña pistola, una Ruger LCP compacta, hecha de ese metal ligero que usan para los aviones. Era tan pequeña que le habría cabido en el bolsillo de la camisa.

—Poco a poco —me advirtió.

Saqué dos mil pavos en billetes nuevos, atados juntos con una tira de papel color mostaza. Extendí el brazo para que pudieran verlos, y luego arrojé el fajo al suelo, entre ellos y yo.

—Soltadme y os daré diez veces más —ofrecí—. Lo tengo en un maletín en mi coche. También tengo una montaña de teléfonos móviles. Son vuestros.

—No nos comprarás —dijo Aleksei.

Estiré mi mano izquierda.

—Fíjate en mi reloj.

Aleksei y Martin avanzaron un paso hacia mí. Yo levanté las dos manos.

Aleksei extendió la palma de la mano, como si yo tuviera que quitarme el reloj y dárselo. Entonces avanzó otro paso, como si pensara que yo me estaba haciendo el remolón.

Fue ahí cuando cometió un gran error. Estábamos a menos de un metro de distancia.

Y había aquella pala entre los dos.

Pisé la cabeza de la pala tan fuerte como pude y el mango se levantó como una palanca. La agarré con ambas manos y la lancé como si fuera un mazo. La plancha alcanzó a Aleksei en la mandíbula, que se cerró de golpe, y le seccionó un pedazo de lengua, que salió volando por el aire. Solté la pala, avancé otro paso, le así el brazo derecho y le retorcí la muñeca detrás de la espalda mientras él chillaba de dolor. Entonces, con un rápido movimiento, le pasé el brazo por el cuello, saqué el revólver de mi bolsillo y le puse el cañón en la sien. Fue de lo más fácil. Ya tenía un escudo humano.

Me giré hacia Martin y le dije:

—Tira el arma.

Me miró aturdido un momento, como si no hubiera visto bien lo que acababa de ocurrir, y empuñó con más fuerza la escopeta. Pasaron varios segundos. Aleksei se retorcía contra mí, con sangre manándole por la boca y cayendo por el mentón. Me moví un paso a la izquierda y Martin me siguió con la escopeta.

—Tírala tú —respondió Martin.

—Ni lo sueñes.

Martin me miró, luego miró mi revólver, luego a su amigo.

—Soy muy bueno en esto —le dije—. Baja la escopeta o le vuelo la mandíbula a Aleksei. A esta distancia no puedo fallar, y luego te mataré antes de que me tengas a tiro. ¿No se trata de eso? ¿No estás esperando tu oportunidad para disparar?

El diminuto cerebro neonazi de Martin trabajaba a toda máquina, se veía. Sus dedos pequeños y rechonchos asían nerviosamente el revestimiento de goma de la culata de la escopeta. Tenía la palma de las manos tan húmedas como la marisma. Una línea de sudor se iba formando en las «Catorce palabras» de sus nudillos.

Aleksei gorgoteaba. La sangre le bajaba por la garganta.

Hubo otra ráfaga de viento.

—Descárgala —le ordené—. Ya.

Apartó el cañón de mí y accionó la corredera. El cerrojo se abrió y salió un cartucho rojo. Accionó la corredera otra vez y expulsó otro cartucho. Siguió expulsando cartuchos hasta que los seis estuvieron en el suelo. Montó el arma para que yo viera la recámara vacía y luego dejó caer la escopeta a un lado del camino. Entonces volvió la mirada hacia mí, con las manos colgando a ambos lados del cuerpo. Se oía cómo respiraba.

—Bien hecho —le dije; entonces apunté con mi arma a su cabeza y le volé los sesos.

La bala entró por la mejilla izquierda de Martin, por debajo del ojo. Le atravesó el paladar y salió por la base del cráneo, donde se juntan todos los nervios. Sangre y materia gris y fragmentos de hueso colorearon la arena detrás de él. Su cuerpo se desplomó.

Solté a Aleksei. Dio un traspié y trató de recuperar el equilibrio, pero antes de que diera dos pasos le golpeé la nuca con la culata de mi revólver y cayó de bruces al barro. El golpe debió de zarandearle el cerebro, porque tras pocos segundos de convulsiones en el suelo perdió el conocimiento.

Me tomé un momento para respirar.

A ninguna persona cuerda le gusta matar, pero no es tan malo como se quiere hacer creer. Dicen que el deseo de matar es el peor sentimiento que se puede tener, que es como morir un poco por dentro. Nunca fue así para mí. No sentí nunca gran cosa, realmente, solo la presión en el pecho, como un fuerte ardor de estómago. De repente, la respiración se hace un poco más ardua. Los colores, un poco más vivos. Mis problemas parecían un poco más simples y mis pensamientos un poco más rápidos, debido a la adrenalina. Todo esto desaparecería pasados unos minutos. Solo tenía que pensar en otra cosa y concentrarme en la tarea. No tenía que sentir remordimientos por ello.

Esos hombres eran armas.

Nunca se me pasó por la cabeza dejarlos con vida. La compasión sería un error. Mientras siguieran vivos y pudieran empuñar un arma, el Lobo los mandaría a buscarme. Joder, aunque el Lobo no tuviera nada que ver, esos tipos me buscarían igualmente, porque les había ganado la mano. Hay tipos que, después de una derrota, no saben largarse y continuar con su vida. La idea de venganza rebota por todo su cerebro como una bala subsónica del calibre 22, demasiado lenta para abrir una brecha y salir del cráneo. Me buscarían hasta que yo estuviera muerto, o lo estuvieran ellos. Mientras siguieran con vida y tuvieran brazos y piernas, eran armas.

Cacheé a Aleksei. Le quité la Ruger del cinturón y la examiné. Dejé caer el cargador y tiré de la corredera lo justo para ver la bala de nueve milímetros en la recámara. Arrojé el arma a la marisma. Llevaba el pasaporte en el bolsillo superior de la chaqueta. Aleksei Gavlik. Una cartera y un teléfono móvil. Las llaves del Suburban. Me guardé las llaves y miré la lista de contactos de su teléfono. Ningún número tenía nombre, pero había más de quince llamadas a un número con prefijo de Atlantic City en las últimas diez horas. El Lobo. Memoricé el número, rompí el teléfono y lo arrojé a la marisma también.

Me acerqué a Martin e hice lo mismo. Llevaba una cartera con un carnet de conducir domiciliado en Ocean City. Además de la escopeta y de otro juego de llaves, había una navajita sujeta a su cinturón. La lancé igualmente a la marisma. Recogí los dos mil pavos que había tirado al suelo, les quité el polvo y me los guardé en el bolsillo. Con el faldón de mi camisa limpié el mango de la pala y la arrojé tan lejos como pude.

Aleksei dio un gemido y empezó a moverse. Trató de ponerse de pie en el barro, pero las piernas no lo sostenían.

Fui hacia él y le pegué un tiro en la nuca. Me limpié una mancha de sangre de la corbata y me marché.

Abrí el tambor de mi revólver y dejé caer las balas y los casquillos vacíos en la cuneta, luego aflojé los tornillos de la culata y le quité las cachas de goma. Amartillé el revólver, desencajé el muelle del martillo, desmonté el martillo y el percutor y los arrojé tan lejos como pude. En menos de un minuto tuve el arma en ocho piezas pequeñas. Luego tiraría el resto de las piezas por la autopista. Un equipo de búsqueda podría tardar varios meses en encontrarlas y juntarlas de nuevo.

Cerré la puerta trasera del Suburban, me subí al coche, di marcha atrás hasta que encontré un lugar para dar la vuelta en el camino y enfilé hacia la autopista. Me marché escuchando el débil zumbido de los insectos.

## 27

## *Kuala Lumpur*

Todos los golpes empiezan de la misma manera. Después de que Marcus nos explicara qué robar y cómo, teníamos que ir a reconocer el terreno. Esto, sin embargo, puede ser tan arriesgado como el robo mismo. Hacen falta docenas de horas para preparar un buen trabajo. Tienes que conocerte al dedillo el banco en cuestión, desde la puerta de entrada hasta el fondo de la cámara acorazada. Tienes que aprenderte de memoria el nombre de todos los cajeros, el número de placa de todos los guardias de seguridad, y cada escondrijo en cada planta del edificio. ¿Tienen las puertas de cristal una cerradura electrónica? ¿Tiene la cámara acorazada un mecanismo de apertura retardada? ¿A qué hora se va el director o la directora del banco a tomar el café, y cómo se lo toma?

Tienes que saberlo todo.

Por tanto, tienes que ir al banco y echarle una larga y detenida ojeada. Con veinte minutos no basta. Más bien dos días. Ese período de observación le ocasiona al atracador profesional una serie de problemas. Para empezar necesitas alguna razón para estar allí. Los banqueros reparan a menudo en el que entra, se pasa una hora observando y se va sin haber hecho ninguna gestión. Y peor que esto, aunque consigas examinar el lugar sin que ningún empleado se dé cuenta, están las cámaras. No son una amenaza inmediata, es cierto, porque nadie es arrestado por cruzar la puerta de entrada y no hacer nada, pero las cámaras pueden resultar un problema grave más tarde. Tras el atraco, los investigadores pueden revisar filmaciones antiguas para ver si la altura y el peso de alguno de los atracadores coinciden con los de alguien que haya estado allí antes. Investigan cada entrada de los seis meses anteriores. Si encuentran una coincidencia pueden poner la imagen en las noticias y estarán un paso más cerca de pillarte. Así que si queríamos echarle una mirada de cerca al funcionamiento interno de nuestro banco, teníamos que ir como si fuéramos otros.

Entran los ghostmen.

Hsiu Mei era nuestra supervisora. Se quedaría en la furgoneta con una conexión inalámbrica conectada a nuestros pinganillos. Traduciría para nosotros, si era necesario, pero su tarea principal sería la de hacernos de guía. Había repasado el plano del edificio una y otra vez, bebiendo una taza tras otra de té verde en un vaso de porexpan.

Entraríamos Angela y yo.

Pasamos varias horas de la mañana preparando nuestro disfraz, y Angela estaba absolutamente radiante. Su vestuario consistía en un vestido rojo de verano Gucci, una pulsera de platino con piedras preciosas caras, tacones a la última moda y un bolso a juego. No se parecía en nada a la mujer que yo conocía desde hacía años. Esta Angela era veinte años más joven y varios millones de dólares más rica. Sus lentes de contacto eran de un verde casi fosforescente y tenía el pelo largo, negro y perfectamente liso. Sus labios eran color rojo intenso; parecía salida de una revista. Ya no era Angela. Era Elizabeth Ridgewater, una rica heredera de Nueva Inglaterra.

Mi aspecto era un poco diferente. Llevaba un sencillo traje negro y una corbata oscura pasada de moda desde hacía dos temporadas. El maquillaje solo me hacía parecer unos diez años más joven, y mi pelo castaño oscuro me daba un aspecto amenazador. Me esforcé en conseguir una apariencia de enfurruñamiento casi permanente. Yo era William Gold, el guardaespaldas personal de la señora Ridgewater.

Angela me esposó a la muñeca un maletín Halliburton. Era un modelo de aluminio ligero, con capas de gomaespuma dentro para mayor protección. Al levantarlo oí algo pequeño pero pesado que se movía en el interior.

—Vamos —dijo Angela.

Bajamos de la furgoneta y entramos por la puerta giratoria al vestíbulo. Angela iba delante, por supuesto, andando con la seguridad y el garbo de una mujer que podía permitirse comprar cualquier cosa que se le pusiera a la vista. Yo iba detrás con la cabeza baja y unas Ray-Ban oscuras. La gente nos miraba, lo cual me incomoda siempre, incluso cuando voy disfrazado. Me siento más cómodo fingiendo que no soy nadie.

Nuestro objetivo era un edificio llamado National Exchange Tower, un rascacielos de treinta y cinco plantas con un helipuerto arriba. Al entrar en el vestíbulo hice una rápida evaluación de la planta baja. Ninguna de las puertas requería ningún tipo de clave de acceso o tarjeta magnética, y no había detector de metales en la entrada, tal como algunos edificios tienen hoy día. Los recepcionistas no nos dijeron nada cuando fuimos directos hacia los ascensores. Uno nos echó una mirada y asintió con la cabeza, pero nada más.

Solo la parte superior del edificio pertenecía al banco en sí. Mientras andaba le eché una mirada a la lista de inquilinos expuesta junto a las puertas de los ascensores. El vestíbulo ocupaba la primera planta. En la segunda había despachos para administradores del edificio, supervisores, empleados de limpieza y personal de seguridad. Un bufete de abogados ocupaba la tercera y la cuarta, y en las siguientes ocho se alojaba una gran empresa manufacturera. No había planta trece, pero las de la catorce a la veintiuno pertenecían a una compañía petrolera. La veintitrés y la veinticuatro estaban en reformas, y la veinticinco era de una especie de nueva empresa de electrónica. Solo las plantas superiores, de la veintiséis a la treinta y cinco, pertenecían al banco.

Y solo una de esas plantas alojaba la cámara acorazada.

La mayoría de las plantas del banco no tenían interés. Dos eran simples centralitas telefónicas de atención al cliente y las otras cinco eran despachos de gerentes de administración. La cámara acorazada estaba arriba de todo. La planta treinta y cinco era el depósito principal de moneda extranjera y era la que debíamos tomar. Según los planos que teníamos, allí arriba no había mucho más que unos pocos gerentes, algunas cajas de seguridad y aproximadamente dieciocho millones en efectivo.

Una vez a solas dentro del ascensor apreté el botón del cronómetro de mi reloj. Con un plano preciso del edificio y el tiempo de subida podríamos calcular la velocidad de los ascensores. Con la velocidad de los ascensores podríamos estimar el tiempo de reacción del botón de llamada y el tiempo de demora en el control manual.

Cuando el ascensor se puso en movimiento, Angela me miró con preocupación.

—¿Nervioso? —me preguntó.

Negué con la cabeza.

—No me lo he pasado mejor en la vida —respondí.

Tardamos dos minutos en llegar a la planta superior. Observamos en silencio cómo pasaban los números. Cuando las puertas finalmente se abrieron, un gerente del banco nos recibió. Le dirigí una mirada a Angela, pero ella no me la devolvió. Debía de haber algún sensor que avisaba a los de arriba cuando un ascensor subía a la última planta. La manera diligente con que aquel hombre nos recibió no podía ser una coincidencia.

La planta superior parecía un banco normal, excepto en que estaba a treinta y cinco pisos de altura. Los ascensores daban a una sala de recepción de seis metros por nueve, amueblada solo con unos pocos sofás frente a la ventana. En el lado opuesto había ventanillas de cajero separadas por plexiglás, y varias puertas de doble cerradura que las comunicaban por detrás. Tras las ventanillas de cajero distinguí algunos cubículos y al fondo de todo un ascensor de seguridad y la enorme compuerta redonda de la cámara acorazada. La austeridad era parte de la estética, supuse. Nada de florituras, todo eficiencia.

El gerente le estrechó la mano a Angela y nos saludó en malayo. Angela contestó en inglés.

–Desearía que me informaran sobre depósitos en la cámara acorazada.

No hizo falta mucho más para captar la atención del gerente. Con una sonrisa nos volvió a saludar en inglés y nos invitó a pasar a su despacho. Angela parecía el tipo de mujer a la que no le gusta perder el tiempo, y el gerente se dio claramente cuenta de ello. Nos llevó por una de las puertas de doble cerradura, y luego por una hilera de despachos hasta que llegamos al suyo. Una vez instalados levanté el maletín de aluminio y Angela me quitó las esposas de la muñeca. Me recliné en el asiento sin decir palabra. Cuanto menos hablara yo, más verosímil sería todo. Tuve la sensación de que podríamos haber hecho la transacción entera sin decir una sola palabra.

–Estoy de paso por la ciudad y necesito una pequeña caja de seguridad en la cámara acorazada para guardar un objeto particularmente valioso para mí –explicó Angela–. Si es posible, me gustaría ver qué clase de custodia me pueden ofrecer.

–Le aseguro que no encontrará usted sitio mejor. Ofrecemos una gama de cajas de seguridad con la tecnología antirrobo más sofisticada de Asia.

–Me han dicho que también ofrecen custodia en la cámara acorazada.

–Lo hacemos, pero tenemos reservadas las cajas de la cámara acorazada para nuestros clientes corporativos que desean guardar bienes por un valor igual o superior a cinco millones de libras esterlinas. Nuestras cajas de seguridad privadas, situadas en una sala separada justo al otro lado de la cámara acorazada, cubrirán de sobra sus necesidades, se lo puedo asegurar.

–Creo que en mi caso estará dispuesto a hacer una excepción.

Angela quitó las esposas del maletín, se puso este en el regazo y lo abrió para mostrarle al gerente de qué hablaba. Dentro había una piedra preciosa grande como la punta de un dedo. Tenía casi el color de un rubí, pero era demasiado pálido para serlo. Era un diamante rojo, el color más raro del mundo. Ese diamante, encontrado casi trescientos años atrás en algún lugar de la India, había pertenecido, en diferentes momentos, a dos monarcas europeos, a tres princesas, a dos jeques y a tres multimillonarios. En una subasta alcanzaría algo más de catorce millones de dólares. Parecía una gota de sangre helada.

Era el Diamante de la Corona de Kazajistán.

No era el verdadero Diamante de la Corona de Kazajistán, por supuesto. Aquel estaba guardado tras cinco centímetros de cristal antibalas en Abu Dabi. Este era falso, pero muy bien hecho. Era de circonita cúbica tratada con una pequeña cantidad de cerio, para darle el mismo raro tono rojo del original. Cualquiera con varios años de experiencia y una lupa de joyero habría visto que no era el de verdad, pero esto no iba a ser un problema. El maletín estaba lleno de documentos falsificados: seguro, procedencia, tasación. La piedra solo tenía que parecer valiosa y, os lo aseguro, lo parecía completamente.

El gerente agrandó los ojos por un momento, pero enseguida reprimió su reacción. Es parte del trabajo, supongo, demostrar poco aprecio por los objetos de valor que se le encargaba proteger. El más mínimo atisbo de codicia podría disparar la alarma en un cliente potencial. Era importante ceñirse estrictamente a las normas, con poca variación. Nos miró de refilón a los dos y se arrellanó en su asiento.

—Estoy dispuesta a pagar cualquier suplemento para garantizar su custodia —dijo Angela—, siempre que usted me ofrezca el nivel de protección al que estoy acostumbrada. He tenido problemas con bancos malayos alguna vez.

El juego de Angela con el gerente era muy delicado. Tenía que convencerle de que nos dejara ver la cámara acorazada sin realmente alquilar una caja de seguridad allí. Queríamos que al final declinara nuestra petición, pues así no se acordaría tanto de nosotros. Si aceptaba la oferta de Angela y en el último minuto nos echábamos atrás, seguro que recordaría nuestra visita, y eso nos podría traer problemas después. La voz de Angela era a la vez dulce y presuntuosa; sonaba lo bastante desesperada como para ser digna de atención, pero al mismo tiempo lo bastante arrogante como para merecer que nos rechazaran.

Mientras Angela y el gerente charlaban unos minutos sobre la cámara acorazada, yo iba memorizando la posición de las cámaras de seguridad. Había cámaras domo negras instaladas en el techo, que cubrían cada centímetro cuadrado del banco. Sobre la ventanilla de cada cajero había una; otra detrás, una encima de cada cubículo y cuatro más enfocadas a la cámara acorazada. Los servicios para empleados exclusivamente, al final de la pared, eran el único lugar sin cobertura.

Me excusé educadamente para visitar las instalaciones y poder así husmear un poco a mis anchas. Al salir del despacho susurré: «Cámaras».

Hsiu Mei me respondió en un susurro también a través del transmisor que yo llevaba en la oreja. «Fíjate bien en el ascensor de seguridad de la sala trasera, al lado de la cámara acorazada y de las cajas de seguridad.»

El ascensor de seguridad junto a la cámara acorazada del que ella hablaba era completamente diferente al que habíamos usado para subir. Era un ascensor con pesadas puertas de acero macizo y un sistema de llamada de última generación. La persona de un lado hablaba con la persona del otro a través de un circuito cerrado de televisión. Le di una minuciosa mirada al pasar por delante.

—Doble custodia, tarjeta de bloqueo —susurré.

—¡Dios! —dijo Hsiu—. ¿Y la cámara acorazada?

—Triple custodia —contesté—. Bloqueo con temporizador, apertura retardada, dial de triple combinación.

Hsiu soltó un reniego en chino. La cámara acorazada era una monstruosidad total. Tenía prestaciones de seguridad, unas añadidas a otras, de varios fabricantes de primera fila. Seguí adelante antes de que sospecharan de mí. Cuando regresé al despacho, Angela ya estaba acabando. Teníamos casi todo lo que queríamos. Lo ideal habría sido que nos hubiera mostrado la cámara acorazada, pero sabíamos que eso no sería posible. Un jefe de sección como él habría podido ceder, pero un encargado de cámara acorazada se habría opuesto instantáneamente. No nos podríamos acercar a la cámara acorazada a menos que tuviéramos ya una cuenta, y sería demasiado arriesgado abrir una. Angela le dio las gracias al hombre y esposó de nuevo el maletín a mi muñeca, me cogió del brazo y me llevó en silencio hacia la puerta de salida. Parecía decepcionada y frustrada.

Resultó que esto último no lo fingía.

Otra vez ya dentro del ascensor, Angela apretó el botón para cerrar las puertas y echó a andar de un lado a otro de la cabina, observando minuciosamente los dispositivos de iluminación. Había cámaras ocultas, por supuesto, pero micrófonos no. La mayoría de los ascensores no tienen vigilancia de sonido, pero Angela lo comprobó igualmente. Cuando estuvo segura de que no nos estaban grabando, se apoyó en la barandilla de latón de la pared del fondo y me susurró al oído:

—Este banco es una auténtica trampa mortal.

—Me encanta —respondí—. ¿Has visto esa cámara acorazada?

—Es una Diebold Class II con apertura retardada y triple custodia con tiempo asignado, lo cual significa que tres encargados tienen que introducir simultáneamente tres claves diferentes que solo ellos saben, a una hora que solo ellos saben, y entonces la cámara acorazada no se abre al momento. Pone en marcha un temporizador que abre la caja media hora después. Sí, he visto la puta cámara acorazada.

—Me encantará vérmelas con esa cosa —le dije.

—No, no te encantará, porque nos vamos a largar. Si la cámara acorazada no fuera ya bastante problema, cuando tengamos el dinero estaremos a una manzana de una comisaría y a solo cinco minutos de coche del cuartel general de la PGK. Eso significa helicópteros y unidades de asalto. Pueden esperarnos tipos con máscara negra y chaleco antibalas bajando con cables como en las películas. Nos tendrán esposados antes de que toquemos la puerta de esa cámara acorazada. O estaremos muertos.

—¿Pensabas que iba a ser fácil robar más de diecisiete millones de pavos? —le dije.

—Esperaba que fuera posible salir con vida de ello. Y no lo es.

Hice un gesto de desaprobación con la cabeza.

—Deberíamos renunciar a este trabajo —dijo Angela—. Esfumarnos. Irnos a Praga, reservar una suite en el hotel Boscolo y quedarnos allí un mes.

—¿Qué diversión hay en eso?

—No lo hago por diversión —respondió Angela—. Quiero hacerme rica y vivir una vida normal.

—¿Sabes cuánto me aburre ser normal? —repliqué—. Yo vivo para desafíos como este.

—De este no saldremos vivos.

—Que así sea, entonces —contesté sacudiendo la cabeza.

# 28

*Atlantic City*

Conduje un rato en silencio. A medio camino de Hammonton vi mi Suburban abandonado a un lado de la carretera. Había tenido suerte de que la policía estatal no lo hubiera visto y hubiera llamado al depósito municipal. Cuando aparqué detrás de él no se oía un solo coche pasando en la otra dirección. La autopista estaba desierta a esa hora de la noche.

Angela solía decir que tenía una lista de normas para sobrevivir como ghostman. Entre ellas solo había tres que nunca había roto ni cambiado. Yo las llamaba las Tres Mayores, como si fueran una especie de catecismo sagrado, transmitidas por Dios mismo. La primera: Nunca mates a menos que no tengas elección. La segunda: No te fíes de nadie de quien no sea absolutamente necesario fiarse. La tercera: Nunca hagas tratos con policías.

La última era estrictamente práctica. La policía no está para dejar escapar a criminales. Por muy corrupto que sea un poli, ha prestado juramento de proteger y servir a la gente y cumplir las leyes de su jurisdicción. Simplemente, la policía es el enemigo, y no hay diálogo, dinero o drogas que cambien eso. Y los polis no son siempre el problema.

A veces lo son los tipos de tu propia banda.

Hay una palabra para el atracador que habla con la policía; hay varias, en realidad. Chivato, soplón, confidente, chota. En algunas partes del mundo basta con darle la hora a un supuesto agente del orden para ganarse un viaje al hospital por cortesía de tus asociados. Nadie es más vilipendiado que quien se va de la lengua. El que se esfuma después de un atraco tiene alguna posibilidad de redimirse, si trabaja duro, pero a un chivato, después de firmar la declaración de la policía, más le vale irse a casa y besar una Beretta. Un programa de protección de testigos no vale ni el papel en el que está escrito.

Los maquinantes son conocidos por vengarse de la gente que se va de la lengua. Algunos no matan a los chivatos inmediatamente. Primero matan a toda la familia del chivato, para que este se entere. Mandan a alguien con una colección de machetes, para que pase a cuchillo a la madre del chota. Luego matan a su novia. Luego a los hermanos. A las hermanas. A los hijos.

Entonces le toca a él.

No podía dejar de pensar en Rebecca Blacker. Veía el lápiz de ojos negro corrido en sus párpados inferiores y su pelo enmarañado sobre los hombros. Me imaginé la cartera de su placa. La mujer de la foto era muchísimo más joven. Llena de entusiasmo juvenil, de ansiedad, de terror. La que yo conocí era fría, tranquila y llena de hastío. Era una persona diferente. Me pregunté cuánto tardaría en tratar de cazarme o si ya lo estaba intentando.

Con la manga de mi traje limpié el volante del todoterreno, la palanca de la caja de cambios y las manijas de la puerta, por dentro y por fuera. No me olvidé de limpiar también la puerta del copiloto y las de detrás. Me quité la chaqueta, la corbata y la camisa, todas con manchas de sangre, y las lancé al asiento trasero junto con las dos últimas partes de mi revólver.

Volví a mi todoterreno, saqué una camisa nueva de mi bolsa y me puse mi traje anterior, luego fui de nuevo al coche de Aleksei y Martin y abrí la compuerta trasera, solo para ver si encontraba algo que me pudiera resultar útil. Además de una segunda pala había un trozo de manguera verde, dos chándales, un soplete, una bobina de alambre fino, cizallas, alicates, tres cuchillos, una caja de bolsas grandes de basura negras, una sierra de arco, cinta americana y un martillo. Para un observador ingenuo, eso podría parecer una colección de utensilios caseros. Pero el alambre fino es el doble de efectivo que la cuerda si quieres atar a alguien. Las bolsas industriales de doble capa aguantan seis kilos de carne humana sin gotear. Una manguera de jardín, si sabes usarla, hace más daño que un bate de béisbol. Una sierra de arco sirve para muchas cosas.

Era un equipo de tortura.

Rompí los pantalones de chándal por la mitad y luego corté una de las partes por la mitad. Estiré un pedazo de alambre de unos tres palmos de largo y enrollé la tela de algodón alrededor.

Si hubiera querido habría podido dejar limpio el todoterreno allí, en el pinar, para que lo encontrara la policía. Limpio, lo más probable es que se lo devolvieran a su dueño. Joder, si hubiera querido ganarme unos pavos, Alexander Lakes podía recomendarme media docena de talleres de coches robados que pagarían una buena pasta sin hacer preguntas, y a la mañana siguiente ya lo tendrían desmontado en partes. Pero yo no quería jugar sobre seguro.

Quería hacer llegar un mensaje.

Fui al lado del todoterreno, abrí el tapón de la gasolina e introduje el alambre y la tela en el depósito hasta que noté que tocaba el fondo. No había demasiada gasolina, lo cual me iba bien. Menos gasolina significaba más oxígeno. Me aseguré de que la punta del trapo estuviera bien empapada de combustible antes de sacarla otra vez. Entonces metí la otra punta del alambre dentro del tanque, hasta que llegó al fondo, así que ya tenía el trapo entero empapado de gasolina, incluyendo una mecha de cinco centímetros que sobresalía del tapón del depósito. Me aparté un poco del coche, acerqué el soplete a la tela empapada de gasolina y esperé a que se ennegreciera y arrugara. Arrojé el soplete por la ventanilla dentro del coche y me marché.

Abrí el otro Suburban con el control remoto. Entré, puse el motor en marcha y salí otra vez a la autopista, con los intermitentes puestos para que los del carril derecho me vieran venir. Miré el reloj. Eran exactamente las cuatro de la mañana. Si quería pasar inadvertido necesitaba cambiar pronto de vehículo, pero era demasiado temprano para que las compañías de alquiler de coches estuvieran abiertas. El Lobo tendría oteadores por toda la ciudad, buscando un Suburban negro con esa matrícula. Y yo debía suponer que la agente federal también sabía la marca y el modelo. Si pudo encontrar la habitación de hotel, sería ciertamente lo bastante lista como para descubrir eso también. ¿Cuántos coches de alquiler podía haber aparcados en el garaje del Chelsea? ¿Diez? ¿Veinte, como mucho?

En el coche que había dejado detrás, la tela rasgada fue ardiendo poco a poco, tal como hace el algodón, hasta que la llama empezó a bajar por el conducto del combustible. Los gases no suelen encenderse solos, pero la gasolina mezclada con oxígeno sí. El trapo tenía que arder hasta el final y llegar al combustible del tanque.

Cuando llegó, yo ya me había alejado unos cien metros. El motor estalló y los tres cuartos de tonelada de hierro saltaron medio metro hacia la izquierda. Un segundo después el fuego encendió el plástico, el tejido y el cuero de la cabina y el coche entero se alzó en llamas. Ardería así durante horas, si lo dejaban. Con todos los extras que llevaba, el Suburban debía de valer ochenta de los grandes, pero iba a convertirse en chatarra antes de que yo alcanzara la salida. Las llamas iluminaban los pinos como una gigantesca fogata y mandaban volutas de humo sobre la autopista. Seguí conduciendo hasta que las zigzagueantes llamas no eran más que una mancha a lo lejos y el único olor que me llegaba era la sal del océano.

Tenía que ir a hacer de chivato.

29

En el camino de vuelta a la ciudad, la autopista estaba tan desierta como el Sáhara, y los faros del Suburban solo alumbraban el asfalto y las descoloridas líneas amarillas del centro de la vía. Con el todoterreno a cien kilómetros por hora, todas las vallas publicitarias de los casinos parecían fundirse unas con otras como en una secuencia de fotos fijas. El viento pegaba fuerte contra el parabrisas, arrastrando con él pizcas de desperdicios y arena.

No había aún recorrido seis kilómetros cuando uno de mis teléfonos móviles sonó. Lo tenía aún en la bolsa que había dejado en el asiento del copiloto. Lo cogí y vi que la llamada entrante era del número que Rebecca Blacker me había dado en su tarjeta. Abrí el teléfono y me lo puse entre la mejilla y el hombro para hablar y conducir a la vez.

—Ha tardado bastante —le dije.

—Jack Morton es un verdadero grano en el culo, ¿lo sabe? —contestó ella—. Me pasé dos horas registrando la habitación antes de dar con su maldita nota.

—Empezaba a pensar que no la había encontrado. ¿Usted no duerme nunca? No esperaba que me llamara hasta la mañana.

—Ya dormiré cuando vuelva a estar de vacaciones.

—¿Puedo preguntarle por qué registraba esa habitación?

—Encontré el coche de huida —respondió ella—. Pensé que usted sabría algo de ello, y que en aquella habitación quizá hallara algo que lo relacionara a usted con la escena del crimen.

—No sé nada de eso.

—Seguro que no —contestó ella con un gruñido.

—¿Qué pasó?

—La ACPD lo ha encontrado hace dos horas. Lo que quedaba de él, más bien. Lo habían hecho saltar por los aires en un edificio cerca del antiguo acródromo. Alguien le había echado combustible suficiente para arrasar el lugar entero. Lo único que queda es un montón de metal retorcido y un par de piezas de ese material fraguado que no se derrite. Solo para identificar la marca y el modelo han tardado una hora.

—Mala suerte.

—Jack, he visto muchos coches de huida incinerados, pero nunca he visto que un coche salte por los aires él solo diecisiete horas después de un golpe fallido.

—¿Cree que alguien se le adelantó?

—Dos personas. Hemos encontrado huellas. Recientes. ¿No calzará usted por casualidad zapatos del cuarenta y cinco, verdad?

—Prefiero las botas. Sujetan mejor los tobillos.

—Si va a jugar conmigo, pediré una orden de detención.

—No, no lo hará —repliqué—. No tiene nada contra mí.

—Entonces deme algo —respondió Rebecca—. Fue usted quien me dio este número, y me niego a creer que lo hiciera solo para joder. Quería que le llamara. Explíqueme al menos por qué.

—¿Está usted rastreando esta llamada?

—¿Cómo dice?

—Este teléfono lleva incorporado un sistema de posicionamiento global —le dije—. Hoy día todos lo llevan. Cada quince segundos, el chip de detrás manda una señal con su posición exacta. Coordenadas, con unos diez metros de margen de error. Latitud y longitud. Esto significa que podría saber dónde estoy. Vamos, la del FBI es usted. Debería estar por encima de esto.

—¿Quiere que sepa dónde está?

—Quiero que sepa dónde he estado. Más concretamente, dónde ha estado este teléfono en la última hora más o menos. Y si retrocede lo bastante en el tiempo, seguro que verá que en ningún momento he estado cerca de su coche de huida carbonizado.

—¿Por qué no me dice simplemente dónde estaba, entonces?

—Estaba dando vueltas por la autopista, pero querrá usted las coordenadas.

—¿Y qué hacía dando vueltas por la autopista?

—Paseando, simplemente.

—A las tres de la mañana.

—Me gusta respirar el aire de la noche. Es bueno para los pulmones.

—¿Y se topó con algo interesante?

—Compruébelo usted misma. ¿Lo hará?

—¿Me va a ayudar —preguntó Rebecca—, o solo está intentando cabrearme?

—Ni una cosa ni la otra. Le estoy diciendo que fui a dar un paseo nocturno y dejé el teléfono encendido.

—Menuda sarta de patrañas.

—¿Quiere saber dónde estuve o no?

—¿Le digo la verdad? Quiero saber su número de zapato.

—Cuarenta y cuatro y medio. Ancho.

Hubo una pausa. Oí cómo respiraba. Su respiración tenía una cadencia llana y rápida, como si no hubiera tenido tiempo de respirar hondo y dejar escapar el aire en meses, quizá en años. Oí sus dedos en el teclado de un ordenador.

—Deberíamos vernos —dijo.

—¿Qué problema hay en hablar por teléfono?

—Preferiría hablar cara a cara.

—Antes ha dicho que quizá pida una orden de detención. Creo que prefiero tenerla a un poco de distancia, de momento.

—No voy tras usted. Por lo que a mí respecta, Marcus Hayes puede robar Fort Knox si quiere. Él no es mi caso. Yo busco a los que esta mañana han organizado una escabechina en la ciudad, para poder volver a Cape May y salvar lo que pueda de estas dos semanas de mierda. Y teniendo en cuenta lo de ese Dodge blanco calcinado, creo que está usted en deuda conmigo.

—Ya le he dicho que no sé nada de eso.

—¿Quiere que vaya a dar una vuelta por la autopista o no?

—De acuerdo. Está claro que los dos estamos despiertos, así que veámonos en la cafetería del hotel dentro de una hora. Un sitio como ese no cierra nunca.

—¿Qué hotel?

—Ya sabe cuál —respondí—. Se ha pasado allí la mitad de la noche, empujando muebles de un lado a otro.

—Sin resultado, podría añadir. Ni siquiera quitó usted las chocolatinas de las almohadas.

—En cualquier caso, ¿cómo dio con la habitación?

—Ya se lo dije —contestó Rebecca—. Soy muy buena en lo mío.

—Dentro de una hora.

—Hasta luego.

Colgué, quité la tapa de plástico de la parte posterior del teléfono y saqué la batería. Detrás estaba la tarjeta SIM, que le asignaba un número al teléfono y guardaba un registro de todas las llamadas entrantes y salientes. La saqué, la partí en dos entre mis dedos y arrojé los pedazos por la ventana. Miré el reloj. Las cuatro y cuarto de la mañana.

Quedaban veintiséis horas.

## 30

Al pasar por May's Landing marqué el número de Marcus en otro móvil y esperé mientras la pantalla pasaba de negro a verde. El teléfono sonó y el hombre de Marcus contestó antes del tercer timbre, como si estuviera esperando la llamada. Le eché una mirada al reloj. En Seattle era casi la una y media de la mañana, así que Marcus debía de estar en el quinto sueño. En cambio, su hombre estaba bien despierto y preparado. Había poca cobertura.

—Cafetería Five Star —dijo.

—Ponme con él.

—¿Quién llama?

—Nadie.

Hubo un silencio mientras el tipo cambiaba de sala con el teléfono. La gente como Marcus se puede permitir tener a un tipo con fuerte acento del Medio Oeste filtrando las llamadas. La voz de este era como de jarabe para la tos. Que yo supiera, la cafetería tenía tres líneas de teléfono, y en todas respondían de la misma manera. El tipo decía el nombre de la cafetería, y si en menos de treinta segundos no lo habías convencido de que tu llamada era importante, colgaba y no habría forma de que hablaras con el jefe.

Marcus se puso al aparato unos segundos después. Dio un suspiro y parecía cansado, pero en su suspiro había algo más. Parecía asustado.

—¿Hola? —dijo él.

—Soy yo, Marcus.

—Jack, llevo horas tratando de ponerme en contacto contigo. ¿Qué ha pasado?

—Dímelo tú, Marcus —respondí—. ¿Crees que no sé que me la has jugado?

Se quedó en silencio. Tomé la salida que me llevaba otra vez al páramo de pinos.

Marcus contuvo la respiración unos instantes; luego dejó escapar el aire para decir:

—No sé de qué me estás hablando.

—El Lobo estaba enterado de tu plan mucho antes de que Ribbons y Moreno se acercaran por allí. Eres demasiado listo para subestimar a un tipo como él, así que o me ocultas una jugada que no entiendo, o eres mucho más estúpido de lo que pensaba.

—Eso es imposible —respondió—. El Lobo no podía de ninguna manera estar enterado del plan.

—Yo mismo he hablado con él. Ha intentado matarme.

—Jack, tiene que haberse enterado por su cuenta. Seguro. Si el Lobo sabía realmente que yo planeaba jugársela con la carga federal, ¿por qué aceptó el trato? ¿Por qué permitió siquiera que Moreno y Ribbons entraran en la ciudad? Les habría metido una bala en la cabeza antes incluso de que llegaran al páramo de pinos.

—Me ha dicho que planeaba devolvértela. Pretendía que el dinero estallara en tu poder para que te comieras tú el marrón. Me ha pedido que meta el dinero trampa en tu avión y que deje que explote. Pero tú sabías que él intentaría eso, ¿verdad? Preparabas alguna jugada.

—¿Y qué diablos ha hecho el Lobo?

—¿Has seguido las noticias? ¿No sabes nada del tercer tirador? El Lobo me ha dicho que eso había sido cosa de él.

Durante unos segundos se hizo el silencio al otro lado de la línea.

—Te has encontrado con él —dijo Marcus.

—Sí.

—Dios —siguió Marcus—. Estás trabajando para él.

Sorbí por la nariz y no dije nada.

—Ya lo veo —dijo Marcus—. El Lobo está ahora mismo escuchando esta conversación, diciéndote lo que tienes que decir, palabra por palabra. ¿Qué te ha ofrecido?

—Tu cabeza en una bandeja. Pero no la he aceptado.

—Debería colgar.

—Escúchame —le dije—. En las noticias de la mañana hablarán de un doble homicidio en la marisma. Alguien les ha pegado un tiro en la cabeza a dos de los hombres del Lobo. Esto debería ser suficiente prueba de mi lealtad. Que yo sepa, esta llamada está limpia. Estamos solo tú y yo. Pero si no empiezas a contarme cosas, no te prometo que nuestra relación siga siendo amistosa. Si no me lo cuentas todo, no tengo razón para seguir esforzándome en tu beneficio, ¿entendido? A un muerto no se le deben favores.

Marcus no dijo nada.

—Eres hombre muerto —le dije—. ¿Lo entiendes? Apuesto a que si el Lobo no consigue jugártela con el dinero trampa y enviarte a prisión, tratará de matarte directamente. Quiere realmente matarte, Marcus. Ahora mismo soy tu mejor opción para impedirlo, así que habla.

—No te la jugué, Jack.

Marcus aspiró aire y exhaló; respiraba con grandes jadeos, como si le hubiera dado un ataque de pánico. Escuché cómo hiperventilaba un poco y pensé en cuánto le gustaban a Marcus las artimañas. No era de la clase de tipo que pierde la compostura cuando lo pillan en una mentira. Era un mentiroso total e imperturbable y un jugador de póquer de primera categoría. Marcus actuaba así cuando estaba totalmente convencido de que tenía algo que perder, o para causar más efecto. Hasta la forma de respirar podía ser parte de la trampa.

—Mi problema es este —dije—. Si el Lobo estaba detrás del tercer tirador, ¿por qué mató a Moreno y trató de matar a Ribbons justo entonces? ¿Por qué no esperó a que Moreno y Ribbons estuvieran bien lejos del casino antes de robarles? Con solo esperar veinte minutos habría doblado sus posibilidades de éxito y habría evitado que la policía lo viera. Así que o él me miente o me mientes tú.

—No sé qué quieres que te diga —repuso Marcus—. De verdad que no lo sé.

Me di con el teléfono en la sien por pura frustración. Marcus estaba jugando conmigo y ambos lo sabíamos. La conversación entera me estaba sentando como un ladrillo en el estómago.

—De acuerdo —contesté—. Pero me lo vas a contar antes de que todo esto acabe.

—¿Tienes el dinero, por lo menos?

—No. Ribbons sigue desaparecido.

—¿Cómo diablos puede ser?

—Creo que ha muerto.

—¿Qué?

—Le dispararon —respondí—. Encontré el Dodge blanco que usaron. Donde no estaba totalmente destrozado por múltiples choques o acribillado a balazos, estaba lleno de sangre. No soy un experto en heridas de bala, pero no creo que habiendo perdido tal cantidad de sangre se pueda vivir mucho tiempo. Teniendo en cuenta que no sabemos nada de él, yo creo que ha muerto. Y si sigue con vida, no le puede quedar mucho tiempo. Tenemos que empezar a indagar en hospitales y depósitos de cadáveres.

—Ribbons no irá a un hospital.

—Se está muriendo.

—No le importa. Es un criminal con dos condenas. Si lo pillan va a prisión de por vida. Ni libertad condicional a los veinte años, ni negociaciones con el fiscal, ni reducción de condena por buena conducta. De por vida. Los tipos como él prefieren desangrarse en la calle que morir en la cárcel. —Marcus hizo una pausa—. ¿Tú qué crees?

—Pues creo que Ribbons se escondió. Debió de buscar refugio en algún lugar, esperando poder aguantar, y cuando se le pasó el efecto de las drogas y se dio cuenta de la gravedad de sus heridas, ya era demasiado tarde. Ya sabes, como el perro viejo que se arrastra debajo de la escalera para morir solo. Pero no tengo claro que Ribbons no pidiera una ambulancia. He conocido a muchos que decían que preferían morir antes que volver a la cárcel, y eran todos unos mentirosos de mierda.

Marcus no dijo nada.

–Dime en qué sitios se te ocurre que podría estar. Sitios importantes para él. Donde pudiera ocultarse por un tiempo. Y no me hables de moteles. Un tipo que se desangra así no puede registrarse en ningún lado.

–Quizá volvió al burladero.

El burladero es donde se duerme la noche anterior a un golpe. Es diferente del lugar donde se planea el golpe. No cagas donde comes. Los atracadores no trabajan nunca en el burladero. No hablan, ni beben, ni comen, ni limpian sus armas allí. Allí solo duermen. Un burladero se prepara para que si hace falta puedas salir de allí en menos de treinta segundos. Los atracadores no se andan con gilipolleces en el burladero. Lo respetan. Se supone que no tienes que volver nunca al burladero. Aunque se supone también que no tienen que pegarte un tiro.

–¿Tienes la dirección? –pregunté.

Marcus me la dijo despacio, como si pensara que yo la estaba anotando. Le repetí el nombre del lugar, solo para asegurarme de haberlo oído bien.

–¿Qué hago con el Lobo? –le pregunté.

–Procura que no te mate.

–No me refiero a eso. Ahora mismo estás en guerra con él. Te das cuenta, ¿verdad? Tendrás que matarlo antes de que él te mate a ti.

–Tú asegúrate de encontrar la pasta –dijo Marcus–. Si el dinero vuela por los aires y se conecta con el GPS, no habrá forma de pararlo. De mis asuntos ya me ocuparé yo. Tú ocúpate de lo tuyo.

–Entendido.

Nos quedamos en silencio unos segundos.

–Marcus –dije finalmente–, si descubro que me la estás jugando de alguna manera, o que has pensado en jugármela, te encontraré y te mataré. Espero que te quede claro.

Apreté la tecla de colgar y arrojé el teléfono por la ventana. El viento lo hizo volver y el aparato golpeó la ventanilla trasera, dio vueltas por el aire y se hizo añicos en la cuneta.

# 31

La cafetería, un garito típicamente norteamericano con una taza de café humeante en un letrero de neón, estaba en un solar por lo demás desierto con pavimento de hormigón, al otro lado de un centro comercial cerrado con tablas. Por los grandes ventanales de cristal se veía el interior. Un hombre con sombrero blanco estaba desengrasando la parrilla, y la única camarera del local llenaba la máquina de café detrás de la barra. Dos clientes se recuperaban de una borrachera en una mesa cerca de la entrada y un mozo pasaba la fregona a su alrededor. Llevaba unos auriculares puestos.

Alexander Lakes estaba sentado en un reservado hacia el fondo. Trataba de aparentar tranquilidad, pero estaba obviamente nervioso. Tenía la espalda tan rígida como una tabla y no paraba de mirar alrededor, como si esperara que alguien fuera a saltarle encima. Había una retícula de manchas de café en su mesa. Aunque parecía alerta, no reparó en mí. Cuando crucé la puerta y la campanilla sonó, no levantó la mirada. Me acerqué por detrás y él dio un respingo cuando le puse la mano en el hombro.

—¿Lleva mucho tiempo esperando? —le pregunté.

—Más de dos horas —respondió—. ¿Dónde ha estado?

—Me he entretenido con algo.

Él le echó una mirada inquisitiva a mi camisa.

—¿Qué le ha pasado a su traje?

—Se ha echado a perder.

Me deslicé en el asiento frente a él. Lakes cogió la taza con la mano derecha y dejó caer la otra en su regazo. Los ojos le brillaban.

—¿Qué le pasa? —le pregunté.

—Pensaba que querría matarme por lo de la habitación pringada.

—¿Por esto me está apuntando con un arma por debajo de la mesa?

Lakes se quedó como si no supiera qué decir. El chaval del mocho empezó a fregar el suelo cerca de nosotros. Los graves de la música de sus auriculares sonaban como si alguien rascara un suelo de linóleo. Bajo los fluorescentes, cada pequeño defecto de su uniforme se veía claro como el día.

Lakes esperó a que el chaval se alejara. Entonces oí cómo desamartillaba su pistola y ponía el seguro. Lakes sacó discretamente una pequeña semiautomática de debajo de la mesa y se la guardó en la chaqueta.

—¿Cómo lo ha sabido?

—Cuando me he sentado ha deslizado la mano izquierda debajo de la mesa y ha empezado a tomar café con la derecha. Vi cómo escribía en el aeropuerto; es zurdo. Si estuviera simplemente tomando café, sostendría la taza con la izquierda. La mayoría de la gente, cuando no come, bebe con la mano dominante. Pero usted tenía la izquierda debajo de la mesa y no hay ningún bulto bajo su axila. Se dio cuenta de que yo entraba pero hizo como que no reparaba en mí. Además parecía nervioso, así que me imaginé que iba armado.

—Era solo por precaución —repuso Lakes.

—¿Sigue estando de mi lado?

—Depende —contestó—. ¿Sigue pensando pagarme?

—Pensaba hacerlo —contesté—, pero lo de la pistola ha sido una verdadera sorpresa.

—Me he visto obligado, en la situación en que estoy. He oído cosas, ya sabe. Marcus Hayes no tiene exactamente una reputación de perdonar ni de olvidar. Temía que usted me hiciera tragar este café con un bote entero de nuez moscada, y yo no iba a permitirlo.

—Eso es cosa de Marcus —respondí—, no mía.

—¿Cómo podía saberlo yo? No le conozco, ni a usted ni su reputación. Ni siquiera sé su nombre.

—Pues ahora ya sabrá una cosa de mí. No mato a nadie sin una muy buena razón. Su desliz en el hotel no llega a tanto.

—En diez años nunca me ha pasado nada así —se disculpó él.

—¿Cómo?

—En diez años no ha habido una sola redada en ninguno de nuestros enterraderos. Nuestro historial era impecable.

—¿Qué ha pasado esta vez?

—Mi hombre en el hotel perdió los nervios —respondió—. Me ha dicho que el FBI apareció con la descripción de un hombre blanco, metro ochenta, ochenta kilos de peso, cincuenta y pico años. Le hicieron creer que lo deportarían si no colaboraba. Temió que se llevaran a sus hijos.

—Esa descripción podría encajar con cualquiera. Podría haberlo negado.

—Tal como le he dicho —continuó Alex—, perdió los nervios.

Saqué los dos mil dólares y los puse sobre la mesa, junto al dispensador de servilletas y el bote de ketchup. Los billetes de cien dólares tenían aún algunos restos de suciedad del páramo de pinos.

Lakes le echó una mirada al dinero y luego me miró a mí.

—Tiene menos edad de la que aparenta, ¿verdad?

—¿Qué edad cree que tengo?

—Cuesta decirlo. Ahora parece más joven que antes.

—Es por los fluorescentes —dije señalando al techo.

Lakes se quedó callado.

—Vamos a hacer lo siguiente —le dije—. Con este dinero me conseguirá usted ciertos informes de la policía. Luego se llevará el Suburban que he aparcado ahí fuera y se deshará de él. Me alquilará otro coche, algo que pase desapercibido, como la otra vez. Me comprará ropa nueva, un traje, camisas, zapatos, de todo, y me conseguirá un arma pequeña y fiable, con numeración limpia. O con la numeración borrada. Nada que se pueda asociar con usted, ¿de acuerdo? En pocas horas le llamaré y quiero todo esto para entonces. ¿Lo ha entendido?

—¿Para qué necesita los informes?

—No necesita saberlo. Limítese a conseguirme los informes policiales de los últimos siete días más o menos. Atracos, robos, asesinatos, todo eso. Cualquier poli o abogado corruptos me podría conseguir en treinta segundos lo que necesito. Quiero saber todo lo que saben.

—¿Algo en particular?

—Sí —repliqué—, pero no se lo voy a decir. No me fío de usted.

Lakes hizo un ligero gesto de desaprobación y volvió a mirar el dinero. La cara de Ben Franklin lo miraba también a él. No hay papel moneda impreso en Estados Unidos que muestre una cara sonriente. Todas miran con absoluta seriedad. Pero Franklin es el único que parece mirarte a los ojos. Su mirada te sigue desde cualquier ángulo, como la *Gioconda*.

—Con esto no bastará ni de lejos —dijo Lakes.

—El dinero es para los informes, no para usted. Con dos de los grandes puede comprar al poli que le guste más.

—Lo entiendo, pero tiene que darse cuenta de lo mucho que ya he gastado en usted. Tras el problema del hotel, por el cual no le voy a cobrar, voy a tener considerables pérdidas en esta operación. Cuatrocientos aquí, seiscientos allá. Todo suma. Y para serle franco, no tengo muy claro que usted me pague al final. Quizá desaparezca.

—Tengo buen crédito —le dije—. Cobrará.

Lakes hizo un gesto de disconformidad.

—No tiene usted ningún crédito. Ni siquiera tiene nombre.

—Entonces, si desaparezco, mándele la factura a Marcus. Quizá no se fíe tampoco de él, pero lo conoce. Con eso debería bastar.

Lakes asintió con la mirada puesta en el fajo de dinero sobre la mesa.

—Necesito sus llaves —le dije.

—No le voy a dar mi coche. Aún no me ha devuelto el teléfono.

—Hice trizas su teléfono —repliqué, extendiendo la mano con la palma hacia arriba.

—Me ha pedido un coche —dijo Lakes—. Le conseguiré un coche. Deme dos horas. El modelo que quiera, con los extras que desee. Pero no le voy a dar el mío.

—No tengo dos horas, necesito un coche, aquí y ahora mismo. O me deja el coche o salgo y me lo llevo.

—No. De ninguna manera.

—No le estoy dando a elegir, Lakes. Las llaves. Ahora.

—No me lo va a robar. No podrá.

—Entonces llamemos a Marcus, a ver qué dice.

Lakes se lo pensó unos segundos, sacó un juego de llaves del bolsillo, lo puso sobre la mesa, soltó una del llavero y la deslizó por la mesa hacia mí. En el pie de la llave había un símbolo estilizado, con una B alada. Bentley.

—Antes conducía un Mercedes —le hice notar.

—Uno es para el trabajo, el otro para el placer.

—¿Cuál es este?

—Adivínelo, joder.

—Se lo devolveré entero —dije, empezando a levantarme.

Lakes me tocó el brazo.

—¿Sabe que han encontrado uno de los coches de huida del atraco de esta mañana?

—¿Dónde lo han dicho?

—En las noticias. Estaba en llamas. Un Dodge, creen. Hicieron falta dos coches de bomberos para apagarlo. Dicen que alguien estuvo allí antes que la policía. No los atracadores, sino otra persona. Encontraron pisadas recientes que no coinciden con ninguna de las del casino.

—¿De verdad?

—Yo, en su lugar —dijo Lakes—, me escondería por un tiempo. Métase en un motel fuera de la ciudad. Duerma un poco. Espere a que amaine la tormenta. No sé qué se propone usted, pero esto es lo que haría yo.

Me saqué del bolsillo la llave de contacto del Suburban y la puse sobre la mesa junto al café de Lakes. Él la miró de refilón y luego se volvió hacia mí.

189

—Le llamaré en pocas horas —le dije—. Consígame esos informes. Y deshágase del Suburban. No quiero volver a verlo.

Lakes no dijo una palabra más. Se quedó mirándome hasta que salí por la puerta y me alejé. Consulté mi reloj. Las cinco de la mañana.

Quedaban veinticinco horas.

## 32

*Genting Highlands, Malasia*

Quiero ahora explicar cómo me metí en este lío. Dejadme que os hable del error que cometí, que acabó con la carrera de Marcus como maquinante, me dejó en deuda con él durante casi cinco años y estuvo a punto de costarme la vida.

Deberíamos empezar por las escopetas.

Nuestros mamporreros, Vincent y Mancini, no trabajaban sin ellas. Y no habría habido forma de hacerles desistir. Si iban a entrar en un banco, decían, querían escopetas de corredera del calibre 12 debajo del abrigo, con postas doble cero. Marcus trató de explicarles que en Malasia era mucho más fácil encontrar viejos fusiles de asalto rusos que escopetas del calibre 12, pero no hubo forma de razonar con ellos. Así que necesitábamos un traficante de armas.

Nuestro hombre era Liam Harrison.

Era un tipo gordo de origen australiano, de cabeza afeitada y gruesa barba de varios días. Tenía una reputación regular: se sabía de un par de trabajos que había hecho, pero en el circuito era conocido por dar más problemas que otra cosa. Las únicas recomendaciones venían de amigos de amigos y de referencias de oídas de un par de años atrás.

Nos reunimos con él en Genting Highlands, a unos cincuenta kilómetros de Kuala Lumpur, pocos minutos después del amanecer. Tres de nosotros nos íbamos a encargar de esta parte del trabajo.

Hsiu Mei traduciría, yo comprobaría las armas y haría el trueque, y Mancini guardaría la bolsa de papel con nuestro dinero por si algo iba mal. Cuidar de una bolsa de papel no parece una tarea importante, pero créanme, lo es. Más de un atracador ha muerto porque nadie cuidaba del dinero durante una negociación tensa.

Al doblar una curva de la carretera de montaña vi a Harrison. Estaba apoyado en un viejo MG Montego blanco detrás de unos árboles, como si llevara horas esperando. Sudaba por todos los poros de la piel. Llevaba unos shorts largos hasta las rodillas, unas sandalias llenas de barro y una camiseta de AC/DC sucia de días. En la mano tenía una bolsa de nachos abierta. Distinguí el perfil de un gran revólver metido en la tira elástica de su cinturón.

Paramos el coche y nos apeamos despacio. Dejé abierta mi puerta y miré a izquierda y derecha por si Liam había traído a alguien con él. Nos paramos a varios metros un momento, a una distancia prudente, para que no creyera que íbamos a atacarlo. Entretanto, Harrison no se movió ni un solo centímetro.

—¿Os habéis perdido o qué? —nos preguntó.

—Las carreteras parecen todas iguales por aquí —respondió Hsiu.

—Llegáis diez minutos tarde.

—Se ve que ya había pensado en el desayuno —dijo Hsiu—. Aborrezco esos nachos.

—Se les toma el gusto con el tiempo. ¿Queréis que vayamos al grano?

—¿Es este un buen lugar?

—No os preocupéis. La policía llega muy raramente hasta aquí, en estas carreteras rurales. Solo se ven vecinos y algún turista de excursión. No hay ninguna gasolinera o restaurante en diez kilómetros. Si alguien pasa en coche y nos ve, no dirá nada. Y si lo hace, cuando la policía llegue hará rato que nos habremos ido.

—De acuerdo —dijo Hsiu—. ¿Cómo quiere llevar el asunto?

—Yo abriré el maletero y vosotros miraréis dentro. No hay ninguna arma cargada y la munición está escondida. Cuando hayáis elegido lo que queréis, hablaremos de precios. ¿Alguno de vosotros va armado?

Hsiu me miró a mí y yo miré a Mancini. Dije que no con la cabeza. Nada de armas.

—Me temí que fuerais mala gente —dijo Harrison—. ¿Os importa que lleve un revólver?

—Pero nada de movimientos bruscos —respondió Hsiu—. Y no se lo quite del cinturón.

Harrison le dirigió a Hsiu una sonrisa torva, fue a la parte de atrás de su viejo Montego y metió la llave en la cerradura del maletero. Lo abrió y se apartó a un lado para que miráramos dentro.

El surtido de Harrison no era lo mejor que yo había visto, pero tampoco era lo peor. Tenía una pila de viejas escopetas de corredera con culata de plástico, con arañazos en el metal que rodeaba la mira y la boca de la recámara.

—La oferta del día —dijo Harrison— es una Benelli Supernova de corredera, con empuñadura de pistola. Tiene mucho plástico, pero el armazón es de acero. Esto la hace ultraligera y resistente de la hostia. Puedes tirarla al suelo, darle patadas y llenarla de arena, y seguirá disparando.

Levanté la mano para que se callara, saqué una escopeta que debía de pesar tres kilos y medio y tenía el largo de mi brazo estirado, desde el hombro hasta la punta de los dedos. Accioné la corredera, abrí la recámara y le eché un vistazo al interior. El arma tenía un depósito tubular para cuatro cartuchos, lo cual no estaba mal pero no era fantástico. Hay escopetas que alojan hasta ocho cartuchos. Aquello era un voluminoso trasto negro hecho de un material sintético que casi parecía goma. Recuerdo haber pensado lo grande que se veía en mis manos. Era tan larga que Harrison tenía que poner las armas de lado en el maletero. Por supuesto, no seguiría así de larga por mucho tiempo. Con una sierra de joyería, Mancini le recortaría la culata y el cañón hasta la empuñadura. Entonces, las armas cabrían en un maletín. Escuché el chunk-chunk de la corredera.

Hsiu me miró y luego miró a Mancini. Él dio su aprobación asintiendo con la cabeza, y yo también. Entonces ella preguntó:

—¿Cuánto quiere por ellas?

—Tres mil quinientos cada una.

Mancini abrió la bolsa de papel, sacó un fajo de dólares malayos y empezó a contar billetes. Cuando hubo contado diez mil quinientos le pasó los billetes a Hsiu, y Hsiu se los pasó a Harrison. Estaba todo organizado para que Harrison no estuviera en ningún momento a menos de un metro y medio del dinero.

—¿Munición? —preguntó Hsiu.

—Tengo cartuchos Magnum del doce setenta, con postas doble cero y taco largo, de fábrica. Caja de veinticinco por quinientos.

—Nos quedaremos dos cajas.

—Antes quiero ver cómo guardáis las armas en el maletero. Después os daré la munición. ¿Comprendido?

Hsiu me lanzó una mirada. Yo asentí con la cabeza, pasé por delante de Harrison, elegí las tres escopetas de mejor aspecto y me las llevé al coche como si fueran troncos. Las puse de lado en el maletero y lo cerré. Durante ese rato sentí que todos tenían la mirada puesta en mí.

Algo iba mal.

No tengo premoniciones, pero huelo el peligro. Todo buen ghostman tiene ese instinto, porque gran parte de este trabajo consiste en saber cuándo hay que abandonar. A veces he dejado trabajos porque algo pintaba mal, y en aquel momento tenía otra vez esa sensación. Supe, allí mismo, que Harrison nos la estaba jugando de alguna manera. Aún no sabía cómo, y no estaba lo bastante seguro como para decirles a Hsiu y a Mancini que renunciáramos cuando todo parecía ir tan bien. Así que me apoyé en el maletero y esperé y observé y traté de calmarme. Apreté la mano en un puño.

Mancini separó más billetes para la munición y se los pasó a Hsiu, tal como había hecho antes. Harrison le quitó el dinero de las manos a Hsiu y se lo metió en el bolsillo sin contarlo, luego abrió la puerta del copiloto de su Montego y volvió con dos grandes cajas marrones de cartuchos para escopeta. Me lanzó una caja, luego la otra. Las tomé y las puse en el asiento de atrás. Después de abrir una para comprobar que nos había vendido la munición correcta, le hice una señal de aprobación levantando el pulgar.

Harrison me señaló con el dedo y preguntó:

—Usted es el ghostman, ¿verdad?

—No —contesté—. Yo solo soy el del efectivo.

—¿Está seguro? Los que yo conozco no atracan demasiados bancos.

—¿Qué le hace pensar que estamos planeando algo así?

—He oído que usted es con quien hay que hablar de pasaportes.

—Pues ha oído mal —respondí.

—¿Sí? Me han dicho que dispone del trabajo más fino que se puede conseguir. Hologramas de verdad y todo eso. He oído que lleváis pasaportes que podrían engañar al mismísimo personal de una gestoría de pasaportes.

—No —le contesté—. No son tan buenos.

—Vamos —dijo él—. Dejadme verlo, al menos.

Yo quería que se callara. Hablar con él me gustaba tan poco como hacer negocios con él. Todo en él me disgustaba: su manera de trabajar, su aspecto, su aliento, su puto acento. Yo solo quería volver a la ciudad y seguir con lo nuestro. Resumiendo, no pensaba. La extraña sensación visceral que sentía me había distraído.

Me saqué del bolsillo de la chaqueta el pasaporte a nombre de Jack Delton y se lo tendí. Él frotó con sus dedos el laminado del pasaporte para comprobar la textura, y después lo hojeó hasta llegar a la página con mi foto. La miró detenidamente, levantó la vista hacia mí y luego volvió a observar el pasaporte.

—Excelente trabajo —dijo—. ¿Se pronuncia «Dalton» o «Delton»?

—Delton. Jack Delton.

—¿Dónde ha conseguido esto?

—De un maquinante —respondí—. ¿Ha terminado?

Harrison me devolvió el pasaporte, me guiñó el ojo y me sonrió, como si nos hubiéramos hecho grandes amigos.

—Sí —dijo él—. Hemos terminado. Si quiere venderme uno de estos, llámeme, ¿de acuerdo?

—Claro, seguro.

Me subí al coche sin perder de vista a Harrison. Mancini montó después, y Hsiu la última. Antes de cerrar la puerta, Hsiu le hizo a Harrison un gesto de despedida precipitado, como si quisiera decir: «Ha sido un placer hacer negocios con usted». Él devolvió el gesto, luego hizo una ele con el índice y el pulgar y nos apuntó como si empuñara una pistola. Bajó el pulgar y masculló:

—¡Bang!

Yo no me quitaba de encima la extraña sensación de que habíamos hecho algo muy mal. Pero no podía poner la mano en el fuego. Encendimos el motor. Hsiu dejó escapar un largo suspiro, como si se alegrara de haber terminado aquel asunto. Mancini apretaba y relajaba los puños para tranquilizarse. Aspiré hondo y contuve el aire. También yo me alegraba de que se hubiera acabado. Quizá me alegraba un poco demasiado.

Porque entonces me di cuenta.

Fue una sensación de zozobra. Supe justo entonces qué era lo que no encajaba. La deducción fue como una bala del calibre 50 atravesando mi cabeza y reventando el otro lado del cráneo. Me maldije. Si hubiera sido más listo habría sabido mucho antes qué iba mal. Maldición. Era obvio. Traté de mantener la calma.

—Esperad un momento —dije, tocándole el hombro a Hsiu—. Ahora mismo vuelvo.

Bajé del coche y me cubrí los ojos con una mano para resguardarme del sol. Cuando vio que yo volvía, Harrison bajó de su coche y se quedó mirándome. Desde el otro lado del camino me gritó:

—¿Algún problema?

—No —respondí con un grito también—. Solo quiero preguntarle algo.

Caminé raudo hacia él. Harrison dio unos pasos, se apoyó en el maletero de su Montego, dejó la bolsa de nachos sobre el capó y me echó una sonrisa mientras yo me iba acercando.

—¿De qué se trata? —me preguntó.

—Quiero que me aclare una cosa.

—No admito devoluciones, si es eso lo que busca.

—Nada de eso.

Seguí avanzando hasta que estuve peligrosamente cerca de él. Harrison no se movió.

—Eh, tío, pensaba que estábamos a buenas.

—Es solo una pregunta —le dije.

—Bien —respondió—. ¿De qué se trata?

—¿Cómo sabía que yo llevaba pasaporte?

No esperé a su respuesta. Sin darle tiempo a pensar, me abalancé sobre él y le arrebaté el revólver del cinturón. Estábamos a menos de un palmo de distancia y vi la expresión en sus ojos cuando volví el arma hacia él. Harrison trató de recuperar el arma, pero ya era demasiado tarde. Amartillé el revólver, apreté el cañón entre su vientre y sus costillas y apreté el gatillo. Lo tenía tan cerca que olí su aliento cuando le disparé.

Bang.

La bala lo levantó del suelo. Su cuerpo se desplomó y fue rodando por la ladera hasta el riachuelo que había al lado de la carretera. Olía a pólvora y a humo del cañón. Los pájaros de los árboles cercanos levantaron el vuelo.

Ocurrió justo así. Harrison estaba apoyado en su coche, y un segundo después estaba boca abajo en el arroyo con una bala en el estómago. Se retorció unas cuantas veces y después paró. El agua se fue tiñendo de rojo a su alrededor.

Mis compañeros no tardaron en reaccionar. Mancini abrió el maletero de nuestro coche y sacó una escopeta con un rápido movimiento. Con una mano sacó un cartucho de una de las cajas y lo empujó dentro de la recámara mientras la otra mano accionaba la corredera y cargaba la munición. Cuando recuperé el oído, tenía a Mancini a tres metros detrás de mí, con la escopeta en ristre y en posición de disparar, con la mira apuntando exactamente a mi centro de gravedad.

Hsiu tardó más. Salió apresuradamente del coche y se detuvo a un par de pasos detrás de Mancini.

—¿Qué diablos ha sido esto? —preguntó.

Dejé que el 44 Magnum colgara suelto de mi dedo puesto en el guardamonte, para que supieran que no me había vuelto loco. Con la otra mano cogí la bolsa de nachos del capó del coche de Harrison, me giré despacio y me llevé un dedo a los labios.

«No digáis una maldita palabra más.»

Entonces, mientras ellos miraban, saqué un micrófono inalámbrico de la bolsa de nachos.

Me preguntaba por qué Harrison no se había llevado un solo nacho a la boca, y ya sabía por qué. Dentro había una grabadora del tamaño de una cartera, sujeta con cinta adhesiva al interior de la bolsa. No era un aparato de altísima tecnología, pero era suficiente. A tan poca distancia, probablemente había transmitido cada una de nuestras palabras. Lo tiré al suelo y lo aplasté con el pie.

Hsiu y Mancini se quedaron mirándome nerviosos.

—Un poli de incógnito nos la acaba de jugar —les dije.

## 33

*Atlantic City*

Conduje viendo los primeros rayos de luz asomando por encima de los rascacielos. La salida del sol no fue uno de esos majestuosos amaneceres que se ven en los folletos de viajes. Parecía más bien la tenue luz de un faro alejado de la costa, cuyo haz iba creciendo en intensidad. La niebla de primera hora de la mañana ya había aparecido y lo cubría todo con un rocío salado.

Mi piel empezaba a oler a sangre seca.

El Bentley de Lakes era un Continental nuevo con carrocería negra metalizada y un interior de cuero crema. Era un juguete rápido y caro, con una pantalla de ordenador en el centro del panel que lo controlaba todo. La música de Lake empezó a sonar cuando encendí el motor. *Las cuatro estaciones* de Vivaldi. El motor ronroneaba como un gato.

En el aparcamiento del hotel Chelsea me rehíce el maquillaje. Si Lakes había notado la diferencia, Blacker se daría cuenta en un segundo. Pero no toma mucho tiempo hacerlo, si ya tienes puesto el disfraz. Los cambios importantes se mantenían desde el día anterior. El pelo, el color de los ojos, las gafas, la manera de andar, la voz. Solo tenía que repasar las arrugas de vejez y el color de mi cara. Cuando acabé estaba como nuevo. No era tan convincente sin el traje, pero hice lo que pude.

Diez minutos después aparqué enfrente del hotel y pagué por media hora en monedas de veinticinco centavos. La cafetería del hotel empezaba a prepararse para el ajetreo de la mañana. Rebecca Blacker me esperaba en el bar, en uno de esos lujosos sofás de piel, con las piernas cruzadas, de cara a la puerta de entrada del hotel como si ya supiera que yo iba a llegar tarde, tal como por supuesto hice. El cigarrillo que sostenía en la mano se había consumido hasta el filtro. Enseguida me vio. Levantó la mano como si pensara que quizá no la vería.

Dejó caer la colilla en su taza de café.

—Tengo que admitirlo, Jack, estoy sorprendida de que haya venido.

Sin decir nada, me senté en el sofá frente a ella.

—¿Sin traje esta vez? —me preguntó.

—Está en la lavandería —contesté—. ¿No está prohibido fumar aquí dentro?

—También lo están los robos a mano armada, pero eso no impide que siga habiéndolos.

Me echó una mirada y sacó otro cigarrillo. Si yo no hubiera sabido que se había pasado levantada toda la noche, nunca lo habría dicho. Su chaqueta estaba arrugada en los codos y llevaba la camisa abierta hasta el segundo botón, pero tenía una mirada más despierta que nunca y su lápiz de ojos era reciente, como si se lo acabara de poner. Su maraña de pelo le caía suavemente por los hombros. El hombre del mostrador empezó a acercarse, pero ella lo despidió con un gesto.

—Fui al lugar que mencionó en la autopista —dijo ella—, y tiene usted la mala costumbre de tropezar con gentuza, ¿sabe? El coche que usted quemó pertenece a Harrihar Turner.

—No sé de qué me habla —contesté encogiéndome de hombros.

—Empiezo a estar muy cansada de oírle decir eso.

Hice un gesto de desaprobación con la cabeza. No iba a dejar que me sonsacara nada.

Blacker suspiró.

—¿Tiene idea de quién es Harrihar Turner?

—Es el tipo a quien llaman Lobo, ¿no?

—Sí —asintió ella—. El Lobo, como si fuera una especie de título nobiliario. A ese hombre le gusta hacer como que controla la ciudad, y quizá sea cierto. En diferentes momentos ha sido investigado por asesinato, metanfetamina, heroína, prostitución infantil y una docena de cosas más, pero siempre se ha librado. Se pasea por la ciudad como si fuera el alcalde.

—Escoria, por lo que dice.

—Sí, pero escoria con mucha pasta y recursos. Me ha hecho perder varios testigos.

—El sistema judicial en acción.

Blacker soltó un gruñido.

—Debería investigar si tiene relación con el atraco del que me hablaba —le sugerí—. Es fácil que un tipo como ese haya intentado desvalijar un casino.

—¿Se basa en algo para afirmar eso?

—Es solo la opinión amateur de un ciudadano que se interesa.

—Ya.

—Yo no le he prometido nada —repuse—. Si cree que se lo voy a servir en bandeja de plata, envuelto y atado con un lazo, más vale que cambie de idea. Solo le estoy diciendo lo que yo haría si fuera usted. Le estoy dando una razón para seguir teniéndome cerca.

—Trata de darme una razón para que no lo encierre.

Asentí con la cabeza.

—Eso también.

Blacker se reclinó en su sofá.

—Tal como yo lo veo parece que está usted tratando de cargarle el muerto a otro. Me está soltando todas esas patrañas sobre Harry Turner para que yo no vaya tras Marcus Hayes, pero sabe que lo haré.

Hice un gesto de negación con la cabeza.

—Se equivoca. Espero que los pille a los dos. Espero que pille a todo el que haya participado en ese atraco y los meta en la cárcel de por vida. Si ese Lobo es la mitad de malo de lo que dice, cadena perpetua es menos de lo que se merece.

—Seguro —se burló ella, desdeñosa.

—Pero tiene que buscar en el sitio adecuado. Antes me ha dicho que le daba igual si Marcus Hayes robaba Fort Knox, pero el Lobo sí que le importa. Si consigue colgarle esto, será un gran éxito para usted.

—¿Dónde debería buscar entonces, Don Misterioso?

—Encuentre al tercer tirador —respondí—. Eso nos daría algo de que hablar.

Nos quedamos en silencio unos momentos. Blacker me miró fijamente y expulsó humo. Ella sabía que no me iba a sonsacar mucho más. Yo estaba siendo muy precavido, después de todo. Ella sabía que yo estaba implicado pero no le diría nada que pudiese incriminarme. Tenía que mantenerme impasible. Ella entendía eso. Si quería que la ayudara, tenía que seguirme el juego, aunque no le gustara. Me miraba como una madre cuando quiere que su hijo se calle.

—¿Quién es usted en realidad?

—Ya hemos discutido esto antes.

—Sí, claro.

—Ya se lo dije.

—No. Me contó una historia —replicó ella—. Que era una sarta de trolas, por cierto.

—Soy quien dije que soy. Alguien que está de vacaciones.

—No tengo por qué transigir con esto, ya lo sabe.

—No, no tiene por qué, pero yo estoy aquí y usted está aquí, y esto tiene que significar algo.

—Sí. Significa que sé lo que se propone —respondió ella—. Y sé más cosas.

—Y eso incluiría…

—Sé que tiene alguna intención secreta. Algo que no me está contando. Quizá algo que ni siquiera le está contando a Marcus. Sabe más cosas de las que deja ver. Creo que muchas más cosas.

—Ya le he dicho quién soy.

Blacker hizo un gesto de fastidio con la cabeza, como si ya hubiera tenido bastante de esa frase para el resto de su vida. Yo estaba jugando con ella, seguro, pero ella también estaba jugando conmigo. Por un breve instante, el cansancio asomó en sus ojos.

Tiró en su taza de café el cigarrillo, que se apagó crepitando, y dijo:

—Sé que usted no es Jack Morton y lo puedo demostrar.

## 34

Su mirada, clavada en mí, parecía la del jugador de póquer que busca desesperadamente un indicio. Quería intimidarme para ver si yo mentía. La cafetera sonó y un grupo de gente salió de un ascensor acarreando maletas. El hotel empezaba a cobrar vida. Un tipo vestido de cuero se sentó a la mesa contigua a la nuestra y abrió un ejemplar del *Wall Street Journal* mientras el personal de la mañana cambiaba los arreglos florales en recepción.

—No sabe de qué habla —le dije.

—La oficina de Seattle ha enviado un par de fotografías del hombre al que vieron reunido ayer con Marcus Hayes —dijo Rebecca—. Se parecía mucho a usted. Quizá era un poco demasiado mayor para ser su hijo, pero podía haber sido un sobrino o un hermano pequeño, así que comprobé el número de su carnet de conducir, para ver si usted tenía algún pariente de aproximadamente esa edad. No había ninguno. De hecho, no estaba ni usted. El estado de Washington no ha extendido nunca un carnet a nadie con su nombre y su foto, y el domicilio en su carnet está en un descampado cerca de Tacoma. Así que es falso. Creo que toda su identidad es falsa.

—Debió de memorizar mal el número de carnet.

—Me lo aprendí perfectamente —replicó ella—. Su documentación es falsa. En algunos estados, eso es un delito grave. Y peor aún, usted usó documentación falsa para mentirle a un agente federal. Eso le ha costado veinte años de cárcel a más de uno.

—Sí, pero no a mí.

—¿Qué le hace pensar eso?

—Que sigue sin tener nada contra mí.

Rebecca no parpadeó siquiera.

—Tal como usted lo recuerda —le dije—, yo le mostré mi carnet, pero yo no lo recuerdo así. Yo no recuerdo haberle enseñado nada. De hecho, no creo que el carnet del que habla haya existido nunca. Puede registrarme, si quiere. No lo encontrará en ningún lado. Está loca si piensa que me van a condenar por eso.

Rebecca se quedó en silencio. Cogió la cajetilla de la mesa y le dio unos golpecitos para sacar otro cigarrillo. Miré su taza de café. Debía de haber por lo menos media docena de colillas dentro.

—Así que supongo que no hay razón para que le pregunte quién es usted realmente.

—Si le dijera mi nombre, no me creería ni en un millón de años.

—Probémoslo.

Negué con la cabeza.

—Usted quería verme cara a cara por una razón, y no era solo para hablarme de un coche incendiado.

—Quiero proponerle un trato —me dijo.

Me incliné hacia ella.

—Me la voy a jugar con lo que le voy a decir, pero creo que va usted tras el dinero. ¿Y sabe qué? Ahora mismo es el que está más cerca de encontrarlo. Pero si lo encuentra, no le servirá de nada. ¿Sabe por qué? Ese dinero está conectado a explosivos suficientes para matar al que trate de abrirlo. ¿No le contó Marcus eso?

No dije nada.

—Ese dinero es inservible, Jack. A menos que disponga de las claves adecuadas, no hay ninguna posibilidad de que saque un solo billete sin arruinar el paquete entero, así que quizá sea usted quien esté más cerca de encontrar el dinero, pero no lo podrá aprovechar. Si trata de usarlo está jodido, así que hagamos un trato. Si consigue encontrarlo llámeme y dígame dónde está. Cuando yo lo haya recuperado, usted puede desaparecer como si nunca hubiera estado aquí. Quedará excluido de la investigación. Diré que encontré el dinero gracias a una pista anónima. Usted no será siquiera mencionado. De esta manera tendré las pruebas que necesito y usted podrá marcharse con su vida y su reputación intactas.

—No tengo reputación —contesté—. Alguien me dijo esto hace muy poco.

—¿A su edad, con su aptitud? Apostaría cualquier cosa a que la tiene.

Disentí con un gesto. Esa era la principal paradoja de mi profesión. Se me conocía como el mejor en el negocio, pero era completamente desconocido al mismo tiempo. Sonreí y dejé que pensara lo que quisiera.

—Hay otra cosa —continuó ella—. Algo en lo que no he parado de pensar desde que usted aterrizó ayer aquí, pero cada vez que lo intento no llego a ninguna conclusión.

—¿No?

—¿Por qué aterrizó con el avión de Marcus en el aeropuerto?

Me quedé en silencio.

—Tras un golpe importante como este, no podía menos que saber que habría un regimiento de policías vigilando todos los vuelos. Si quería llegar anónimamente le habría dicho a su piloto que lo llevara a Filadelfia o incluso a Newark. Desde allí podía haber venido en coche o tomado el tren. Habría tardado varias horas más, seguro, pero nadie habría sospechado nada. Habría pasado completamente inadvertido. En cambio, aterrizó justo en medio de todo el tráfago. ¿Por qué lo hizo?

Seguí en silencio.

—Creo que quería que lo vieran, quería que alguien supiera que estaba aquí. No alguien cualquiera, sino alguien del FBI. Quería que nosotros supiéramos de su presencia. No me imagino por qué. ¿Qué podía ganar con eso?

—A usted —contesté.

Rebecca me miró con perplejidad.

—Me la gané a usted —repuse—. Hice que pensara en Marcus. Desde que ese avión aterrizó, usted ha estado pensando en la implicación de Marcus. Ahora piensa en el Lobo. Está atando cabos.

—¿Por qué querría usted eso?

—Porque, tal como le dije ya —respondí—, no he venido por Marcus.

—¿Por qué ha venido, entonces?

—Por la misma razón por la que vienen todos aquí —le dije—. Me encanta jugar.

# 35

Al salir del Chelsea la luz me cegó. El sol había salido ardiente y raudo y la calima abrasaba. Todo el paseo marítimo volvía a la vida y los turistas empezaban a llegar a la playa. Enfilé por el paseo hasta que encontré un pequeño local ya abierto donde desayunar. Era un agujero en la pared, con las especialidades del día garabateadas en las ventanas y la puerta. Pedí cuatro huevos y café, me senté fuera y observé cómo pasaba la gente. Tomé cuatro tazas mientras meditaba.

Angela y yo solíamos quedar en cafés de calles concurridas y observábamos a la gente. Nos instalábamos cerca de un cruce muy transitado y mirábamos cómo atravesaban el paso de peatones. A veces tomábamos notas, para comentar después sobre aquellos en quienes nos habíamos fijado. Hacíamos listas de cosas que habíamos observado. Prestábamos atención a la manera en que la gente movía las manos al hablar. Cómo andaban. Cómo llevaban la ropa. El objetivo era verlos como eran realmente cuando no sabían que estaban siendo observados. «Una persona en un café es invisible —solía decir ella—. Todo el mundo mira, pero nadie ve realmente.»

Yo vigilaba si venían los hombres del Lobo.

Era solo cuestión de tiempo que me encontraran de nuevo. El Lobo no era estúpido. Incluso un idiota ya se habría enterado de lo que les había pasado a Aleksei y a Martin y habría enviado a una cuadrilla a buscarme. Miré a mi alrededor para asegurarme de que nadie pudiera oírme. El paseo marítimo bullía de sonidos que ahogarían cualquier vigilancia auditiva. Los bicitaxis tableteaban sobre el tablado de madera. Las sirenas de las atracciones ululaban. Las tiendas hacían sonar sus radios a todo volumen por la puerta principal.

Abrí otro teléfono y marqué el número de Alexander Lakes. Respondió a la primera.

—Le he conseguido acceso a los informes —dijo él, en lugar de un saludo.

—¿Sí?

—Tengo un número de teléfono que lo pondrá en contacto con alguien del departamento de policía. Corrupto de la hostia, cauto como nadie. Un tipo que pone sus propias condiciones para entrevistarse. Es tan precavido como usted.

—¿Tiene nombre ese contacto?

—No.

—¿Ni siquiera un alias?

—Parece sorprendido. La mitad de la gente con quien trabajo no usa su nombre real, incluido usted. Este no usa nombre falso; no usa ningún nombre. Tal como trabaja no necesita un alias. Es demasiado rápido y limpio para todo eso.

—¿Cómo sabe que es policía, entonces? ¿Cómo sabe que tiene realmente acceso a las cosas que dice?

—Ya ha trabajado para nosotros antes. Tiene que fiarse de él.

—Nunca me he fiado de nadie. ¿Cómo se le paga?

—Hace media hora he escondido el dinero en algún lugar seguro. Lo recogerá cuando le convenga.

Miré el reloj. Me había tomado un desayuno más largo de lo que pensaba, pues ya eran casi las siete de la mañana. Decididamente, no era demasiado temprano para llamar a un poli del turno de día.

—Entonces ¿cómo quiere hacerlo nuestro hombre? —pregunté.

—Usted llamará a un número. Él dejará que salte el buzón de voz. Cuando haya comprobado que es usted, le enviará un mensaje de texto. El mensaje de texto le dará otro número, para que usted lo llame mediante un protocolo de telefonía por internet. Muy difícil de rastrear. Él le dará lo que usted busca entonces, en ese mismo momento. Hablarán solo por teléfono. No le pida que se encuentren. Por esa cantidad de dinero él le concederá unos cinco minutos. Después de cinco minutos colgará, tanto si han acabado como si no.

—Un tipo precavido.

—Es un poli corrupto. Sabe todas las maneras de que lo pillen.

Lakes me dio el número. Lo memoricé y se lo repetí mientras sacaba un billete de veinte de mi cartera y lo dejaba en la mesa.

—¿Ese tipo estará ahora mismo en condiciones de hacer negocios? —le pregunté—. Si está medio dormido no me servirá.

—Está despierto. Siempre está despierto. Es el poli corrupto más trabajador que he conocido nunca.

—Esperemos que no deje de ser corrupto y nos venda.

—Tengo un Honda Accord para usted.

—¿De qué color?

—Rojo.

—Rojo no es exactamente lo que se diría discreto.

—Comparado con el deportivo cupé negro azabache de cien mil dólares con que te paseas ahora, eso es una puta capa de invisibilidad.

—¿Desde cuándo no me trata de usted?

—Más o menos desde que me robó el coche.

Volví al lugar donde había aparcado el Bentley y saqué otro teléfono móvil sin colgarle a Lakes. Marqué el número que me había dado. Sonó mientras yo andaba. El buzón de voz no estaba personalizado. Una voz genérica pregrabada me dijo que dejara un mensaje después del tono. Colgué antes de que la grabación empezara. Me puse el otro teléfono en la oreja y le dije a Lakes:

—Acabo de llamar a su tipo. ¿Cuánto voy a tener que esperar para su mensaje de texto?

—No mucho. El tiempo que tarde en acceder a un ordenador.

—Bien.

—Quedemos en la cafetería. Intercambiaremos los coches.

—Quizá tarde un rato —contesté—. Tengo que ir a echarle un vistazo a un apartamento en los suburbios.

—Que nadie le robe mi coche.

Colgué.

Dos segundos después, mi otro teléfono hizo bip y lo abrí. El número del remitente no aparecía, y el mensaje eran ocho letras mayúsculas con dos guiones entre ellas. Tecleé los números correspondientes a las letras en el teclado T9 y puse ceros donde había guiones. El teléfono sonó dos veces antes de que contestaran.

—¿Hola?

Era una voz profunda, lenta, retumbante y robotizada. El tipo estaba usando un modificador de voz.

—He oído que tiene usted acceso a información —le dije.

—Es cierto.

—Me interesa el robo de un Mazda Miata en Atlantic City. Caso sin resolver, desaparición denunciada en algún momento de las últimas dos semanas.

La línea se quedó unos instantes en silencio, casi como si se hubiera cortado, pero no era así. Era el modificador de voz, creo. Un modificador de voz hace bajar en varias octavas los sonidos al alcance del oído humano. Los modelos baratos también aumentan el ruido de fondo, que desde el otro lado suena como interferencias venidas de otro mundo y hace la conversación ininteligible. Modificadores de voz caros como ese suprimen el ruido y transmiten silencio total.

—Hay dos casos —dijo la voz al otro lado de la línea.

—Dígame.

—Hace ocho días se denunció el robo de un Miata verde del 2009 en Margate, y ayer un Miata blanco del 92 en el centro de Borgata.

El segundo coche no podía ser. Era demasiado viejo para que correspondiera con las huellas de neumático en el aeródromo, y la fecha no encajaba.

—Hábleme del primero —le pedí.

—Mazda Miata, 2009, color verde oliva, matrícula de Nueva Jersey: equis, zeta, uve, nueve, tres, hache. Robado en un aparcamiento cerca de Jerome Avenue Park, denunciado hace ocho días, a la una de la tarde. Visto por última vez el día anterior cerca de medianoche.

—De acuerdo —dije—. ¿Puede usted eliminar el informe?

—Hecho. Pero quedará una copia en papel en el registro, si algún día alguien va a buscarla. ¿Algo más?

—Sí, otra cosa.

—Diga.

—¿Puede darme el nombre del tipo que hizo la denuncia?

—Sí, claro —dijo la voz—. Un tipo llamado Harry Turner.

# 36

Mierda.

Moreno y Ribbons habían robado uno de los coches del Lobo y lo habían usado para el atraco. ¿Por qué diablos lo habían hecho? No tenía ningún sentido. Me exprimí los sesos buscando una explicación, pero no encontré ninguna. ¿Trataban Moreno y Ribbons de despistar a la policía o algo así? Si era eso, era un plan de lo más estúpido. ¿Les ordenó Marcus que lo hicieran? No lo creo. No se conseguía nada con eso, excepto cabrear más aún al Lobo.

Entonces ¿qué?

Conduje un rato sin rumbo para despejarme un poco antes de ir al burladero de Ribbons. Fui digiriendo la nueva información como si fuera un pedazo de cartílago. No le veía ni pies ni cabeza.

Estaba absorto en mis pensamientos cuando vi un Mercedes blanco en mi espejo retrovisor. Tenía los cristales ahumados, pero bajo la intensa luz del sol distinguí la tenue silueta de un conductor solo, con la cabeza anormalmente agachada cerca del salpicadero y las manos a las once y cuarto en el volante. No distinguía su cara, pero no me hacía falta. Sabía que era uno de los hombres del Lobo.

Había ocurrido rápido. No me esperaba que el Lobo me encontrara hasta por lo menos dos horas más tarde. Pero de alguna manera me alegraba de que sus hombres hubieran dado conmigo otra vez. Si el Lobo seguía mandando gente tras de mí, yo sabía que iba por el buen camino.

Dejé que el hombre me siguiera a dos coches de distancia de una punta a la otra de la ciudad. Me dirigí al sur. Él se dirigió al sur. Giré a la izquierda. Él giró a la izquierda. Se lo puse fácil conduciendo despacio y señalizando con intermitentes todos mis giros. Al llegar a las afueras continué por la costa y torcí por una estrecha carretera de dos carriles que serpenteaba por la deshabitada marisma entre las vías fluviales del litoral. Aunque había muy pocos coches en la carretera, el Mercedes blanco decidió seguirme. Unos minutos después nos quedamos en medio de la nada y el resto del tráfico había desaparecido. Estábamos solo él y yo. Había unos ciento cincuenta metros de distancia entre los dos, con nada más que el océano a nuestro lado. Se lo puse fácil para que me viera y me siguiera. No quería despistarlo. No.

Quería hacerle varias preguntas.

Por supuesto, habría sido mucho más fácil si yo hubiera tenido aún un arma, y más fácil aún si no fuera a plena luz del día, a la vista de cualquiera que estuviera dando una vuelta. En ese tramo de carretera no había más coches, pero a esa hora del día podía aparecer alguien en cualquier momento. Esto era un problema. Yo tenía un plan, pero ese plan tenía ciertos requisitos. Si el plan se torcía, lo último que yo quería es que algún buen samaritano llamara a la policía y todo acabara en una persecución con coches patrulla. Joder, incluso si el plan iba a la perfección, el ardid que yo tenía en mente era arriesgado. No quería que nadie resultara herido. Nadie que no se lo mereciera, por lo menos.

Consulté mi reloj. Las ocho menos cuarto. Dios bendito. Llevábamos casi una hora con aquello.

Quité el pie del acelerador y dejé que el coche rodara suavemente en punto muerto.

El ardid que tenía en mente era simple. Ya que no había más coches que los nuestros en la carretera, si yo me paraba de repente, por ejemplo por un fallo del motor, el conductor del Mercedes blanco tendría que tomar una decisión. Debería seguir y pasar por mi lado, lo cual significaría dejarme atrás y posiblemente perderme, o parar también, lo cual significaría, en medio de aquel lugar desolado, que tendríamos un enfrentamiento. De una forma u otra yo iba a tener una conversación con el conductor de aquel automóvil.

Dejé que el coche fuera solo durante un minuto o más. La carretera era lisa y llana. Cuando ya iba a menos de quince kilómetros por hora, puse los intermitentes y me coloqué en el centro de la carretera. Pisé suavemente el freno y paré. El motor empezó a enfriarse con unos chasquidos metálicos.

No aparté la mirada del coche que me seguía. Al salir de la curva y ponerse a la vista, el Mercedes titubeó. Era el momento de la verdad: el conductor trataba de decidirse entre acelerar o frenar. El Mercedes se iba acercando, haciéndose cada vez mayor en mis espejos retrovisores. Estaba claro que no iba a parar. Dio un volantazo y se metió en el carril de la derecha para dejar espacio entre los dos, pero en lugar de frenar aceleró. Al pasar por mi lado tocó el claxon como para decir: «Jódete, capullo».

Entonces pisé a fondo.

Un Bentley Continental tiene quinientos sesenta caballos de potencia, motor con doble turbocompresor y una velocidad punta de unos trescientos veinte kilómetros por hora. No hace falta decir que cuando le di al gas el coche salió volando. Apreté el pedal como si quisiera embestir al coche que tenía delante. El conductor se acobardó, dio un giro brusco a la izquierda para evitar el impacto y chocó con el guardarraíl del carril que daba al océano. Su coche se balanceó sobre dos ruedas un segundo, la valla de contención cedió y el Mercedes saltó por encima de la barandilla. Dio una vuelta de campana y se zambulló en el oleaje.

Paré el coche a un lado de la carretera y me apeé.

## 37

*Kuala Lumpur*

Los primeros días después de que matara a Harrison fueron difíciles. Matar a un poli es una de las peores cosas que pueden ocurrir durante un golpe. Los agentes del orden le tienen cogido el tranquillo a llevar ante la justicia a los asesinos de policías. No reparan en esfuerzos. Los homicidios son investigados deprisa, y los homicidios relacionados con policías aún más. Esos asesinatos se resuelven. Punto. Cualquier criminal con medio cerebro lo sabe.

Por supuesto, no sabíamos con certeza si el tipo que habíamos matado era un poli de verdad. Harrison era blanco, lo cual hacía poco probable que trabajara de secreta para la Policía Real de Malasia, pero no quería decir que no trabajara de secreta para alguien. Podía ser un agente de la Interpol, o un confidente a sueldo, o incluso un colaborador del FBI. En cualquiera de esos casos, nuestro problema era el mismo. Cuando alguien con placa muerde el polvo, lo mejor que se puede hacer es huir y esconderse tanto tiempo como sea necesario.

Eso es exactamente lo que hicimos.

Huimos.

La banda entera cortó toda comunicación menos de cuatro horas después del tiroteo. Se nos permitió conservar un teléfono por si Marcus llamaba, pero no podíamos ponernos en contacto con nadie bajo ningún concepto. Había un protocolo en el que nos habíamos puesto todos de acuerdo, por si ocurría algo así. Nos esconderíamos en la ciudad durante seis días. Si Marcus se ponía en contacto con nosotros para que reanudáramos el trabajo, lo haríamos. Pero si Marcus no se ponía en contacto con nosotros, lo daríamos por perdido y saldríamos del país. Durante esos seis días, no obstante, teníamos que estar completamente desconectados. Solo saldríamos del burladero para ir a buscar comida y agua, nada más. Ni llamadas de teléfono, ni internet, ni ir de compras, ni conversaciones. No hablaríamos con nadie, no le escribiríamos a nadie y no dejaríamos indicio alguno de nuestra existencia. Si te olvidabas de llevar una maquinilla de afeitar al burladero, no te afeitabas. Nos reunimos en el Mandarin Oriental por última vez la tarde después del tiroteo. Aunque era de día, llovía y parecía de noche. Alton Hill se instaló en un sofá en un rincón y empezó a llenar su mochila de huida con fajos de billetes de cincuenta dólares. Los otros nos sentamos alrededor de la mesa de videoconferencia y debatimos qué hacer. Yo describí los sucesos de Highlands entre gestos de comprensión de mis compañeros. Coincidimos en general en que yo había hecho lo correcto, aunque un poco precipitadamente, así que acordamos no descartar la posibilidad de continuar con el plan. En seis días estaríamos trabajando de nuevo en el proyecto de atraco o dispersados por todo el planeta, volando en distintos aviones, para no vernos nunca más.

Cuando la reunión terminó, tardé menos de treinta segundos en recoger mis cosas y salir del hotel. Tenía el revólver debajo de la almohada y el petate preparado junto a la puerta. Me eché el petate al hombro y salí de la habitación sin más. Angela tomó el mismo ascensor que yo y nos quedamos mirando cómo iban bajando los números de las plantas en el panel. Yo estaba nervioso porque no habíamos podido ponernos en contacto con Marcus. No podía dejar de pensar en la historia del bote de nuez moscada. Angela me tocó la mano. Nos miramos. Cuando el ascensor llegara abajo seríamos otra vez extraños el uno para el otro, pero por un momento fuimos nosotros mismos simplemente.

–¿Significa realmente tanto para ti este atraco? –me preguntó ella con una sonrisa.

–Lo significa todo –respondí.

–Entonces estoy contigo –repuso ella–. Tengo tu apoyo, pase lo que pase.

Después de eso no hizo falta decir nada más. El silencio era todo lo que necesitábamos. Cuando el ascensor llegó al vestíbulo, sonó la campanilla y la puerta se abrió.

Fui a mi burladero por el camino más largo, en taxi por Jalan Ampang hasta el centro de la ciudad, donde se une con Jalan Gereja. Mi habitación era un sitio pequeño detrás de una lavandería con un letrero pintado a mano. Al llegar dejé la bolsa junto a la puerta y el revólver debajo de la almohada, me senté en el borde de la cama y me quedé mirando la pared durante lo que debió de ser una hora. Miré cómo la luz del sol iba menguando en la pared hasta que la habitación se quedó a oscuras. Escuché cómo el agua se iba acumulando en la roseta de la ducha, hasta que formó una gota grande y cayó. Mi burladero era un sitio vacío y simple y barato y precario. Tenía cuanto quería y nada que no quisiera. Cerré los ojos y me dejé llevar por el sueño.

Un burladero es algo más que un refugio. Es donde uno se aclara las ideas antes del robo. Cada uno se lo plantea de una forma diferente. A algunos les entra tal angustia que se ponen enfermos el día antes. Se pasan la noche tosiendo y vomitando y jurando por Dios que no participarán nunca más en un atraco, pero cuando se levantan a la mañana siguiente, de repente, están completamente tranquilos. Otros tratan de ponerse frenéticos. Se pasan la noche entera pensando en el maltrato que les daban sus padres, o en sus esposas infieles o en cualquier otra cosa que los saque de quicio. De esta manera, cuando empieza el atraco, la ira que sienten hace que no les importe herir a alguien para conseguir lo que quieren. Otros llenan cuadernos enteros con listas de cosas que se comprarán, para infundirse avidez. Otros meditan. El resultado es siempre el mismo. Todo el mundo encuentra una manera de lidiar con el miedo, así, cuando se encaran con el trabajo están preparados. El burladero es tanto una salvaguardia mental como una física.

Durante esos días traduje *El arte de amar* de Ovidio en un cuaderno de notas. Cuando acabé, leí varias veces mi traducción. Era forzada y poco elegante. Acerqué mi encendedor al borde de la libreta y contemplé cómo el fuego iba consumiendo las palabras; luego tiré los restos calcinados a la papelera. Mis traducciones nunca fluían tanto como me habría gustado. Por mucho que me esforzara, no conseguía nunca sentir las palabras como mías. Vivían solo en el momento en que yo las traducía, y morían tan pronto como yo las ponía en papel.

Al sexto día recibí un mensaje de texto de Marcus: «Solo un contratiempo —decía—. Estad preparados para el viernes».

Recuerdo el alivio que sentí. Estaba angustiado por lo ocurrido en Genting Highlands, y saber que el golpe seguía en pie me hizo sentir mucho mejor. Había hecho lo correcto, me dije. Y sigo pensándolo. Matar a Harrison era lo que había que hacer.

Pero no fue este mi error.

Mi error fue no asegurarme de que Harrison estaba muerto.

## 38

*Atlantic City*

Del Mercedes destrozado no quedaba gran cosa: solo un amasijo de metal humeante con el techo abollado, metido varios palmos dentro del agua. Las ruedas traseras giraban perezosamente en el aire en diferentes ángulos. De no ser por el olor acre y penetrante del aceite del motor y de la goma quemada, habría sido difícil saber cuánto tiempo llevaba el coche allí. Empezaba a parecer un rasgo más de la playa. La estrecha franja de arena entre la carretera y la playa estaba cubierta de rocas enormes y de otros residuos poco hospitalarios. Latas de Coca-Cola. Cajetillas de cigarrillos. Bolsas de plástico. Las olas se estrellaban contra el coche siniestrado y levantaban pizcas de espuma blanca y desperdicios del mar.

Me cubrí los ojos con la mano para protegerme del reflejo del océano y disfruté de la vista, siguiendo con la mirada la fina línea del horizonte, desde los muelles del lejano paseo marítimo hasta la neblinosa costa más al norte. Nadie había paseado por esa playa en mucho tiempo. Percibía el gusto salado de la espuma del océano. Si quería, ya podía irme. Si el conductor no hubiera vuelto en sí, tal vez habrían pasado días antes de que alguien descubriera el coche siniestrado.

Pero el tipo del Mercedes volvió en sí. Y empezó a chillar.

No era lo que uno imaginaría, sin embargo. No tenía bastante aire para eso. El sonido que hacía era más como un gorgoteo desesperado. El coche había aterrizado bocabajo, el hombre tenía la cabeza atrapada en el oleaje y cada nueva ola inundaba más el interior. Chillaba porque no podía respirar. Si yo no hacía nada y lo dejaba allí, se ahogaría en cuestión de minutos.

Bajé sin prisa por la ladera y me metí en el agua. La puerta del conductor estaba atrancada y tuve que ayudarme con el pie. Afirmé bien el pie en la arena y tiré de la manija. La puerta se abrió hasta la mitad antes de encallarse en la arena.

El hombre estaba apenas consciente, sujeto bocabajo por el cinturón de seguridad que le impedía sacar la cabeza del agua. Estiré el brazo por encima de él y le desabroché el cinturón. El tipo se desplomó sobre el volante y empezó a sacudir brazos y piernas como pez en un anzuelo. Lo agarré por la solapa y le aparté la cabeza del agua. La sangre le manaba de un corte en el ojo izquierdo. Varios cristales rotos lo habían rajado bien. Me pareció que también se había fracturado el tobillo, pues lo tenía trabado en un ángulo forzado debajo del acelerador. Agarré al tipo y lo arrastré entre las olas hasta la playa.

Fue entonces cuando vi la pistola.

Debajo de la chaqueta llevaba una Beretta de 9 milímetros con silenciador. Tan pronto como lo solté, él trató de cogerla. Levantó el brazo en un amplio arco y asió la culata que sobresalía de su funda sobaquera. La tenía en la mano, pero no podía sacar el arma. El silenciador de quince centímetros la hacía demasiado larga para desenfundarla de espaldas al suelo.

Le pegué con ambos puños en el plexo solar. Sus brazos flaquearon, el tipo dio un grito ahogado y se dobló. El arma cayó al suelo entonces, pero yo la aparté de una patada. Él se revolvió y trató de recuperarla, así que le pisé con fuerza el tobillo maltrecho.

El alarido fue atroz.

Rodeé al tipo, recogí la Beretta de la arena, apunté cerca de su cara y disparé. La bala sonó como el restallido de un látigo y la corredera abrió el cerrojo del arma con un sordo cha-chunk y expulsó el casquillo vacío.

El hombre dejó de oponer resistencia. Se desplomó de espaldas otra vez, retorciéndose de dolor. Tosió y tosió hasta que una mezcla de agua salada y saliva ensangrentada empezó a rezumar por su boca y pudo respirar de nuevo. Pero no podía hablar. Una esquirla de cristal debía de haberle cercenado la lengua por la mitad. Un hilillo de sangre espumeante le bajaba por la comisura de los labios.

El esbirro del Lobo era un hombre blanco y grande de aspecto normal. No parecía un tipo duro. Llevaba una chaqueta de cuero, sí, pero sus ojos azul claro y su cara redondeada eran más bien los de un hombre blando por dentro. Parecía más un tipo de vacaciones que el miembro de una despiadada banda de narcotraficantes. Al agarrarlo por la solapa, su cazadora se rasgó por la mitad. Bajo el lujoso cuero había tatuajes carcelarios, desvaídas marcas en azul y negro. Tenía la piel cubierta de credenciales pandilleras que había ido recogiendo por méritos de sangre en Marienville o Bayside o en cualquier otro lado. En el hombro izquierdo había una esvástica negra del tamaño de un dólar de plata. Al lado había un corazón sangrante con cuatro lágrimas brotando. Renuncié a tratar de mover al tipo y lo dejé caer sobre la arena.

Nos quedamos en silencio unos segundos. La brisa oceánica llegaba con el sonido de las gaviotas. El hombre del Lobo lloraba sangre. Fluía por su ceja y le bajaba por la mejilla y el cuello y se esparcía por su camisa. El hombre escupió un diente y un poco de esputo ensangrentado.

—¿Sabes qué? —le dije—. Disfruto de momentos como este.

Él cerró los ojos. Yo me puse de cuclillas a su lado para tener una charla con él. Lo agarré de la mejilla y le giré la cara hacia mí. Quizá había llorado, pero era difícil afirmarlo. Había demasiada sangre.

—¿Me oyes? —le pregunté—. Disfruto de momentos como este. Lo veo en tu cara, veo que ahora mismo me estás mirando con más intensidad de la que posiblemente has puesto en nada que hayas hecho en toda tu vida. Estás por completo abstraído en este momento, porque temes que te mate. ¿Sabes lo especial que me resulta esto? No estás preocupado por el extracto de tu tarjeta de crédito, ni por tu hipoteca, ni por cuántos cigarrillos te quedan antes de tener que comprar más. No. Ahora mismo todo tu ser está concentrado en mí y en esta pistola.

Le di un golpecito en el pecho con la punta del silenciador. El hombre respiraba como una máquina, prácticamente hiperventilaba. Tenía el único ojo bueno tan abierto como se puede tener y concentrado en mi cara como un láser. No creo que hubiera podido dejar de mirarme aunque lo hubiera intentado.

Le di un vistazo al coche accidentado y luego al océano. El aire olía a agua salada y a gasolina. Aspiré aire por la nariz, disfrutándolo. Me recordaba algo, pero no estaba seguro de qué. Solté el aire y bajé la mirada hacia el hombre del Lobo.

—Solo tengo una pregunta que hacerte —le dije—, y creo que ya sabes cuál es.

—Un localizador —respondió, con la sangre manando a borbotones de entre sus dientes.

Hizo el gesto de ir a buscar algo en uno de sus bolsillos. Cuando vi que no se trataba de un arma, no se lo impedí. Sacó un sencillo teléfono móvil negro que aún funcionaba. En la pantalla había una sección de mapa, resaltado con una flecha azul que mostraba nuestra posición exacta.

—¿De dónde viene la señal?

—De ti —contestó él.

—¿De uno de mis teléfonos?

—Te han puesto un transmisor.

Le quité el teléfono de las manos y lo moví de un lado a otro. La situación del punto no se movió. Debía de ser algún tipo de rastreador GPS, lo cual significa que la señal podía llegar de casi cualquier cosa. El Lobo debía de habérmelo colocado en la ropa o en uno de mis teléfonos móviles. He visto rastreadores GPS tan pequeños como un botón. Los rastreadores de gama profesional no necesitan siquiera su propia fuente de alimentación. Con una sola pila de audífono aguantan encendidos varias semanas, y pueden localizar un lugar con un margen de error más pequeño que un sillón. Dejé escapar un suspiro y volví a apuntar el arma al pecho del hombre.

—No voy a matarte —le dije—, pero no me malinterpretes. No me importa demasiado matar a tipos como tú. Ya lo he hecho antes. Pero de esta vas a salir con vida. Considéralo una muestra de agradecimiento. Cuando ayer aterricé aquí me temía que este trabajo iba a ser demasiado fácil. Antes de bajar del avión pensaba que encontraría el dinero del atraco enseguida y que no me iba a divertir. Me ha ido bien que aparecierais tú y los otros. Especialmente tú, pues sin ti no habría disfrutado de este momento. Los colores me parecen más vivos. El aire sabe un poco mejor. Hasta pisar la arena me da placer. No hay droga en el mundo que produzca este efecto.

Con una mano le apreté la pistola en el esternón y con la otra le registré los bolsillos. Llevaba una cartera de piel negra en el bolsillo izquierdo de su pantalón. Su carnet de conducir decía que se llamaba John Grimaldi. Medía metro ochenta y tres de altura y residía en Ventnor. Tenía poco más de treinta años de edad. El carnet había sido expedido pocos años antes. En la foto resultaba casi atractivo. Me quedé el carnet y le arrojé la cartera al pecho.

—¿Me están escuchando ahora mismo? —le pregunté.

—No lo sé.

—Espero que sí —continué—. Y si no me están escuchando, espero que tú lo hagas, John. Tengo una razón para decirte esto. El Lobo te acabará encontrando. Cuando te encuentre querrá saber qué te he dicho. Quiero que le digas varias cosas, ¿de acuerdo? Quiero que le dejes esto claro: no pertenezco a nadie. No soy el hombre de Marcus y no seré el suyo. Solo estoy aquí porque me he pasado seis meses mirando una pared desnuda en mi apartamento, esperando a que apareciera algo interesante. Esto es interesante. Vivo para momentos como este, así que si el Lobo no quiere perder más hombres, uno a uno, debería dejarme en paz o hacerme otra oferta. Pero más vale que esta vez sea una oferta interesante.

El hombre me miraba aterrorizado con el ojo bueno y asintió con ansia desesperada.

—Espero que recuerdes esto, John —le dije.

Entonces miré la hora, le puse el cañón de la pistola en la rodilla y apreté el gatillo. El ruido sordo del silenciador reverberó en las aguas. El ojo parpadeó en espasmos un segundo antes de que el hombre se desmayara de dolor. Le quité el teléfono, lo arrojé al océano y eché a andar ladera arriba hacia el Bentley, llevándome la pistola conmigo.

Miré el reloj. Las ocho de la mañana.

Me quedaban veintidós horas.

# 39

Me registré en un pequeño motel de las afueras de la ciudad. El recepcionista apenas se fijó en mí. Era aún temprano por la mañana, mucho antes que cualquier hora normal de llegada, cuando él me tendió la llave. Me serviría para unas pocas horas de privacidad anónima.

Tras un par de años en este oficio, los moteles baratos son como tu segunda residencia. Te acostumbras a ciertas cosas. La Biblia de Gedeón está siempre en el mismo lugar. Las sábanas son siempre de la misma calidad. La habitación huele a recién fregado y a aroma de pino al entrar, pero no tarda en recuperar su natural tufo almizclado. Esa olía a amoníaco. Respiré hondo por la nariz, cerré las persianas y pasé la cadena en la puerta. Me sentí como si volviera al hogar.

Después de cerciorarme de que estaba solo, saqué uno de mis teléfonos móviles. Es fácil comprobar si hay un localizador GPS en un teléfono móvil. Si es hardware es fácil de encontrar. No hay demasiado espacio para meterlo ahí dentro. Si es software es fácil de desconectar. Al quitar la batería se desconecta todo. Primero exploré la interfaz del menú, para asegurarme de que el transmisor GPS incorporado en mis teléfonos estuviera apagado. Todos lo estaban. Entonces abrí los teléfonos para ver si habían sido manipulados. Una por una fui sacando las baterías, las tarjetas SIM, las antenas fractales y las tarjetas de memoria digital. No había nada fuera de lo normal, así que volví a montarlo todo. Cuando acabé, me tendí en la cama un rato y reflexioné. Obviamente no me estaban rastreando así. Vaya.

Abrí el grifo de la ducha para hacer un poco de ruido. El agua emitía un sordo silbido al salir de las tuberías. En la habitación puse al máximo el volumen del televisor. No creía realmente que su rastreador tuviera audio, pero no quería correr riesgos. Después de lo que había pasado con Harrison en Genting Highlands años atrás, tenía pesadillas con micrófonos ocultos.

Luego revisé mi bolsa de viaje y mi ropa. No habría hecho falta un prestigitador para que uno de los secuaces del Lobo me colocara un transmisor. Me registré minuciosamente delante del espejo del baño. Volví del revés todos los bolsillos, vacié mi bolsa y miré entre las páginas de mi ejemplar de *Las metamorfosis*. Nada.

Me observé larga y detenidamente en el espejo. Tras dos días de comer poco y no descansar empezaba a sentirme tan viejo como aparentaba. Últimamente Jack Morton lo había pasado más movidito de lo normal. Era hora de cambiar. Limpié el vaho del espejo. Tenía el maquillaje corrido por el calor.

Me desnudé y me metí en la ducha un buen rato. En el brazo tenía unas cuantas magulladuras donde Aleksei me había agarrado durante nuestra pelea. Empezaban a ponerse negras en el centro.

Después de secarme con la toalla preparé mi kit de maquillaje y coloqué en la esquina del espejo del baño el documento de identidad que le había quitado al hombre del Mercedes. Examiné su cara un rato y traté de imitar su expresión temerosa y de aplomo a la vez. Tenía unos ojos profundamente hundidos y una palidez extrema, como de blanco y negro. A pesar de vivir en una ciudad costera, a ese hombre no le había dado el sol ni por asomo. Parecía extraviado, de alguna forma.

—Te han puesto un transmisor —dije con su voz.

Repetí la frase dos veces, a la perfección. En pocos segundos noté que empezaba a quitarme años de encima. Aspiré aire y me sentí más lleno. Mis hombros se enderezaron y mis ojos se avivaron un poco. Mis articulaciones perdieron el tembleque artrítico de

Jack Morton y mi sonrisa dejó de ser la del personaje que había estado suplantando. Flexioné las manos hasta que rejuvenecieron. Hablaba con su delicado acento de Atlantic City.

—Me llamo John Grimaldi —dije.

La gama de colores de John era negra. La cazadora de cuero negra le daba el aspecto de quien va de camino a un club. Era un tipo con estilo y no le importaba si eso lo hacía sudar. Con tinte para el pelo y una buena cantidad de fijador conseguí un pelo negro y liso y me lo peiné hacia atrás. Con un pequeño lápiz para maquillaje me dibujé un pico de viuda en la raíz del pelo.

—Me llamo John Grimaldi —dije otra vez—. Pero podéis llamarme Jack. Soy de Atlantic City, Nueva Jersey. Me dedico a muchas cosas diferentes, ¿saben?

Mientras me vestía otra vez no podía dejar de pensar en el transmisor que según aquel tipo me habían colocado. Mientras el aparato estuviera activo, yo me encontraría en peligro. La siguiente vez, el Lobo no me mandaría hombres con órdenes de seguirme de un lado a otro a una distancia prudente. La siguiente vez, el Lobo me mandaría hombres con órdenes de matarme, sin importar lo anónimo que fuera el motel. Si me localizaban era hombre muerto.

Solo se me ocurría otro lugar donde podían haberlo escondido.

Metí mis cosas en la bolsa de viaje y alisé las arrugas de mi ropa. Dejé la llave de la habitación debajo del felpudo y fui a buscar el Bentley.

Rastrear un coche es fácil. La mayoría ya llevan dispositivos GPS incorporados para que el propietario pueda localizar el vehículo en caso de robo. No obstante, incluso con esa prestación desactivada, hay accesorios, como el localizador LoJack, muy difíciles de descubrir. Son lo bastante pequeños como para caber en prácticamente cualquier parte y en un coche hay cientos de sitios donde se pueden esconder. Antes de subirme al Bentley lo rodeé y pasé la mano por la rejilla del radiador y los parachoques. Inspeccioné debajo de los asientos, la guantera y el maletero.

Solo cuando me puse de rodillas y miré debajo del bastidor descubrí el aparato localizador. Era una cajita blanca de cinco centímetros por siete, pegada con adhesivo industrial al chasis entre el guardabarros izquierdo y la rueda. Tenía un resistente recubrimiento de caucho y una lucecita verde encendida. Maldición.

Alexander Lakes me había vendido. Solté un reniego con un gesto de contrariedad. Lakes debía de tener localizados todos los coches que me había dado. Era la única forma de que el Lobo me encontrara tan rápido. Cuanto más lo pensaba, más sentido tenía. Pues claro que Lakes trabajaba para el Lobo. Todo el mundo en esa maldita ciudad lo hacía.

Arranqué el aparato con mi cuchillo. Era muy ligero. Metí el cuchillo en el hueco del plástico y apreté hasta que la lucecita del aparato se apagó y la señal se extinguió. Miré la hora. Las once de la mañana. Llevaba tres horas en el motel.

Quedaban diecinueve horas.

## 40

*Kuala Lumpur*

No tenía ni idea de lo mal que iría aquel atraco. No recuerdo gran cosa de lo que pasó en los días anteriores al golpe, pero recuerdo la sensación de aplomo y temor a la vez. El miedo es parte del trabajo, por supuesto. Quien no tenga miedo de entrar con un arma en un banco está pirado. Pero todos habíamos pasado por eso, así que pensé que sabía en qué me metía. Pensaba que conocía el procedimiento. Pensaba que conocía el banco. Pensaba que conocía a la gente que trabajaba conmigo. Pensaba que sabía qué error había cometido, y pensaba que sabía qué riesgos implicaba todo aquello.

No tenía ni idea.

A las siete de la mañana del atraco, el timonel pasó a recogerme en un punto convenido de antemano, no muy lejos de mi burladero, con una furgoneta vieja. En un lado, escrito en una mezcla de malayo, inglés y árabe, había la dirección de una empresa de limpiacristales de Subang Jaya. Las empresas de limpiacristales tienen acceso bastante libre cuando circulan por centros urbanos. Los encargados de aparcamiento y los vigilantes de edificios suelen ser más tolerantes de lo que probablemente se merecen, porque nadie quiere trabajar colgado de un cable a cuarenta pisos de altura, limpiando mierda todo el día. Alton me saludó con la cabeza desde el asiento del conductor, con un cigarrillo colgando de los labios, cuando abrí la puerta trasera y me acomodé en el asiento de atrás. Sus guantes negros rechinaban en el volante.

El plan era este: el timonel nos recogería a todos en diferentes puntos de la ciudad, daríamos el golpe y saldríamos del país enseguida. Después de lo que había pasado en Highlands era mucho más arriesgado, pero estábamos todos dispuestos a correr el riesgo. Tomó una hora recogernos a todos. Nos encontramos con Angela en el muelle de carga, detrás del Crown Plaza. Vincent y Mancini nos esperaban en una parada de autobús del centro de la ciudad, bajo una valla publicitaria que anunciaba un teléfono móvil. Joe Landis y Hsiu Mei estaban desayunando en una cafetería cerca del bosque.

Todos nos mostrábamos optimistas respecto al golpe, excepto Angela. Angela suele rebosar de energía frenética antes de un golpe, pero esa vez no. Estaba fría y distante, y miraba por el parabrisas de la furgoneta mientras mascaba un chicle de nicotina. Yo ardía de ganas de hablar con ella, pero sabía que no era el momento adecuado para eso. Ella necesitaba silencio.

Con todos ya en la furgoneta, aparcamos en un descampado, en la misma calle del Banco de Gales un poco más abajo, y empezamos a preparar los disfraces. Vincent, Mancini y yo entraríamos como guardias de seguridad. Teníamos gorras con el logotipo de una empresa de furgones blindados y gafas oscuras para ocultar los ojos. Nos pusimos los holgados uniformes sobre la ropa, para poder quitárnoslos en veinte segundos dentro del ascensor y cambiar de vestimenta al llegar a la planta del banco. Mancini se ciñó una correa de nailon para la escopeta. Vi cómo sacaba de la bolsa una de las escopetas, metía cuatro cartuchos rojos con postas del doble cero en el cargador tubular y luego ajustaba el arma en su aparejo. Al lado tenía una bandolera con pequeñas y potentes granadas de gas lacrimógeno. Con el uniforme puesto, sin embargo, no parecía que llevara nada debajo. Sacó una caja de cartuchos de escopeta y se metió varios en cada uno de sus seis bolsillos.

—¿Cuánto rato tenemos que esperar aquí? —preguntó Hsiu.

—¿No llevas reloj?

—Quiero decir —explicó ella—, ¿a qué estamos esperando, exactamente?

Angela se inclinó como pudo hacia delante y señaló el teléfono vía satélite del salpicadero.

No estoy seguro de cuánto tiempo pasamos así, pero es posible que pareciera más de lo que realmente fue. Nos podíamos oler unos a otros. Gomina y gasolina, cigarrillos y alcohol, clavo, cilantro y pimienta negra. El reducido espacio amplificaba cada pequeño sonido. Alton sacó un cigarrillo, pero Joe Landis le puso inmediatamente una mano sobre el encendedor.

—¿Tienes idea de cuánta nitroglicerina llevo en la bolsa?

El timonel hizo una mueca, arrojó el cigarrillo sin encender por la ventanilla y dijo:

—¿Quieres decir que no puedo fumar hasta que todo acabe?

—Mira —dijo Vincent—. Tenemos algo para ti.

Mancini se sacó un frasquito del bolsillo y echó cerca de un cuarto de gramo de cocaína sobre la caja de cartón de los cartuchos de escopeta. Con la uña de su meñique hizo varias rayas de cualquier manera y se metió la primera por la nariz. Vincent fue el siguiente, luego Joe y Alton. Yo me quedé escuchando cómo hablaban hasta que el frasquito estuvo vacío.

El teléfono vía satélite del salpicadero sonó y vibró. Nadie lo descolgó; dejamos que sonara. Todos sabíamos que era Marcus informándonos de qué hora exacta era y del tiempo exacto que faltaba para que ya no pudiéramos echarnos atrás. Si había cualquier tipo de problema, podíamos descolgar el teléfono en aquel mismo momento y decírselo. Si íbamos con retraso, él reajustaría el horario. Cuando el teléfono dejó de sonar supimos cuánto tiempo teníamos exactamente.

Teníamos dos minutos.

Alton encendió el motor y se puso en marcha. El banco estaba a menos de medio kilómetro de distancia. Tras la inspección que Angela y yo habíamos hecho del local habíamos decidido colarnos por el ascensor de seguridad. Treinta segundos después, nuestra vieja furgoneta bajaba por la inclinada pendiente que daba al aparcamiento subterráneo del rascacielos. El tipo de la entrada nos hizo señas para que pasáramos sin fijarse en nosotros. Tal como decía, los limpiacristales tienen acceso fácil.

Bajamos hasta el nivel inferior de los dos subsótanos del aparcamiento y estacionamos en un hueco en penumbra a menos de cincuenta metros del ascensor de seguridad. Al apagar todas las luces, dentro de la furgoneta estábamos casi a oscuras. Solo teníamos que esperar a que llegara el primer furgón blindado del día. La esfera de tritio de mi reloj resplandecía en un azul fantasmagórico.

Un minuto.

Yo había hecho una pequeña investigación. Aquel ascensor era algo así como un artículo especializado. Puesto que la cámara acorazada estaba en la planta treinta y cinco, los banqueros no tenían medio fácil de transportar cargamentos de dinero tan arriba. El ascensor asignado era la solución. En lugar de aparcar furgones blindados en la calle y entrar con el dinero por el vestíbulo y luego subirlo con los ascensores normales, que cualquiera podía usar, las entregas se harían ahí abajo y subirían en ese ascensor especial de dos paradas. Era más que seguro, por supuesto. El hueco del ascensor estaba forrado de sensores de movimiento para que nadie pudiera trepar por él, y el elevador solo paraba en la planta baja y en la treinta y cinco, lo cual limitaba extremadamente el acceso. El compartimento tenía paredes de acero templado y un teléfono vía satélite de emergencia, que se conectaba automáticamente con la Policía Real de Malasia si el ascensor se detenía de improviso. El sistema elevador tenía dos cables de cromo de alta resistencia, un cierre de seguridad magnético y cuatro frenos de emergencia manuales en la pared para que nadie pudiera irrumpir en la cabina y llevarse el dinero. Lo mejor de todo era que, para ponerlo en marcha, arriba un gerente del banco y abajo un conductor de furgón blindado tenían que verse por circuito cerrado de televisión y pasar sus tarjetas de identificación en el mismo momento exacto. Nadie más que el encargado de la cámara acorazada y el personal de reparto tenían acceso al interior de aquel ascensor. Yo había visto los planos. Era uno de los ascensores más seguros del mundo.

Pero ese día no serviría para entrar.

Dentro de la furgoneta apenas había luz y el aire estaba viciado. Joe tamborileaba con las uñas sobre la caja de su juego de ganzúas. Estaba nervioso. Todos lo estábamos.

Treinta segundos.

Oímos cómo llegaba el furgón blindado. Levanté la cabeza y miré por la precaria ventanilla cuadrada de veinte centímetros de lado en la parte posterior de la furgoneta.

Era un modelo viejo y barato, construido con el chasis de una camioneta Ford F550. El parabrisas estaba dividido en dos planchas planas de cristal antibalas de dos centímetros y medio de espesor, y la carrocería entera estaba cubierta con quizá un centímetro de blindaje de acero. En los laterales y en las puertas había portillos de defensa, aunque no más de lo normal, y los neumáticos eran a prueba de pinchazos, por descontado, pero no resistirían una descarga de escopeta. En Estados Unidos ningún banco que se precie usaría un vehículo como ese, pero en Malasia era lo mejor que se podía conseguir. En aquellos tiempos, las entregas no eran ni mucho menos tan sofisticadas como hoy día. En cinco años pueden cambiar muchas cosas. No existían las placas magnéticas, o los localizadores GPS, o las grabaciones de vídeo en color y tiempo real, que hacen tan impenetrables los vehículos blindados modernos. La única tecnología de que disponía aquella camioneta era una radio de banda ciudadana en la cabina, de manera que el vehículo podía desaparecer durante unos treinta minutos sin levantar ninguna sospecha.

Dentro había tres hombres: un conductor, un encargado del dinero y un guardia. El conductor se quedaba dentro de la cabina con el motor en marcha, por si había que escapar rápido. El encargado del dinero descargaba la pasta en un carrito, con el guardia empuñando un arma a su lado para que nadie intentara nada. Habíamos investigado a esos tipos. El conductor era nuevo en el equipo. Llevaba menos de seis meses en ese trabajo y no había disparado un arma excepto en el campo de tiro. Llevaba el pelo cortado al rape, como un recluta. El encargado del dinero, no obstante, era un profesional. Llevaba cinco años haciendo casi nada más que aquello, aparentemente. No tenía esposa ni novia y tampoco visitaba a su familia regularmente. No hacía otra cosa que trasladar dinero entre bancos o empresas. Tenía una expresión adusta y ojos pequeños. El guardia que lo protegía era varios años más joven que el resto, aunque tenía más experiencia que el conductor.

Cuando el vehículo se paró del todo, el conductor echó el freno de mano y puso el motor al ralentí. El guardia abrió la puerta del copiloto, bajó y fue hacia la parte trasera del furgón. Con los nudillos golpeó dos veces la puerta de atrás. El encargado del dinero abrió las compuertas desde el interior y le tendió al guardia una gran bolsa de nailon azul llena de objetos de valor.

Diez segundos.

Oía el paso del tiempo en mi reloj. Angela respiraba fuerte a mi lado. No estaba nerviosa ni alterada por nada. Respiraba de esa manera para llenarse de oxígeno el cuerpo y estar preparada cuando llegara el momento. Yo tenía la mirada fija en el furgón blindado y en el ascensor.

El encargado del dinero le pasó dos fardos más al guardia, que iba apilándolos a sus pies. El encargado desapareció unos instantes, volvió empujando una carretilla y la hizo bajar del furgón sin ningún cuidado. El conductor encendió un cigarrillo y se inclinó para regular el aire acondicionado, entreabrió un poco su puerta y estiró el cuello para ver cómo iba todo. Un segundo después, el encargado del dinero saltó al suelo con algo que no me esperaba: un gran fusil de asalto negro con mira reflex, colgado de una correa a la espalda. No habíamos previsto eso.

Cinco segundos.

Era un jodido G36. Excepto una escuadra de helicópteros de la policía, esa arma era lo último que queríamos ver. Escupía treinta balas del calibre OTAN en poco más de dos segundos. Cada proyectil podía atravesar nuestros chalecos antibalas usados y salir por el otro lado como si nada. Si no hacíamos las cosas a la perfección, alguien iba a morir. Contuve la respiración.

La hora.

Angela dio la señal.

Vincent y Mancini saltaron de la parte trasera de la furgoneta con sus escopetas. Se abalanzaron sobre la camioneta como jugadores de fútbol americano y les gritaron órdenes a los guardias. Mancini corrió hacia el encargado del dinero y Vincent hacia el conductor. Antes de que pudieran darse cuenta de lo que pasaba, nuestros mamporreros los tenían encañonados con una escopeta en la cara.

—¡Quietos! —gritó Vincent primero en inglés y luego en malayo chapurreado, para asegurarse de que lo entendían.

Le puso el cañón de la escopeta en la sien al conductor. El hombre dejó caer el cigarrillo y se rindió alzando las manos.

Los otros dos no se entregaron tan fácilmente. Mancini tenía dos blancos y una sola escopeta, y el encargado del dinero llevaba el fusil al hombro. Cuando Mancini se acercó al furgón apuntó con su escopeta al guardia. El otro tipo reaccionó tratando de empuñar el fusil de asalto que llevaba a la espalda, pero antes de que pudiera asirlo, Mancini avanzó hacia él y le golpeó en la cara con la culata de su escopeta. La nariz del encargado del dinero estalló en un torrente de sangre y el tipo se tambaleó hacia atrás. El fusil de asalto cayó al suelo y fue a parar debajo del furgón. El otro guardia levantó las manos.

Hsiu y yo bajamos de la furgoneta.

Hsiu tenía un trabajo fácil. Debía vigilar a los rehenes. Cuando la mayoría de la gente piensa en rehenes se imagina cuerdas y esposas, pero esas son medidas toscas para neutralizar a alguien. ¿Saben cuánta cuerda habríamos necesitado para atar a treinta personas, o tan solo a esos tres? Yo no. Hsiu halló una solución elegante: una pistola de inyección. Una pistola de inyección es un aparato médico con forma de pistola, pero en lugar de disparar balas emplea un chorro de alta presión para inocular medicamentos directamente a través de la piel del paciente, sin causar ningún desgarro. Sin sangre ni aguja. El medicamento atraviesa la dermis y llega instantáneamente al torrente sanguíneo. No hay que cambiar boquillas, no hay riesgo de transmisión de VIH o sida, no requiere esterilización entre usos. La pistola de inyección funciona.

Hsiu se acercó corriendo a donde Vincent tenía al conductor inmovilizado y le apretó la boquilla de la pistola de inyección bajo el mentón. El aparato emitió un tenue sonido neumático y en dos segundos el tranquilizante hizo efecto. El conductor se quedó tan exánime como si le hubieran pegado un tiro en la cabeza. De un instante a otro pasó de estar consciente a comatoso. Su cuerpo quedó colgando de la puerta del vehículo blindado.

Hsiu le arrojó el inyector a Mancini, que se lo apretó en la frente al tipo de la nariz rota. Inoculó justo entre los ojos. El tipo se tambaleó un segundo y se desplomó al suelo. Mancini me lanzó el inyector a mí, mientras yo sujetaba al tercer guardia por el cuello del uniforme. Empujé al tipo contra su furgón, con mi mano libre le quité el arma del cinto y la tiré lejos.

Todo eso ocurrió en los primeros quince segundos.

Le apreté la boquilla del inyector en el punto débil del cuello, cerca de la yugular, y le dije:

—No quiero hacerte daño, pero si tengo que hacértelo lo haré. Solo quiero el dinero del banco, que está asegurado. No te pasará nada si haces todo lo que te digo, ¿entendido?

Él se quedó mirándome con expresión vacía.

—¿Cómo se llama el gerente del banco que está de servicio hoy? —le pregunté.

El hombre empezó a farfullar algo en malayo que no entendí. Había algo de chillido áspero en su voz, que lo hacía sonar como una foca. Le golpeé fuerte la cabeza contra la parte trasera del furgón. Él hizo una mueca de dolor y parpadeó varias veces.

—Sé que hablas inglés —le dije.

—Dice que no quiere morir —tradujo Hsiu.

—Que lo demuestre, entonces —repliqué—. El nombre del gerente del banco. Ahora.

El joven se quedó sin fuerzas en mis manos. Estaba paralizado de miedo. Lo vi en sus ojos cuando levantó la mirada hacia mí. No parecía alguien que cree que va a morir. Parecía alguien que no entendía exactamente qué le estaba pasando. Miraba fijamente la pistola de inyección en mi mano, como si la estuviera viendo en un sueño.

La subí de donde estaba en el cuello, al punto débil entre sus cejas.

—Tu última oportunidad —avisé.

—Se llama Deng Onpang —balbuceó.

—¿De qué color es la tarjeta de acceso de hoy?

—Roja.

—Gracias —le dije.

Entonces apreté el gatillo, que emitió el mismo sonido neumático de antes, y le disparé una dosis de fármaco entre las cejas. El joven guardia dio un traspié y se tocó el punto donde yo había disparado. Estaba sorprendido de no estar muerto. Un segundo después las piernas le flaquearon y se desplomó. Lo atrapé entre mis brazos para que no se golpeara la cabeza y lo bajé al suelo. Antes de llegar ya estaba inconsciente.

Saqué de su cinturón las tarjetas de acceso y fui pasándolas hasta que encontré la roja. No solo teníamos aproximadamente la misma edad, sino también una estatura y un peso similares. Le quité la gorra con el logotipo de la compañía y me la puse. Con el uniforme que yo llevaba me parecía mucho a él. El maquillaje había sido fácil. Estaba básicamente en los ojos. Había usado lápiz de ojos y esparadrapo para imitar la forma general, y ahora, con la gorra calada, ocultaba las imperfecciones. Había usado espray bronceador para casar el color de mi piel casi perfectamente con el suyo. Me había teñido el pelo de negro. Habría que ser muy observador para notar la diferencia. Solo me quedaba engañar al gerente del otro lado del circuito cerrado de televisión.

Mi momento era ese, al fin y al cabo. Para que las puertas del ascensor se abrieran tenía que convencer a Deng Onpang de que yo era el mismo guardia que él había visto prácticamente a diario durante casi tres años. Traté de memorizar el sonido de la voz de aquel chaval para no meter la pata en el CCTV. La gorra y el atuendo podían hacer que me pareciera a él, pero tenía también que sonar y actuar como él. Aspiré hondo.

Apreté el botón de llamada. La pantallita junto al ascensor se encendió y apareció la cara de un señor mayor con un traje caro. Lo saludé con una frase en malayo que había ensayado mil veces hasta pronunciarla con un acento perfecto.

—*Kantung-kantung* —dije. Significa «valijas».

—¿Cuánto esta vez? —respondió él, afortunadamente en inglés.

—No lo sé. Están precintadas y la lista la tiene mi conductor.

—¿Cómo está su esposa?

—Va mejorando —contesté.

Enseñé la tarjeta de acceso roja. Deng Onpang hizo lo mismo y pasamos la tarjeta al mismo tiempo.

—El ascensor va de camino —dijo Deng—. Ahora nos vemos.

—Bien —respondí—. Estaremos preparados.

41

*Atlantic City*

Mientras conducía hacia la dirección que Marcus me había dado sonó uno de los teléfonos. Alargué la mano hacia el asiento del copiloto, cogí el aparato y miré de quién era la llamada entrante. En lugar de un número, la pantalla decía «FBI» en grandes letras azules. Abrí el teléfono y lo sostuve entre la mejilla y el hombro.

—¿Sí? —respondí—. ¿Está ahí?

—¿Hola? ¿Con quién hablo? —preguntó Rebecca Blacker.

Mierda. Había olvidado que me había transformado en John Grimaldi.

—Soy yo —repuse rápidamente, volviendo a la voz de Jack Morton.

—Suena diferente.

—Ya sabe lo que una buena ducha puede hacer.

—Lo sé mejor que nadie —dijo ella—. Pero está usted metido en un buen problema, Jack.

Aun así, no sonaba amenazante ni seria. Lo había dicho con una especie de entusiasmo o regocijo, como si acabara de hacer una jugada de ajedrez particularmente astuta. Y noté que, por la forma en que lo había dicho, era ella la causa del problema del cual me advertía. El sonido ronco de su hábito de fumar había desaparecido de su voz.

—Las buenas noticias son que me va a ver otra vez —dijo ella—. Las malas… en fin, que el departamento de policía de Atlantic City acaba de expedir una orden de arresto contra usted.

—¿De verdad? ¿De qué se me acusa?

—Lo buscan en relación con un doble homicidio cometido anoche. Esta mañana han encontrado dos cadáveres en la marisma con heridas de bala. A ambas víctimas les habían disparado en la cabeza, a una de ellas casi a quemarropa. El coche al que me mandó anoche era de uno de ellos, así que, por extensión, lo han vinculado a usted con los asesinatos.

Bufé y dije:

—¿Con esto basta para conseguir una orden de captura? Yo no he estado nunca en las marismas.

—Esto es serio, Jack. ¿Mató usted a esos tipos?

—No me gusta matar —contesté.

Rebecca dejó escapar un suspiro y golpeó el teléfono contra algo duro.

—No importa si la orden no tiene base —replicó ella—. Si quiero encontrarlo lo encontraré. Habrá hombres buscándolo en todos los aeropuertos y todas las autopistas. Antes de una hora habrá una foto de usted en cada coche patrulla. Tres horas después, cada agente de policía en seis estados conocerá su cara.

—¿De dónde diablos han sacado una foto mía?

—De una cámara de vigilancia del aeropuerto.

Forcé una sonrisa. Rebecca Blacker me la estaba jugando bien. Probablemente había sido ella quien había pedido la orden. En Estados Unidos la policía tiene que firmar una declaración demostrando causa razonable antes de poder extender una orden de captura. Ella era la única persona que podía haber redactado tal declaración, o sugerido que sacaran la foto de una cámara de vigilancia del aeropuerto, o que podía relacionarme con los asesinatos, o la que sabía que yo estaba en Atlantic City. Blacker me había puesto en la lista de buscados por la policía para que yo no tuviera más opción que jugar con sus reglas. Una maniobra astuta, tuve que admitir. Ella tenía con qué coaccionarme si yo no cooperaba en su investigación.

—No ha tenido suerte, pues —dije—. Jack Morton ya se ha escabullido de la ciudad.

—Patrañas.

—De acuerdo, me tiene pillado —concedí—. ¿Qué es lo que quiere?

—Se supone que tengo que preguntarle dónde está.

—No se lo voy a decir.

—Se supone también que tengo que pedirle que se entregue.

—Esa idea me gusta menos aún. Basta de fingir, ¿vale? Tiene una orden de captura contra mí. Felicidades. Ahora tiene una buena baza con que jugar. Sin embargo, si hubiera usted querido que la policía de Atlantic City me cazara, habría rastreado mi número en lugar de marcarlo en su teléfono. Es una mujer lista. No me habría llamado si no quisiera hacer un trato, así que ¿cuál es?

—¿Cómo sabe que no he rastreado su número?

Miré al cielo a través del parabrisas.

—No veo ni oigo ningún helicóptero.

—Podría haber mandado un coche patrulla.

—Eso querría decir que no intenta realmente detenerme.

—De acuerdo, este es el trato. Quiero que coja el coche y se presente en la comisaría local. Tiene que entregarse al FBI. Si me da toda la ayuda que necesito para resolver el tiroteo del Regency, a cambio le garantizo que lo de los dos cadáveres de la marisma quedará en defensa propia. Si no colabora lo acusaré de doble asesinato en primer grado.

—Usted no me va a ver nunca en una celda —repliqué.

No pretendía sonar jactancioso, pero me salió así y me arrepentí de inmediato. Lo único que pretendía era hacer constar un hecho. Nunca había sido detenido y ciertamente no me iban a pillar con una orden de captura infundada y una operación policial. Si Rebecca me quería con esposas en las muñecas tendría que ponérmelas ella misma.

—Espero que sepa en qué se está metiendo —me advirtió Rebecca.

—La policía no me da miedo.

—No hablo de la policía. Las víctimas eran de la red de traficantes de Harrihar Turner. Esta mañana pensaba que usted solo

242

había incendiado uno de sus coches. Ahora sus hombres caen como moscas. ¿Tiene usted idea del historial de ese hombre?

—He oído varias historias —contesté—. ¿Por qué alegaría usted defensa propia?

—No es la primera vez que esos dos han sido sospechosos de enterrar a alguien en las marismas.

—Entonces supongo que no tengo por qué cooperar con usted en nada.

—Si accede, puedo darle protección.

—Me halaga —repuse—, pero me apaño solo. La llamaré más tarde para reunirnos. Pero no voy a ir a una agencia del FBI ni voy a entregarme. Sigo siendo un ciudadano que se interesa, nada más.

—Ya no. Está en busca y captura.

—Y se lo tengo que agradecer a usted —le dije—. ¿Pide órdenes de captura contra cada hombre que conoce?

—Solo a los que quiero detener.

—Muy bien —dije—. Hablamos luego.

—Si no lo hace, nos veremos en su juicio.

Arrojé el teléfono por la ventanilla y salió volando por encima del guardarraíl. Maldición, Rebecca Blacker era buena. Miré la hora. Mediodía.

Quedaban dieciocho horas.

42

Los complejos de viviendas baratas no están nunca diseñados para que lo parezcan. Están diseñados para parecer cualquier otra cosa: barrios residenciales de la periferia, urbanizaciones, edificios de apartamentos, etcétera. Los complejos de viviendas subvencionadas son un buen negocio, considerando que la alternativa es la propiedad de un tugurio en un barrio pobre, pero un complejo de viviendas baratas sigue siendo un complejo de viviendas baratas. Si uno se fija bien puede hasta olerlo. Aquel bloque de uniformes viviendas subvencionadas estaba separado del resto de la calle por una hilera de pinos bajos y un deteriorado parque infantil. Una valla publicitaria que anunciaba créditos rápidos colgaba justo encima de una fila de contenedores de basura. Alguien había destrozado todas las farolas. De día, un barrio malo tiene el mismo aspecto que uno normal, pero la gente que vive allí sabe lo que hay. El parque infantil estaba desierto como un cementerio.

El burladero de Ribbons era un hotel barato al lado de una pizzería. En la fachada, delante de los botes de la basura, había un letrero escrito a mano por el mismo tipo que había hecho el de la pizzería. Hotel Cassandra, televisor en color, alquiler por semanas. No había oficina de administración a la vista. En la puerta principal había ranuras de buzón con nombres manuscritos debajo. Los grafitis de las paredes estucadas parecían arte moderno del malo. Las ventanas de la planta baja estaban protegidas con barrotes.

Los delincuentes ricos también se alojan en burladeros baratos. Al pobre le es más fácil vivir anónimamente que al rico. Los due-

244

ños de tugurios no piden nóminas, referencias o dos formularios de identificación con foto. Solo quieren cobrar dos semanas por adelantado.

Entré.

La habitación de Ribbons estaba en la primera planta, a la que se llegaba por un corto tramo de escaleras y siguiendo por un polvoriento pasillo con la luz fundida. Su número estaba clavado justo encima de la mirilla. Había pequeñas rajas en la puerta cerca de la manija, donde alguien con un destornillador muy largo y una fuerza considerable había hecho palanca para forzar el pestillo. La madera alrededor del cerrojo había saltado primero y la fuerza había empotrado el enclenque cerrojo de acero en el marco y lo había hecho salir por el otro lado. Aplicando suficiente presión, todo se rompe. Di un paso atrás.

La policía no abre puertas con destornilladores de casi un metro de largo. Cuando van con una orden de registro a casa de alguien ausente, nueve de cada diez veces entran con la llave maestra que un vecino o un casero les ha proporcionado. Si eso no funciona usan una ganzúa. Si tampoco eso funciona, a veces abren la puerta con herramientas de bombero o con un ariete, pero ambas cosas se usan solo como último recurso y dejan señales de rotura muy diferentes a aquella. No, no había sido la policía quien había hecho eso. Alguien se me había adelantado.

Miré a derecha e izquierda en el pasillo. Forzar un pestillo haciendo palanca hace mucho ruido. Habría hecho suficiente ruido para atraer la atención de los ocupantes de las habitaciones cercanas, aunque si lo oyeron es probable que no hicieran nada. Se oía un televisor encendido en la sala del otro lado del vestíbulo. Ya nadie llama a la policía. No sirve de nada.

Saqué la pistola de Grimaldi y comprobé el silenciador; entonces abrí con cuidado la puerta, empujándola con el pie izquierdo. La puerta giró perezosamente sobre la bisagra, con un sonido como de uñas rascando una pizarra. Eché un vistazo antes de entrar. Inspeccioné primero la habitación principal, luego el baño y la cocina. No había dormitorio. La habitación principal tenía un catre desplegable delante de un viejo televisor en color. Los barrotes verticales que cubrían las ventanas proyectaban largas sombras en el suelo. Registré el armario y dentro de la nevera.

Nadie en casa.

Guardé el arma y cerré la puerta.

Ribbons había sido muy meticuloso. Yo me esperaba que su burladero fuera un desorden de colillas de papel de fumar, cajas de pizza y latas de cerveza vacías, pero estaba todo tan despejado y limpio como la celda de una prisión. Las paredes estaban desnudas y Ribbons tenía su ropa guardada en una pequeña maleta Samsonite negra que había en el suelo. Las sábanas estaban apiladas sobre el camastro y la basura recogida en bolsas junto a la puerta. El sitio entero hedía a amoníaco y detergente, como si acabaran de limpiarlo.

Me puse a revisar sus cosas. Quité las sábanas del camastro. Abrí los cajones del armario. Le eché una rápida ojeada a la cocina. Junto al frigorífico había un hornillo y una cacerola; en el fregadero, una cuchara, un tenedor y un cuchillo. En el bote de la basura había dos latas vacías de sopa de pollo con fideos. Registré todos los cajones de la cocina. Estaban vacíos. Luego miré el baño. Al lado del lavamanos había una caja llena de cuchillas de afeitar, pero no vi ninguna maquinilla ni espuma para el afeitado. En la ducha había una pastilla de jabón, metida aún en su envoltorio. Debajo del lavamanos había un bote de detergente y un par de rollos de papel higiénico de repuesto. En el espejo, calzada entre el marco y el cristal, estaba la foto de una mujer negra de cierta edad que debía de ser la madre de Ribbons, y una tarjeta de visita de un agente inmobiliario con un número escrito en tinta azul. Cogí la tarjeta y le di la vuelta. Detrás se leía: «Blue Victorian, Virginia».

Los drogadictos se saben todos los sitios para esconder cosas. Las tiendas de accesorios para el cultivo de cáñamo venden botes alijo que parecen productos domésticos pero tienen compartimentos secretos. He visto frascos de espuma de afeitar con espuma de afeitar de verdad, pero tienen también un doble fondo para esconder cocaína. Una habitación de motel es una mina. Detrás de la nevera. Bajo el compartimento de la verdura. En la cisterna del váter. Dentro de una lámpara de techo. Hice un inventario y registré cada sitio. Volví a la habitación principal y le eché otro vistazo al equipaje de Ribbons. No me molesté en encontrar la combinación del candado de la cremallera. Puse la bolsa en el suelo y rompí la cremallera de un tirón.

Dentro había un revólver barato, un Colt calibre 38. Era un modelo antiguo, negro mate, con la espuela del martillo limada. Los llaman «de funda de almohada». La espuela se lima para que el martillo no se enganche en la tela de la almohada y te vuele los sesos. La culata estaba forrada con dos vueltas de cinta americana. El pavonado tenía óxido por años de abandono. Los números de serie habían desaparecido hacía tiempo. Examiné el tambor —seis balas— y tiré aquel cacharro a la basura. Junto al revólver había un cilindro negro, grueso como una lata de refresco y el doble de largo. Era pesado y tenía cuatro grandes orificios en los extremos, tres en un lado y uno en el otro. Reconocí enseguida lo que era.

Era el silenciador de una Uzi.

En un sentido literal, no hay tal cosa como un silenciador. Un arma hace ruido siempre, porque la bala, empujada por los gases en expansión, rompe la barrera del sonido al salir del cañón. Un silenciador enfría y absorbe parte de los gases y mitiga el estruendo del disparo. Pero ni siquiera un silenciador de calidad suena como el escupitajo de las películas, sino más bien como el restallido de un látigo o el golpe de un listín telefónico que cae al suelo. La finalidad de un silenciador no es liquidar a alguien sin hacer ruido. La finalidad de un silenciador es evitar que el tirador se quede sordo.

Debajo del silenciador había algo de ropa. Un jersey. Unos pantalones de chándal. Una gorra de punto. Una camiseta de baloncesto. Un par de zapatillas de deporte descoloridas. Cerré la bolsa y eché otra mirada a la habitación. Ni teléfono, ni ordenador, ni dinero, ni estuche de efectos personales. Registré los bolsillos de toda su ropa y no encontré nada.

Ribbons respetaba de verdad el burladero.

Sin embargo, no había pasado mucho tiempo en él. Hasta los más sempiternos criminales cuelgan pósters de películas en las paredes y tienen un cepillo de dientes de repuesto en un vaso junto al lavamanos. Ribbons no había sacado siquiera su ropa de la maleta. La había dejado aún doblada en la maleta al lado de la cama, preparado para huir en cualquier momento.

Su sitio se parecía mucho al mío.

Saqué el teléfono móvil del bolsillo y tecleé varios dígitos. Apreté la tecla verde, pero la llamada no llegó a sonar. Oí solamente la señal intermitente de desconexión. Comprobé que había marcado el número correcto. Estaba claro que el agente inmobiliario no quería ser localizado. Iba a guardar el teléfono cuando de repente se me ocurrió algo.

Es difícil de describir. En un momento estaba saliendo del burladero de Ribbons, sin ninguna pista sobre su paradero, y un momento después un pase de diapositivas de las cosas que había visto se reprodujo en mi cabeza. Trocitos de información aparecieron y desaparecieron tan rápido que apenas pude recordarlos. El plano de la ciudad que había memorizado. Las pastillas y el dinero en el pack de huida de Ribbons. La cucharilla doblada para la heroína en el Dodge destrozado. Los números escritos detrás de la tarjeta de visita del agente inmobiliario. La Uzi y el silenciador extrañamente abandonados en diferentes lugares. La críptica historia del Lobo sobre la niña. Y «Virginia».

Marqué el número de Marcus.

El teléfono sonó y la familiar voz con acento del Medio Oeste contestó.

—Aquí la cafetería Five Star.

—Quiero hablar con Marcus. Soy el ghostman.

Hubo una pausa mientras el tipo le llevaba el teléfono a Marcus. Oí cada paso que daba y los sonidos metálicos de los enseres de la cocina.

Cuando Marcus finalmente habló, su voz sonaba al borde del colapso.

—¿Jack? —preguntó.

—Marcus —contesté—. Sé dónde está el dinero.

# 43

Así es como se lo expliqué. En Estados Unidos, todas las casas en venta tienen un número. No solo el del domicilio, sino también otro número. Una especie de código llamado SLM, que significa «Servicio de Listado Múltiple». Cuando un agente inmobiliario pone una casa en venta se le asigna un número de seis o siete dígitos para que cualquier otro agente del país pueda buscarlo en una base de datos. Así, por ejemplo, un agente de Filadelfia puede mirar casas en venta en Atlantic City sin tener que desplazarse en coche hasta allí.

Sin embargo, desde que la economía se fue al garete hay cientos de miles de casas en venta que nadie quiere. Todos venden pero nadie compra. Es el caso de los embargos por impago de hipoteca, especialmente. Casas que se quedan varios años con un letrero de «En venta» y luego empiezan a deteriorarse. Y una casa abandonada es el lugar perfecto para ocultarse después de un atraco. La gente que vivía allí ya no está, y no hay ninguna posibilidad de que, después de tanto tiempo, alguien se acerque a echar un vistazo. Quizá no sea fácil encontrar una de improviso, pero es mucho más sencillo si conoces a un agente inmobiliario corrupto o al gerente de bienes inmuebles de un banco que esté dispuesto a «alquilarte» bajo mano el lugar por un corto período de tiempo.

Los siete dígitos de detrás de aquella tarjeta de visita no eran de un número de teléfono. Eran el número de una casa. Y Virginia no es solo un estado. Es también el nombre de una avenida de Atlantic City.

—Pero ¿hay algo que respalde esa teoría tuya? —preguntó Marcus.

—Ahora mismo iré a comprobarlo.

—No quiero promesas. Quiero oír que tienes el dinero, y luego quiero oír que lo has enterrado tan hondo que haría falta una excavadora para sacarlo.

—Pronto lo sabremos —contesté—. Es la clase de sitio que yo elegiría si tuviera que esconderme.

—Pero tú no eres Ribbons. Tú eres bueno en eso.

—No hace falta que me lo recuerdes.

Me imaginé a Marcus mordiéndose el labio.

—¿Has tenido algún otro problema con el Lobo?

—Hace horas que no.

—Si ocurre algo házmelo saber. Quiero olvidarme de la Costa Este lo antes posible.

—Comprendido.

Apagué el teléfono, le quité la batería y la tiré en un cubo de la basura en el vestíbulo. Un poco después rompí el teléfono por la mitad y arrojé las dos partes en una alcantarilla.

Volví al coche. Puse en marcha el motor y conecté el aparato GPS del salpicadero. Quería estar completamente seguro de a donde me dirigía. Apreté los botones y examiné el mapa de la ciudad. Exploré Virginia Avenue de punta a punta, saqué otro teléfono móvil de la bolsa y lo encendí. Cuando la pantalla se iluminó en blanco empecé a marcar el número del Lobo. El teléfono sonó una vez. Dos. Tres veces.

—¿Hola?

—Hola —contesté—, ¿con quién hablo?

No era el Lobo. La voz del otro lado de la línea sonaba profunda y áspera. La conexión era mala. Esperé a que la línea mejorara pero no lo hizo. Solo oía el sonido del coche debajo de mí y la resonancia de una voz masculina profunda.

—Con nadie. ¿Quién cojones eres? —dijo el hombre.

—Soy el ghostman. Quiero hablar con el Lobo.

—Pues él no quiere hablar contigo. Y cuando te encuentre te va a machacar todos los dedos con un martillo.

—Créeme, el Lobo quiere hablar conmigo.

—Eres un cadáver andante, ¿lo sabes?

—Sí, pero un cadáver muy rico.

Hubo una pausa.

El tipo estaba pensando, y resoplaba. Un momento después oí el sonido del teléfono frotando algún tejido. A los pocos segundos se oyó el sonido seco del teléfono cambiando de manos y la respiración de otra persona.

—¿Qué quieres? —dijo el Lobo.

—Quiero hacer un trato.

## 44

La línea enmudeció un momento y oí a gente que hablaba en voz baja al fondo. La conexión seguía siendo mala y yo no distinguía las palabras, pero parecía que el Lobo hablaba con una o dos personas, tapando con una mano el teléfono, para que yo no oyera la conversación.

Un momento después, el Lobo se puso otra vez y dijo:

—Lo tuyo debe de ser un instinto suicida, Ghostman.

—¿Quieres oír mi propuesta?

—No, puto cabrón. ¿Crees que puedes matar a dos de mis hombres, mandar a otro al hospital, destrozar dos de mis coches y escapar con vida? Acabas de cometer tu último error, Ghostman. Yo mismo te enterraré en las ciénagas.

—Tal como decía, quiero hacer un trato.

—Te doy diez segundos. Luego colgaré y daré órdenes a todos mis hombres de que me traigan tu corazón en un bote de conservas.

—Tengo algo que te interesa, y te ofrezco la oportunidad de conseguirlo. Tienes que hacer un trato conmigo; de otra forma las consecuencias serán funestas para ti. Si trabajas conmigo, ganas. Si no lo haces, pierdes.

—¿Qué te hace pensar que voy a negociar contigo después de todo lo que has hecho?

—Que yo sé dónde está el dinero y tú eres un tipo listo.

—Un tipo listo te pegaría un tiro entre los ojos en cuanto te viera —contestó el Lobo—. Un tipo listo sabría exactamente lo peligroso que eres realmente y te liquidaría antes de que mates a alguien más.

—Entonces déjame darte otra razón —repliqué.

—¿Cuál?

—Tienes más ganas de cargarte a Marcus que de castigarme a mí, y soy la mejor baza que tienes para que eso ocurra.

—Haces muchas suposiciones, Ghostman.

—Pero no me equivoco.

Hubo un breve momento de silencio. A pesar de toda su bravuconería, el Lobo era un tipo racional e inteligente. Su virulencia le daba más tiempo para pensar. Él sabía que yo tenía razón. Su mayor problema no era yo. Si el Lobo conseguía hacer de Marcus mi enemigo, se olvidaría de los tres cadáveres y de los dos coches en una cojonésima de segundo.

—Tu voz suena diferente —dijo el Lobo.

—La he cambiado.

—¿Qué quieres, entonces? —me preguntó.

—Quiero doscientos mil dólares en efectivo o en bonos al portador.

—Has perdido la puta chaveta —respondió él con un resoplido.

—Esta es mi oferta.

—Te sobreestimas, Ghostman. Quizá esté dispuesto a concederte la vida a cambio de la cabeza de Marcus servida en bandeja, pero nada más.

—Amenazar con matarme no te llevará a ningún lado. No me costó ningún esfuerzo librarme de tus hombres en la marisma. No creo que me pillaras ni poniendo a tu organización entera tras de mí, así que si quieres quitar de en medio a Marcus, me vas a pagar doscientos de los grandes. Si no, enterraré el dinero, dejaré que estalle en el fondo de un agujero donde sea y me largaré como si no hubiera pasado nada. Esta es mi oferta.

—Preferiría verte muerto.

—Entonces esto es lo último que vas a oír de mí —le dije—. Mándale recuerdos a Marcus desde la cárcel. Te voy a colgar el atraco a ti.

—¿Cómo se supone que vas a hacer eso?

—Puedo esconder el dinero en algún lugar muy importante para ti, para que cuando la pasta estalle, un enjambre de polis caiga sobre tu organización como ángeles en el Juicio Final.

—¿Crees que puedes hacerme chantaje?

—Sí —repliqué—. Creo que puedo.

El Lobo se quedó en silencio un momento, lo cual resultó extraño. No solo dejó de hablar, sino también de respirar.

—¿Hola? —interpelé.

—Te daré cien mil —dijo el Lobo.

—Doscientos mil. Es menos de la quinta parte de lo que hay en la carga federal. No me hagas insistir, Harry. No tengo absolutamente nada que perder. Ya tengo el dinero. No me presiones.

—¿Es una amenaza?

—Depende de tu contraoferta.

—Puedo darte cincuenta de los grandes esta noche y otros cien el lunes. Sería una imprudencia pedir más.

—Y una mierda —contesté—. No voy a quedarme en esta pocilga hasta el lunes. Doscientos de los grandes esta noche, o me largo.

—Los bancos está cerrados, Ghostman. No puedo reunir esa cantidad hasta que abran. Mi capital no es líquido. No tengo fajos y fajos de billetes guardados en casa.

—Ah, ¿no? Entonces debes de ser el primer narcotraficante de la historia que no tiene problemas con guardar la pasta. ¿No sabes que los colombianos tienen que construir casas aparte solo para almacenar dinero? Ya has oído mi precio y déjate de gilipolleces.

—Ciento cincuenta esta noche, pero no más. Si me pides más que esto, nos vemos en el infierno.

Me quedé en silencio un momento, y dije:

—De acuerdo. Me conformaré con eso.

El Lobo hizo un sonido a medio camino entre suspiro y gruñido.

—Ven a mi suite del Atlantic Regency dentro de unas horas. Tendré tu dinero esperando.

—¿Tienes una suite en el Regency? Qué coincidencia.

—Parece que no te fías de mí.

—Tu hombre acaba de decirme que me vas a romper todos los dedos con un martillo. No, por supuesto que no me fío. No me fiaría de ti ni para preguntarte qué hora es.

—Soy el propietario de un club de striptease abandonado en la esquina de Kentucky Avenue y North Martin Luther King Boulevard. Podemos vernos allí.

—Yo escogeré el lugar —contesté.

—Por hoy ya has negociado bastante, Ghostman —dijo el Lobo—. Vamos a dejar ese juego, ¿vale? Haremos el trato a mi manera o no habrá ningún trato. Si crees que me intimidas estás en un grave error. Traerás la carga federal a mi club, tú solo, o la próxima vez que me veas será a través de una nube de pintura de espray y una bolsa de plástico, así que ¿aceptas el trato o no?

Me quedé en silencio, solo para hacerlo esperar.

—Acabas de conseguir una ganga —le dije.

## 45

La casa de Ribbons era una construcción de una sola planta en North Virginia Avenue, a quince manzanas del paseo marítimo. No tardé mucho en encontrarla. El lugar no podía estar a más de veinte manzanas del Regency, y yo sabía dónde buscar. Era un vecindario extrañamente agradable. Si hubiera estado simplemente paseando en coche, nunca me habría imaginado que Ribbons acabara allí. El pavimento era amplio y liso y los arbustos de pino alineados a ambos lados de la acera susurraban con la brisa del mar. Era un vecindario de gente con buenos empleos. La gente de esta clase de vecindarios tenía seguro médico, plan de jubilación y niños jugando en el patio de casa. Ribbons se había escondido a la vista de todos. Había elegido un lugar donde a nadie se le ocurriría buscar a un yonqui puesto de todo y con una o más balas en el cuerpo.

Tras subir y bajar por la calle un rato, divisé la casa victoriana de color azul. Aparqué enfrente y al salir del coche el reflejo del sol me hizo esbozar una mueca. La casa en sí era horrenda. Tenía el aspecto de haber sido una magnífica casa de veraneo en otra época, pero apenas quedaba nada de su antiguo esplendor. Había tablones de contrachapado clavados sobre la puerta principal y en casi todas las ventanas. Un gran letrero de madera hincado en el césped, detrás del buzón, decía «En venta», pero estaba medio podrido por la erosión de la sal y cubierto de grafitis que no me dejaron ver el nombre del agente inmobiliario. La pintura de la fachada había saltado hasta desaparecer casi completamente y las ventanas de la segunda planta tenían los cristales rotos, exponiendo el interior a los elementos. Levanté la mirada y silbé.

Soy un experto en sitios para esconderse, y aquel era excelente. Para empezar, las residencias domésticas son magníficas, y no solo porque la Constitución las protege de los registros de la policía. Ribbons podía pasar varios días allí sin preocuparse demasiado y sin que nadie sospechara si lo veía entrar y salir. Segundo, la casa no tenía pruebas documentales. La única persona que podía vincular a Ribbons con esa casa era sin duda el agente inmobiliario al que había sobornado para conseguirla. Tercero, no encajaba con el perfil. Estaba en un vecindario demasiado elegante para atraer el tipo de vigilancia policial que podría dar al traste con todo el tinglado, pero no tan elegante como para que la gente que vivía allí se fijara en él. Era el lugar perfecto.

Y ahí estaba el Mazda Miata del 2009 verde oliva robado de Ribbons.

El coche había pasado un infierno. Tenía los faros delanteros hechos añicos y en la puerta izquierda había una enorme abolladura. Estaba aparcado medio escondido detrás de los arbustos, y la matrícula no se veía desde la calle. Distinguí pequeñas manchas de sangre y suciedad en la ventanilla del conductor. El coche estaba, pero Ribbons no, por supuesto. Al menos había conseguido entrar en la casa. No me gustaría nada morir en un coche japonés.

Me acerqué a la puerta y le di una patada lo bastante fuerte como para desencajar el cerrojo del marco. La puerta se desprendió prácticamente de las bisagras. Entonces le di un par de patadas al contrachapado y todo se vino abajo.

Como decía, en otros tiempos había sido un lugar hermoso. Estaba empapelado con un suntuoso diseño de vegetación exuberante y frutas maduras. Por el techo corrían elaboradas molduras que representaban parras de ciruelo serpenteando en todas direcciones. Era un hermoso trabajo decorativo, pero las paredes estaban ennegrecidas y con manchas pardas de humedad, y todas las luces rotas. En un rincón alguien había pintado con espray: «No hay nada más fuerte que la adicción».

257

En el interior de la casa reinaba la oscuridad y el calor y la humedad y la putrefacción. Densas partículas de polvo flotaban en el aire, y mis ojos tardaron un poco en acostumbrarse a la penumbra. Apreté el interruptor de la luz que tenía más cerca, pero nada ocurrió.

Había un rastro de sangre reseca en la moqueta.

Un instante después de ver la sangre me llegó el hedor, una mezcla de pescado podrido, heces y pólvora. Las gotas de sangre se hacían más seguidas a medida que me adentraba en la casa, a lo largo de un corto pasillo con un armario y un cuarto de baño. Era como si alguien le hubiera dado un largo brochazo de pintura negra a la moqueta.

Ribbons.

Su Kalashnikov estaba apoyado contra el marco de la puerta. El arma tenía el cerrojo cubierto de sangre y de residuo de pólvora. Había otras cosas esparcidas a lo largo del rastro de sangre. Un guante de látex. Un cargador de Colt 1911. Una bala del 7,62 × 39 mm. Un pasamontañas negro.

Ribbons estaba allí, por supuesto.

Y seguía con vida.

## 46

Cuando lo encontré, Ribbons parecía más un cadáver que un ser humano. Tenía los ojos vidriosos y respiraba con dificultad. El vaivén de su pecho era el único signo de que seguía con vida. Su voz era un ronco y áspero susurro.

—Agua —pidió.

Estaba en el suelo, apoyado contra una pared del salón, en un charco de sangre. Su chaleco de kevlar y su camiseta estaban empapados. Tenía la cara pálida y los pies hinchados. Parecía tranquilo, excepto por los ojos. Un pus verde le goteaba de las comisuras. La bala lo había alcanzado nueve o diez centímetros por encima del ombligo y había perforado su chaleco antibalas. Otras dos balas no lo habían atravesado y se habían quedado incrustadas en el chaleco sin causar daño. Las puntas de plomo aplastado asomaban entre las placas protectoras de cerámica. Un largo rastro de sangre corría por la pared en la que Ribbons se había desplomado antes de deslizarse hasta el suelo y quedarse tal como lo encontré. No era sangre reciente y empezaba a ennegrecerse.

La mayoría de la gente que recibe un disparo en el pecho no dura más de quince minutos. El ácido clorhídrico del estómago suele filtrarse en la sangre y provocar algún tipo de shock, que causa rápidamente la muerte. La víctima entra en coma y muere minutos después. Aquella bala, no obstante, no había alcanzado el estómago. El chaleco la había frenado. Se había quedado detenida en la grasa de Ribbons, sin llegar a los intestinos. Seguía alojada en su abdomen y entraba cada vez un poco más cuando Ribbons respiraba.

Quizá veinte horas antes, un cirujano, un buen cirujano, habría podido salvarlo. Pero ya no. El color había desaparecido de su cara. La supuración que se le estaba formando en los ojos era síntoma de infección, igual que el sonido de sus pulmones. A Ribbons ya solo le quedaba morir.

—¿Eres poli? —preguntó Ribbons en un susurro.

—No —respondí—. Me envía papá.

—Agua —pidió otra vez—. Por favor.

No contesté. Me quedé quieto allí.

—Agua.

Me giré para mirar hacia el pasillo. Me dije que yo había ido a buscar el dinero, pero allí no estaba. Si el dinero hubiera estado en el pasillo, ya lo habría visto.

—Por favor —repitió él—. Agua.

Ribbons tenía la cara y las manos llenas de sangre coagulada, y los labios resecos como la arena. Me miró fijamente a los ojos y no había ningún temblor en su mirada.

—Por favor, tío… —imploró.

—¿Dónde tienes el dinero, Ribbons?

—Por favor.

—Antes quiero el dinero —le dije.

Ribbons no dijo nada. Crispó los dedos y señaló el pasillo. Giré la cabeza hacia donde él indicaba, al pasillo que salía de la habitación. Me levanté y fui hacia allí, al interior de aquella casa en silencio. En el dormitorio había aún un viejo somier y una cómoda, pero parecía vacío, y las sombras daban cierta sensación de desasosiego. Ribbons no había tenido ocasión de llegar a vivir allí. No había habido un alma en aquel lugar.

Me moví a tientas en la oscuridad. La luz exterior se colaba como rayos láser rojos entre las rendijas del contrachapado. A lo lejos se oían los coches que circulaban veloces por la autopista.

El dinero estaba en el armario.

No me hizo falta abrir la bolsa de kevlar azul manchada de sangre para saber lo que era. La recogí y empecé a andar hacia la puerta principal, pero me detuve antes de llegar. Ribbons pudo apenas girar la cabeza para verme en el marco de la puerta. Era como si mil ladrillos lo aplastaran y cualquier pequeño movimiento exigiera de él un esfuerzo monumental. Sus labios se movían, pero de su boca no salía ninguna palabra. Rezaba, tal vez.

—Agua —pidió.

—Vale, sí —le dije—. Te traeré agua.

Dejé a Ribbons en la habitación, pero solo un minuto. La cocina estaba dos puertas más allá, junto al comedor, y tenía una barra de desayuno. Me moví casi a tientas en la oscuridad y abrí el grifo, que chasqueó un poco pero del que luego salió agua. Abrí varios cajones, pero estaban todos vacíos. Improvisé un tazón ahuecando las manos, dejé que se llenaran de agua y volví a través de la penumbra al salón. Ribbons crispó los dedos cuando me vio volver.

—Por favor —dijo.

Solté un reniego y me arrodillé junto a él, en el charco de sangre y vómitos. Le acerqué las manos a los labios y el agua le entró en la boca y le cayó por la barbilla. Ribbons bebía como si no pudiera parar. Me pidió más. Hice otro viaje y le traje más agua. No dije nada. Me quedé mirando cómo bebía. Cuando acabó nos quedamos en silencio un rato. La vieja casa crujía y susurraba. Me arrodillé a su lado y él se esforzó para mirarme. Todo estaba en calma.

Entonces Ribbons dijo:

—Pinchazo.

—Sí —asentí—. Tienes una bala en el cuerpo. Te estás muriendo.

Ribbons hizo un gesto de negación moviendo un poco la cabeza y volvió a crispar los dedos. Seguí su mirada hacia una bolsa negra de nailon, en un rincón de la habitación, fuera de su alcance.

—Un chute —susurró.

Tiré de la bolsa hacia nosotros. Dentro había una caja de guantes de nitrilo, un encendedor y una jeringa. Lenta y trabajosamente, Ribbons señaló el bolsillo lateral. Dentro había una bolsa de plástico cerrada con un alambre y con varias pizcas de una sustancia marrón con textura de rebozado.

—Un chute —jadeó Ribbons.

Delante de mí había medio gramo de heroína.

—Por favor —rogó él—. Un chute.

Hay pocas cosas en el mundo que yo deteste más que la heroína. La detesto más que a la gente que vive de la prostitución de menores. La detesto más que matar a una mujer. La detesto más que la sensación que tengo después de pasar a solas tanto tiempo que tengo que practicar el habla mirándome al espejo hasta que mis palabras suenan humanas otra vez. Hay muy pocas cosas en este mundo que provoquen en mí esta reacción, pero ahí la tenía. En mi mano.

Ribbons me estaba pidiendo que lo matara.

Un chute de heroína resultaría mortal. Con la cantidad de sangre que Ribbons había perdido, su organismo no lo resistiría. Una dosis normal le haría el doble de efecto, sería como beberse una botella entera de tequila después de donar sangre. La más mínima cantidad de jaco podía causar una sobredosis, y si no, le complicaría la respiración. En su estado, podría ahogarse bajo su propio peso. Si yo dejaba a Ribbons allí para que se desangrara en el suelo, quizá viviría seis o siete horas más. Si le daba el chute, moriría en cuestión de minutos. De segundos, si no calculaba bien la dosis. Y no la iba a calcular bien, pues no había tocado heroína en mi vida.

Ribbons no apartaba de mí sus ojos apagados e inyectados en sangre. Aspiraba y espiraba, y yo oía el escalofriante sonido del fluido que se iba acumulando en sus pulmones.

—Esto no te calmará el dolor —le dije—. Has perdido demasiada sangre. Estarás muerto antes de que te saque la aguja.

La voz de Ribbons era apenas un susurro.

—Por favor, tío.

Saqué la Beretta con silenciador y se la puse en la cabeza.

A esa distancia, una bala bastaría para librarlo de su miseria antes de que se diera cuenta de lo que pasaba. Moriría en el acto. Apreté el cañón entre sus ojos para que él entendiera lo que yo le ofrecía.

Ribbons dijo que no con la cabeza.

—Por favor —susurró—. Un chute.

Vacilé. Yo sabía cómo meterle una bala en la cabeza, pero eso no. Ya había matado a gente. Sabía lo que ocurriría. El gatillo se resistiría, luego cedería, el martillo caería, la boca del cañón rugiría y los sesos de Ribbons se desparramarían por la pared. Sería como apretar un interruptor. Él no sentiría nada. Pero una sobredosis mortal era algo completamente distinto. Yo no sabía cuánto tiempo tomaría. No sabía cuánto darle. No estaba preparado para eso. Me dije por dentro que no quería cagarla, pero esa no era la verdadera razón. Esa no era en absoluto la razón.

Mi madre había muerto de una sobredosis de heroína.

Ribbons susurró algo, pero demasiado débilmente para que yo lo oyera. El sonido me sacó de mi ensimismamiento. El charco de sangre alrededor de Ribbons era cada vez más grande. Antes no me había dado cuenta, pero cada pocos minutos aumentaba en varias fracciones de centímetro, como agua filtrándose del escape de un tubo de desagüe. Los labios de Ribbons se movían, pero no emitían ningún sonido. Tal vez hablaba con alguien que no estaba allí. Tal vez estaba despidiéndose, aunque fuera de sí mismo.

Aspiraba y espiraba entre resuellos.

Recogí la heroína del suelo.

En la bolsa de nailon había una cuchara sopera junto a la munición, y una cajita de viaje con torundas de algodón. Dejé la jeringa, la heroína y el algodón en el suelo, al lado de Ribbons. Puse una pequeña cantidad de la sustancia marrón en el cuenco de la cuchara, me la llevé a la cocina y dejé caer unas gotas de agua del grifo en ella. Encendí el mechero y sostuve la cuchara encima de la llama. El agua no tardó en hervir echando espuma y la heroína se disolvió. Aparté la cuchara de la llama, arranqué un poco de algodón de una de las torundas y lo puse en la cuchara. Hundí la aguja en el algodón y absorbí la solución de heroína con la jeringa, usando como filtro el algodón. Hice salir las burbujas de aire con unos golpecitos y miré a Ribbons, que abría y cerraba la boca como un pez boqueando para respirar.

Me quité el cinturón y me acerqué poco a poco a él.

Ribbons puso el brazo izquierdo sobre mis piernas. La sangre de sus manos se extendió por mis pantalones y me manchó las rodillas. Le subí la manga y le hice un torniquete en el brazo con mi cinturón. Le di unos golpecitos en la parte interior del brazo, hasta que las venas aparecieron bajo su piel. Las marcas de aguja llegaban hasta el hombro, de tantas veces como se había chutado. Me tomó casi un minuto encontrar una vena utilizable. Si no acertaba y pinchaba en un músculo accidentalmente, podía causarle una muerte aún más lenta y dolorosa, pues la inyección se iría consumiendo hasta que la sobredosis lo matara.

Le clavé la jeringa en el brazo. La aguja entró de lado en la vena hasta que alcanzó un callo oscuro donde vi que ya se había chutado antes. Tiré ligeramente del émbolo. Un poco de sangre subió por la aguja y se esparció entre el líquido pardo como una flor.

—Por favor —susurró Ribbons.

No se me ocurrió qué decir.

Empujé el émbolo y vi cómo la superficie de su piel empezaba a enrojecer. Cuando la jeringa estuvo vacía, se la saqué y la dejé en el suelo. Le quité el cinturón del brazo. Ya estaba hecho.

Es duro ver morir a alguien. Pocos segundos después del chute, Ribbons empezó a sentir el efecto. El dolor desapareció de su cara. Sus ojos se abrieron del todo, como si se despertara, y dejó escapar algo que sonó como un suspiro de alivio. Por un momento, solo por un momento, todo el dolor había desaparecido. Sus pupilas se hicieron diminutas y echó hacia atrás la cabeza. Se quedó mirando el techo con tal intensidad que parecía que estuviera viendo a Dios mismo allí arriba. Pero ese momento pasó. La cara de Ribbons enrojeció y sus párpados se entrecerraron otra vez. Gotas de sudor empezaron a formarse en toda su piel. Pocos minutos después, se quedó flácido contra la pared. El síncope no tardó en llegar. Se le cerraron los ojos y su cabeza se desplomó sobre su pecho. Echaba baba y espumarajos por la boca. Noté cómo su respiración se hacía más y más lenta hasta que las convulsiones cesaron y Ribbons murió.

Conmigo de rodillas en un charco de su sangre.

Volví a la entrada y recogí la bolsa azul de kevlar forrada de plomo. Dentro había un poco más de un millón doscientos mil dólares, cuarenta localizadores GPS y setenta paquetes de tinta con explosivos. Salí por la puerta y fui a buscar el Mazda Miata verde de la entrada.

Miré el reloj. Las cuatro de la tarde.

Quedaban catorce horas.

## 47

*Kuala Lumpur*

Las puertas del ascensor de seguridad se abrieron enseguida. Una vez dentro, Hsiu sacó de su bolso un espray de pintura negra y roció con un largo chorro la cámara domo. No importaba si los de seguridad se daban cuenta del apagón, pues después de pasar las tarjetas, nada podía detener el ascensor. Una vez dentro, estábamos dentro.

No perdimos tiempo. Con la cámara ya anulada, Vincent, Mancini y yo nos pusimos en cuclillas y empezamos a cambiarnos de ropa. Cada uno tenía un disfraz diferente. Mancini llevaba una vieja chaqueta ancha verde oliva excedente del ejército y un pasamontañas de fibra negro para ocultar la cara. Vincent llevaba una desgreñada peluca azul vivo, un jersey con capucha y una máscara de Ronald Reagan. Yo tenía una camisa negra, una chaqueta color canela y una máscara de Guy Fawkes. Angela llevaba un sencillo traje de pantalón azul y una careta de hockey. Joe Landis llevaba una máscara de soldar que le cubría toda la cara, con apenas espacio para sus gafas, y Hsiu llevaba una cosa de plástico transparente que le oscurecía todos los rasgos. Al inspeccionar el lugar habíamos calculado que el ascensor de seguridad tardaría un minuto y veinte segundos en llegar a la última planta. Podíamos cambiarnos de ropa en menos de la mitad de ese tiempo.

El rollo carnavalero no era solo fachada. Los atracadores con disfraces chillones son menos propensos a ser recordados que los ladrones que visten atuendos simples y fáciles de olvidar. Las máscaras y las chaquetas dan a los rehenes algo a lo que mirar. Si el atracador viste algo vivo y chillón, los rehenes no recordarán nada más. De esta manera, al desaparecer el disfraz, desaparece el recuerdo del personaje también. Sin el disfraz, el atracador es un rostro más entre la multitud.

Me enfundé un par de guantes blancos de látex. Todos debíamos llevar guantes, aunque Angela y yo no teníamos huellas dactilares. No queríamos dejar la más mínima prueba biológica, incluyendo los borrones sin forma de nuestras huellas. La única excepción era Joe Landis, nuestro tornillero, que no podía trabajar con guantes. Hace falta verdadera finura para abrir la cámara acorazada de un banco, así que no íbamos a ponerle trabas a Joe. Lo que sí llevaba era una lata de cuatro litros de amoníaco, con el que borraría sus huellas esparciéndolo por encima de todo lo que tocase. Mientras nosotros nos poníamos los guantes, Joe se quedó al fondo del ascensor empalmando una manguera de oxígeno a una lanza térmica de metro ochenta de longitud.

Vincent me dio un codazo en el brazo para que me girara hacia él y me tendió la culata del fusil de asalto G36 que habíamos rescatado de debajo del furgón blindado, y también un cinturón lleno de cargadores. Miré a Vincent y me colgué al hombro el arma por la correa. Noté que Vincent me sonreía desde detrás de su máscara de Reagan mientras accionaba la corredera de su recortada del calibre 12. Mancini me dio su visto bueno levantando el pulgar y dio un gruñido de entusiasmo. Estaban más que preparados. Estaban preparadísimos.

Me di la vuelta y me mordí el labio mientras observaba cómo los números de las plantas iban poco a poco subiendo en el panel de control. Planta veinticinco. Veintiséis. Cada vez que el número cambiaba se oía un débil bing. Planta veintisiete. Veintiocho. Veintinueve.

Mis manos sudaban bajo los guantes. Siempre me entran temblores antes de entrar en un banco. Cerré los ojos y traté de concentrar toda mi ira. Ya casi habíamos llegado.

Bing.

El ascensor se detuvo con una sacudida y las puertas se abrieron. Una joven encargada de la cámara acorazada nos estaba esperando. Al vernos se quedó paralizada de miedo y dejó caer los papeles que llevaba en la mano. No recuerdo gran cosa de ella, pero nunca olvidaré el grito que dio. Ni siquiera fue particularmente memorable. Como la mayoría, empezó con un aullido agudo y acabó con histéricos sollozos. Fue la rapidez lo que me descolocó. En la mayoría de los atracos pasan pocos segundos antes de que alguien deje escapar un chillido. A veces hay incluso un extraño y expresivo silencio durante el atraco entero, porque todo el mundo está demasiado atónito o asustado para reaccionar. Pero esa vez no fue así. Tan pronto como las puertas del ascensor se abrieron, la mujer empezó a chillar.

La agarré del pelo y la lancé contra una de las ventanillas de los cajeros.

Nos vino bien, en realidad. En Malasia hay varios idiomas principales, y el chillido que ella dio los superó todos. Sin entender una sola palabra de lo que yo iba a decir, todos los empleados del banco supieron instantáneamente lo que pasaba. Empuñé el fusil de asalto y rocié el techo con una ráfaga de disparos.

—¡Que nadie se mueva! —grité—. ¡Esto es un atraco!

Después de esto pasaron muchas cosas a la vez. Vincent saltó por encima de las protecciones de plástico antibalas de las ventanillas y encañonó a los cajeros con su escopeta. Les ordenó que se apartaran de su puesto y que no tocaran el dinero. Debajo de los mostradores había alarmas silenciosas, pero si los cajeros no se atrevían a activarlas, también había alarmas pasivas conectadas al dinero de los cajones. Si alguien sacaba un solo billete de un cajón de dinero, se dispararía la alarma.

Al mismo tiempo, Mancini se ocupó de la entrada. Fue de la parte trasera del banco a la delantera encañonando con su escopeta a todo el que encontraba y juntó a todo el mundo en el vestíbulo. Cuando llegó a la salida de las escaleras de emergencia, abrió la puerta, sacó de su bandolera una granada de gas lacrimógeno y la arrojó al otro lado. En menos de veinte segundos el gas llenó todo el hueco de la escalera hasta por lo menos dos pisos más abajo. Sin ventilación, el gas se quedaría flotando en el aire durante una hora, haciendo prácticamente imposible que alguien subiera por las escaleras sin una máscara antigás. Como medida adicional, Mancini atrancó la puerta y la aseguró con un grueso candado de bicicleta. Nadie entraría, nadie saldría.

Hsiu salió al vestíbulo y pulsó el botón de llamada de los otros cuatro ascensores. Dos ascensores se abrieron en aquel mismo momento. Al abrirse las puertas, Hsiu colocó una tira de cinta americana sobre los sensores láser para impedir que las puertas se cerraran si alguien llamaba. Con la cinta puesta, los ascensores no se moverían si no eran liberados con una llave de bombero. Tampoco se desconectarían tras cierto período de tiempo, lo cual dificultaría que los vigilantes del edificio trataran de apagarlos o reiniciar el sistema. Hsiu roció con una larga ráfaga de pintura de espray las cámaras de encima de los botones del ascensor. Esperó dos minutos a que llegaran los otros dos ascensores y los inutilizó de la misma manera.

Angela estaba ya en la parte trasera. Deng Onpang, el gerente, estaba en su despacho de detrás de los cubículos de cristal. Sin darle tiempo a levantarse, Angela lo asió de la solapa y le golpeó la cabeza contra el borde del escritorio. El hombre se tambaleó y cayó al suelo aturdido. A esta clase de tratamiento lo llamamos «coscorrón». Si creemos que alguien puede traernos problemas o tratará de disparar una alarma, empezamos con un golpe en la cabeza. No solo hace que el tipo se entere de que vamos en serio, sino que también lo aturde y le impide actuar con lucidez. Con un buen golpetazo, el tipo no servirá para nada. Cuando lo tuvo en el suelo, Angela le abrió la camisa a Deng y le arrebató del cuello las llaves de la cámara acorazada y de los depósitos de seguridad. Angela sabía que había un botón de alarma debajo del escritorio, así que agarró a Deng de la solapa, lo sacó a rastras del despacho y lo tiró al suelo del vestíbulo.

Joe tampoco perdió el tiempo. Fue directo a la puerta de la cámara acorazada en el rincón sudeste, cerca del corazón del rascacielos. En menos de veinte segundos ya estaba en cuclillas sacando de su bolsa el equipo de taladrar. A menos de medio metro de él había otro gerente de la cámara acorazada, pero el hombre estaba paralizado de pánico, de cara contra la pared. Mancini le hizo señas con el cañón de la escopeta para que se echara atrás.

Me subí de un salto a la mesa que tenía más cerca y grité:

—No hemos venido por vuestro dinero. Queremos el dinero de la cámara acorazada. Está asegurado, así que no vais a perder nada. Si obedecéis mis instrucciones nadie os hará daño. Y ahora todos al suelo.

Hsiu repitió mis palabras en malayo, aunque en realidad no era necesario. Para muchas cosas, incluidas las relativas al banco, el inglés seguía siendo el idioma oficial. Sabíamos que todos los gerentes tenían al menos ciertos rudimentos de inglés. La traducción era solo para estar seguros de que nada importante se perdía en medio de aquel frenesí.

Apunté mi arma a la gente del vestíbulo. Cuando empuñas un fusil de asalto no te hace falta ser particularmente amenazador. El arma lo dice casi todo. Me miraron todos aterrorizados, levantaron las manos y fueron arrodillándose poco a poco. Cuando estuvieron casi todos en el suelo, solo me quedó ocuparme de unos pocos rezagados. Entré en el recinto de cristal donde trabajaban los funcionarios del banco y saqué a rastras de debajo de su mesa a los tres últimos gerentes. Había dos asiáticos y un británico. Sabíamos que no tendrían botones de alarma o llaves de depósito de seguridad porque eran gerentes de recepción. Hice que se echaran al suelo como todos los demás. Volví a entrar en las oficinas para asegurarme de que no quedaba nadie escondido y arranqué de la pared los cables de los teléfonos de mesa. Le hice una señal de luz verde a Vincent, que bajó del mostrador y se llevó a los cajeros y a la lloriqueante encargada de la cámara acorazada con la multitud que ya empezaba a apiñarse en el rincón más alejado de los ascensores. Mancini los escrutó a todos. No tenía mucho más que hacer que estar allí con aspecto serio. Los rehenes eran dóciles como ovejas.

Los registré uno por uno, por si llevaban armas, empezando por Deng Onpang. Le di con el pie en los bolsillos, los hombros y los tobillos. Tras comprobar que estaba limpio me acerqué rápido al siguiente rehén, luego al siguiente. La celeridad era esencial. El proceso entero me tomó menos de medio minuto. Teníamos trece rehenes en total: dos cajeros, otros seis empleados del banco, dos clientes y los tres tipos del furgón blindado, cuyos cuerpos inermes habría que subir después. Nadie iba armado, aunque la mayoría llevaba cartera y teléfono móvil.

—Coged los teléfonos móviles y sacadles la batería —ordené—. Y luego quiero que hagáis deslizar los teléfonos por el suelo hacia el rincón del fondo. No tratéis de llamar a nadie o de mandar ningún mensaje. Tenemos un inhibidor de señal, así que no servirá de nada, excepto para que nos enfademos. Hacedlo ya.

Hsiu repitió mis palabras en malayo, para asegurarnos de que todo el mundo lo entendía.

No les quité el ojo de encima a los rehenes mientras cada uno sacaba su teléfono móvil. En realidad no teníamos ningún inhibidor de señal, pero simular que así era incrementaba las posibilidades de que se mostraran dóciles. El procedimiento transcurrió sin complicaciones, en su mayor parte. Uno de los gerentes dijo algo en malayo, que Hsiu tradujo por: «No llevo ninguno». Recelé y fui a registrarle los bolsillos, pero no encontré nada, así que lo dejé en paz y le dije a Mancini que le inyectara tranquilizante. No quería correr ningún riesgo. Luego chafé con el pie todos los teléfonos.

—Vía libre —dije.

—Vía libre —repitió Angela.

—Vía libre —dijeron Hsiu y Vincent desde detrás de las ventanillas de caja.

—Vía libre —dijo Joe, blandiendo su lanza térmica frente a la cámara acorazada.

Mancini echó una ojeada y me hizo una señal levantando el pulgar. Vía libre.

Sonreí. De repente, el banco era nuestro. Respiré hondo y miré por la ventana. Las Torres Petronas brillaban a lo lejos. Consulté el reloj. Llevábamos exactamente sesenta y cinco segundos dentro del banco. La parte fácil ya estaba hecha. Respiré hondo otra vez y dejé escapar despacio el aire. Tenía que mantener bajo control mi pulso acelerado.

Entonces la mujer se puso a chillar otra vez.

Estaba agachada en el centro del grupo, con las manos y las rodillas en el suelo. Las lágrimas le bajaban por las mejillas y se mezclaban con su sombra de ojos en densas gotas negras que resbalaban por su barbilla y le iban mojando el vestido. Los brazos le temblaban y tenía el rostro contraído en una horrible mueca de profundo dolor. Vi un hilillo de sangre que se escurría por entre el pelo y bajaba siguiendo las curvas de su cara hasta el mentón. Me compadecí de ella. No quería, pero una parte de mí se afligió con un repentino sentimiento de culpa. Aparté la mirada e intenté no oír los gritos de la mujer, pero no pude. Me estaba haciendo perder la concentración. Daba la sensación de que me chillaba directamente a mí, que prácticamente gritaba mi nombre. Le pedí a Mancini la pistola de inyección para darle una dosis de fármaco en el cuello a la mujer. Diez segundos después estaba profundamente dormida, pero eso no cambió nada.

Me sentía culpable, pero incluso más que eso, me sentía poderoso.

# 48

*Atlantic City*

Me pregunté cuánto tiempo tardarían en descubrir su cadáver. El hedor ya era espantoso, pero quizá nadie repararía en un olor que venía de una casa como aquella. El agente inmobiliario que le había conseguido el domicilio daría quizá con él en una visita de rutina, pero antes podían pasar semanas. Para entonces, los tejidos blandos del cuerpo de Ribbons habrían empezado a descomponerse y su cara sería irreconocible.

Pensé unos momentos en la última petición de Ribbons. Lo que más quería en el mundo era un último chute. Quise encontrar despreciable el hecho, pero no pude. También yo tengo una adicción y es exactamente igual de autodestructiva.

Me ocupé primero del Mazda Miata robado de Ribbons. Cuando abrí la puerta, el hedor me cortó la respiración. Olía a sangre de pescado y carne rancia. Me repuse en un momento y aspiré hondo. El asiento estaba cubierto de sangre y fluidos corporales de Ribbons, pero tras dos días al sol de verano estaba todo reseco y ennegrecido. Vi dónde el espray de sustancia coagulante había funcionado y dónde no. Cerré la puerta y dejé el coche allí.

Volví en el Bentley de Lakes. No estaba del todo seguro de que el coche no estuviera pinchado, pero la alternativa era peor. Entré en el coche y tiré la bolsa azul de kevlar en el asiento del copiloto.

Lo primero que tenía que hacer era esconder el dinero en algún lado, por supuesto. Claro que había amenazado con colocar el dinero en algún sitio relacionado con el Lobo, pero esa parte no la iba a cumplir. No me hacía falta. El Lobo se tragaría mi farol igualmente. Con el dinero ya en mi poder, cada minuto que pasaba con él corría el riesgo de que estallara. Mientras conducía exploré mentalmente el mapa de la ciudad. Tomé la carretera que bordeaba la costa para volver al centro, imaginándome los diferentes escondites y reflexionando sobre las ventajas y los inconvenientes de cada lugar.

Había llegado casi al paseo marítimo cuando el cielo empezó a retumbar y se oscureció rápidamente. Se avecinaba una tempestad. Nubes de tormenta rojas ya relampagueaban en el océano. La humedad empezó a condensarse en lluvia ácida. Un minuto después caían chuzos de punta y enormes gotas acribillaban el parabrisas. Alcé la mirada al furioso cielo y activé los limpiaparabrisas.

El lugar que elegí era una franja de playa desierta, al sur de la ciudad, cerca de la ensenada de Absecon. Era un lugar demasiado rocoso para ser aprovechable. Estaba entre la playa y un acantilado. En la carretera había una curva cerrada, para alejar el tráfico de los enormes peñascos y del oleaje.

Esconder el dinero en un lugar como aquel tenía varias ventajas. Era una playa bastante apartada del camino transitado, lo que hacía muy improbable que en las siguientes horas pasara alguien y encontrara la bolsa oculta entre las rocas. Segundo, la marea estaba bajando, de manera que, por grandes que fueran las olas, no había ninguna posibilidad de que la marea arrastrara accidentalmente el dinero. Tercero, si los explosivos llegaban a estallar, prefería que fuera allí, donde no causarían daño a nadie. No iba a esconder explosivos donde los pudiera encontrar un niño.

En cuanto salí del coche me quedé empapado hasta los tuétanos. Me eché la bolsa azul de nailon al hombro y saqué un teléfono móvil. Marqué uno de los números de Marcus para enviarle un mensaje de texto.

«No ha habido suerte», decía.

Quité la batería y el chip del teléfono y los arrojé detrás de las dunas, en un antiguo tramo de autovía de dos carriles, al lado de un letrero de advertencia para que la gente no se acercara a la playa. El viento me azotaba de lleno, enérgica y formidablemente, y me zarandeaba el pelo de un lado a otro. Unos treinta metros después salí de la baja y nudosa maleza de la playa y me encontré frente a las olas. No era una oscuridad impenetrable cualquiera: era como si alguien hubiera apagado las luces del mundo. El aire era espeso como la sopa. Me abrí camino por la playa bajo la pálida luz azulada que la ciudad reflejaba en las aguas del océano.

Al llegar al borde de una de las dunas más grandes me paré un momento. El mar estaba más o menos quieto. Había marea alta y se acercaba una tormenta. El frente que se estaba fraguando en la costa había engullido las pocas nubes que habían surcado el cielo aquella tarde. Tablones de madera a la deriva y desperdicios del mar, latas de cerveza y restos de fuegos artificiales flotaban en la marea. Una manta azul de niño empapada, una jarra de cuatro litros vacía.

A unos treinta metros a mi izquierda un talud de grandes rocas se adentraba otros treinta metros en el mar para frenar las olas que llegaban al puerto. En la punta, las olas rompían con fuerza contra las rocas y las pulían.

Cuando yo era niño soñaba con ver el océano. Cuando te crías en Las Vegas no te enseñan a asociar la arena con el agua. Desde los veinte años me he movido por todo el mundo. No he vivido más de un año en un mismo lugar desde que dejé de presentarme con mi nombre real. He echado de menos la arena. Pensé por un momento dónde querría ir después de aquello. No podía volver a Seattle, de esto estaba seguro. Pensé en el desierto. Si encontraba un trabajo allí lo aceptaría, aunque fuera solo porque me recordaría el hogar.

Encajé la bolsa azul entre dos rocas. Quedó unos centímetros por encima del agua, pero bien oculta del observador casual. Si el dinero llegaba a estallar, el mar arrastraría los billetes manchados y las espumeantes olas los blanquearían. Quedarían inservibles, pero el efecto sería el mismo. Antes de seguir adelante tenía que asegurarme de esto. Con un teléfono móvil tomé una foto del dinero, para tener una prueba. El Lobo me pediría el dinero por adelantado. Pero yo le daría una foto.

Volví sin darme prisa al coche. Marqué el número de información y pedí listados en el puerto deportivo local. Tardé un poco en encontrar lo que buscaba, pero finalmente conseguí ponerme en contacto con una empresa llamada Atlantic Maritime Adventures. El tipo al otro lado de la línea me preguntó:

—¿En qué puedo ayudarle?

—Quiero comprar un yate —respondí.

## 49

Alexander Lakes me estaba esperando en la cafetería. Tenía incluso peor aspecto que doce horas antes: sus ojos estaban inyectados en sangre y tenía arrugas de estrés en la cara. Una barba de dos días le asomaba a trozos en el mentón y el cuello, y tenía una mancha de café en la corbata. Lakes apenas se movió al verme. Levantó despacio la mano de la mesa y me saludó.

El local estaba casi vacío. Ya estaba anocheciendo y el ambiente era diferente. La lluvia azotaba el cristal de las ventanas. La plancha crepitaba friendo hamburguesas y una nube de vapor se elevaba por encima de la cafetera. Cuando entré, el ayudante de cocina me miró como con sorpresa. No entendí qué significaba aquello. Quizá yo le recordaba a alguien que conocía.

Al acercarme a su mesa, Lakes me dijo:

—Tiene usted un aspecto diferente.

Me encogí de hombros y respondí:

—Todo el mundo me dice lo mismo hoy.

—No, parece completamente otra persona. Apenas lo he reconocido.

—Espero que me haya traído lo que le pedí.

Lakes sacó una camisa de vestir de una bolsa de compras llena de ropa que tenía al lado. Un traje negro Calvin Klein, una corbata roja y un cinturón.

—¿Y el arma? —le pregunté.

—Un revólver del treinta y ocho, como el que llevaba antes. He limado el rayado del cañón y he borrado el número de serie, así

277

que está completamente limpio. Es barato y hará mucho ruido, pero pega fuerte.

Lakes puso el arma sobre la mesa para que yo la viera. No era mucho mejor que el arma que le había quitado a Grimaldi, pero serviría, si no había otro remedio.

—De acuerdo —asentí.

Me senté a la mesa frente a él. Lakes se removió en su asiento, como si tuviera miedo. La mesa estaba manchada de café y entre Lakes y yo había un plato con una hamburguesa casi intacta. La carne había empezado a ponerse marrón en el centro y a endurecerse por los lados. Lakes debía de haberse tomado ya una docena de cafés. Al lado del bote de ketchup había sobrecitos de leche vacíos. Debía de haberse pasado el día entero allí.

—¿Cuánto tiempo lleva esperando? —le pregunté.

Lakes consultó el reloj.

—Casi doce horas. Cuando me dijo que probablemente se retrasaría, pensé que sería una hora o algo así.

—¿Me ha conseguido un coche?

Alexander buscó en su bolsillo y sacó un llavero de compañía de alquiler con una gruesa llave electrónica. Lo hizo deslizar sobre la mesa hacia mí. Lakes se movía con una extraña mezcla de extenuación y terror. El brazo le temblaba un poco. Le eché una mirada a la llave y me la guardé en el bolsillo.

—Es el Accord rojo aparcado en la esquina de abajo —me explicó—. Está a nombre de Michael Hitchcock, así que si la policía lo para, tiene que decir que lo conoce. Joder, con su nueva imagen podría incluso hacerse pasar por él. Es un tipo blanco de treinta y cinco años con pelo castaño.

—¿Hay noticias?

—Una orden de captura contra usted, pero seguramente ya lo sabe. Su cara ha salido en todas las cadenas de televisión. Han hecho circular una foto suya, sacada de una cámara de vigilancia del aeropuerto. Un primer plano bastante bueno, en el que sale hablando con una agente del FBI. También han dicho su altura y peso y su fecha de nacimiento. Me había preocupado, pero supongo que no tengo por qué. Ahora mismo no parece en absoluto la misma persona. ¿Qué diablos ha hecho?

—Me he arreglado antes de coger el coche. Me he dado una ducha.

—Ha tenido que ser una ducha de la hostia.

—Ya tengo ganas de ponerme ese traje nuevo.

Lakes asintió.

—Le hace falta.

Lakes señaló con la cabeza el televisor sobre la barra del bar. Tenía el sonido apagado y estaban dando un anuncio del Atlantic Regency, pero capté la idea. Se había pasado horas y horas viendo mi cara una y otra vez en las noticias, preocupado por si me habían detenido. Mi cara había cambiado. A mucha gente le cuesta acostumbrarse a eso.

Nos quedamos en silencio un rato, mientras yo observaba cómo Lakes daba nerviosos sorbos de café y se pasaba la mano por el botón del medio de su chaqueta. Estaba esperando a que le hablara, pero quise tomarme mi tiempo. Lakes me había estado traicionando con el Lobo. Quería hacérselo pasar mal.

Cogí el revólver, comprobé que hubiera seis balas en el tambor y lo dejé otra vez en la mesa, apuntando a Lakes. Entonces saqué el aparato localizador que le había quitado a su Bentley.

Lakes se quedó petrificado, con la taza de café entre la mesa y la boca. Tardó un segundo en recomponerse y devolver la taza a la mesa. Entonces me miró aterrorizado. Lakes sabía lo que había hecho, y sabía cuál sería mi respuesta. Me había estado dando coches con un rastreador que delataba mi posición. En mi oficio, esa clase de traición suele merecer una bala en el cerebro. Esa clase de traición es imperdonable.

Lakes tragó saliva.

—¿Había uno igual en cada coche que me ha proporcioado? —le pregunté.

Lakes no dijo nada. Se quedó como un ciervo deslumbrado por los faros de un coche. Entendí perfectamente que no quisiera responder. Si lo pillaba en una mentira, lo mataría. Si me decía la verdad se incriminaría, y yo lo mataría. Dijera lo que dijese, la cosa acabaría mal para él.

—Entonces —continué—, si ahora mismo salgo y miro debajo del Accord que me ha traído, ¿encontraré un aparato de estos?

Lakes no dijo nada. Asintió con la cabeza.

—Le ha estado dando al Lobo cada detalle de mí, ¿no es así?

Lakes no se movió.

Lancé un suspiro, puse la mano derecha en el revólver y lo cubrí con servilletas con la izquierda. La cafetería estaba en calma, y sentados en el reservado del fondo éramos casi invisibles. Tiré del martillo y el tambor giró con un débil clic del trinquete. La recámara estaba cargada con una bala de punta hueca de nueve gramos.

—Debí de habérmelo imaginado, en realidad —le dije—. Usted es el único intermediario de la ciudad y el Lobo el único capo. Tendría que haberme dado cuenta: o trabajaba para él o era un incompetente. Ha sido culpa mía fiarme de usted.

Lakes bajó la mirada al arma y no dijo nada.

—Hable si quiere —dije—. No voy a matarlo sin escuchar su versión de los hechos. En realidad, ahora que sé que trabaja para el equipo contrario, creo que vamos a tener una relación más estrecha. Tengo buenas razones para dejarlo con vida. Por supuesto, también tengo buenas razones para dejar este revólver amartillado y apuntándole.

Lakes siguió sin decir nada.

—¿Ha oído alguna vez la frase *Flectere si nequeo superos, Acheronta movebo*?

Lakes dijo que no con la cabeza y susurró:

—¿Es latín?

—Sí, es latín.

—Nunca la he oído.

—¿Quiere saber qué significa?

Lakes se quedó mirando la pila de servilletas y contestó:

—No sé si quiero saberlo.

—Quiere saberlo. Créame.

—De acuerdo. ¿Qué significa?

–Significa muchas cosas diferentes. De hecho tropecé por primera vez con la frase cuando era niño. En aquella época leía todo lo que caía en mis manos. Siempre que aparecía un nuevo libro en el expositor del supermercado, yo lo compraba; y si no podía comprarlo, leía todo lo que podía allí mismo, en la cola de la caja. Vivía en la biblioteca. A veces chocaba en la calle con la gente, porque siempre iba con la cabeza baja leyendo. Pero incluso leyendo tanto, nunca encontré un libro que me gustara realmente. Me gustaban muchos libros, eran emocionantes, o románticos, o estremecedores, o reales, pero por alguna razón ninguno me dejaban satisfecho. Siempre faltaba algo. Así que seguí. Leía literatura. Leí *El arco iris de gravedad* de Thomas Pynchon, *Hijos de la medianoche* de Salman Rushdie, *El nombre de la rosa*, etcétera, pero realmente no me conmovieron. Entonces, un día, alguien me dio un ejemplar de la *Eneida*. ¿Conoce la historia de la *Eneida*?

Lakes contestó que no con un gesto.

–¿Y la de Troya? La *Ilíada* y la *Odisea*, el caballo de Troya, los monstruos marinos y todo eso.

–Sí, sé de qué va.

–La *Eneida* es una epopeya sobre la fundación de Roma. Es como una secuela de la *Ilíada* y la *Odisea*. Trata de un joven llamado Eneas, que escapa de Troya tras la caída de la ciudad ante el ejército invasor griego. Con el resto de su gente se hace a la mar y navega por el Meditérraneo. Vive aventuras, se enamora, pelea con los malos, tiene experiencias sobrenaturales, etcétera. Eneas hacía todo y más sobre lo que yo quería leer cuando era niño. Me sentía como Eneas. Igual que para él, mis padres no contaban. Igual que a él, la vida cotidiana me aburría. E igual que él, yo no era un buen chico. No, al menos, en el sentido tradicional. Eneas tenía que cometer canalladas para conseguir lo que quería.

–¿Leía usted latín cuando era niño?

Yo me encogí de hombros.

–Hay niños que coleccionan maquetas de aviones. Yo leía latín. No es tan difícil de entender. Me gustaba muchísimo leer, además quería ser Eneas. Pero, fíjese, Eneas sabía cuál sería su destino, porque un oráculo se lo había dicho. Yo no tenía ni idea de qué pasaría conmigo. La mayor parte del tiempo tenía la sensación de que no estaba destinado a ser nada. Me sentía como si no existiera, excepto cuando leía aquel libro. La única otra vez que me sentí vivo fue el día en que por primera vez le partí la cabeza a un hombre y le robé a plena luz del día.

—¿Por qué me está contando todo esto?

—Quiero que entienda por qué hago esto y quiero que se lo cuente al Lobo. ¿Cree que se acordará? ¿Se le quedará en la mollera?

Lakes no dijo nada.

—*Flectere si nequeo superos, Acheronta movebo* —repetí—. Es una cita del libro. Y también mi lema personal. Recuerdo que la primera vez que la leí me recosté en la silla y pensé: Esto es lo que estaba buscando. Aquella línea resumía todo lo que había anhelado hasta entonces. Hizo que toda mi ira y mi confusión y mi desesperanza desaparecieran. Hizo que todos mis pequeños problemas se aclararan. Desde entonces no he dejado de invocar esa frase como recordatorio.

Lakes se mordió la comisura del labio.

—Aún no me ha dicho qué significa.

—Significa: «Si no puedes alcanzar el cielo, desata el infierno».

# 50

Lakes puso la palma de ambas manos sobre la mesa. Sudaba, y al retirarlas dejó huellas húmedas en el laminado. Cuando nos conocimos parecía un tipo tranquilo, pero todo había cambiado. Un arma que apunta a tu barriga consigue eso. Un perdigón de sudor empezó a bajarle por la frente y le cayó en la mejilla.

Moví el revólver un poco hacia la izquierda, indicándole que se levantara. Lakes se deslizó en el asiento con cuidadosa fluidez y se puso de pie. Mantuve el arma apuntando hacia él todo el rato. Si Lakes iba a intentar algo, lo haría en aquel momento. Él de pie, yo sentado, y el arma a su alcance. Si de verdad pensaba escapar, trataría de arrebatármela. Alguien más valiente que él lo habría intentado. Pero Lakes no. Se quedó con expresión nerviosa en la punta de la mesa.

—Pague la cuenta —le dije—. Y deje una buena propina.

Lakes sacó un fajo de billetes. Apartó varios de veinte y los dejó junto a su plato. Tenía la cara cada vez más roja. No podía ni imaginarme la clase de cosas que debían de estar pasándole por la cabeza.

Con una mano recogí la bolsa de ropa que Lakes me había traído; con la otra mantuve el arma apuntando hacia él. Doblé la chaqueta nueva y me la puse en el brazo, ocultando el arma. Lakes retrocedió un paso para dejarme salir.

Me moví despacio, con cuidado de no darle ninguna oportunidad. Le señalé la puerta con el cañón.

—Camine —le ordené.

El ayudante de cocina nos echó otra mirada sospechosa, pero yo no hice caso. En una cafetería pasan todo tipo de cosas. Para aquel chaval, yo solo estaba acompañando a mi fatigado amigo a casa para terminar la noche. Las miradas sospechosas no significan nada. Aguanté la puerta para que Lakes saliera y la campanilla sonó. Lakes salió sin hacer ningún movimiento brusco.

Ya fuera, me preguntó:

—¿Qué va a hacer conmigo?

Le di un empujón y respondí:

—Camine.

Fuimos andando hacia el Bentley en un silencio casi total. Al otro lado de la calle una casa de empeños aún tenía las luces encendidas. La tormenta había atenuado el calor y corría un fresco viento vespertino, pero Lakes seguía sudando en su caro traje de seda.

—Él nos matará a los dos —dijo él.

—Hace años que espero que Marcus me mate.

—No. El Lobo nos matará.

—Quizá a usted. Yo tengo un trato con él. Le daré el dinero del atraco del casino a cambio de una buena tajada de los beneficios.

—¿Ha hecho un trato con él?

—¿Acaso cree que me voy a ir sin sacar nada de esto?

—Pensaba que trabajaba para Marcus —dijo Lakes.

—No trabajo para nadie.

Lakes sacudió la cabeza.

—Mire, el Lobo no hace tratos con nadie. Lo matará. Si usted se presenta con las manos vacías, él lo torturará hasta que le diga dónde está el dinero. Empezará con un espray de pimienta y un encendedor.

—No me presentaré con las manos vacías —contesté—. Ahora tengo dos armas.

—No se saldrá con la suya.

—No soy estúpido. Sé que el Lobo tratará de jugármela.

—Si me suelta, puedo engañar al Lobo —me propuso Lakes—. Puedo ayudarle a escapar.

—Sí, seguro —le dije yo.

Abrí el maletero del Bentley. Lo había forrado con una gruesa capa de bolsas de basura industriales fijadas con cinta americana. Las bolsas de basura y la cinta americana son materias primas en el mundo criminal. Aparecen en todo crimen que merezca la pena. En este caso contendrían el hedor. Un cadáver puede pudrirse durante meses en un maletero forrado de bolsas de basura sin llamar la atención.

Lakes se quedó petrificado cuando vio el interior. Una parte de mí pensaba que Lakes trataría de escapar; otra pensaba que intentaría finalmente pegarme o arrebatarme el revólver. Es lo que yo habría hecho. Pero he aprendido que el miedo provoca extrañas reacciones en la gente. Incluso cuando se enfrentan a una muerte segura, hay tipos que no oponen resistencia. Se quedan paralizados. Simplemente, son incapaces de nada. Eso era lo que le pasaba a Lakes en aquel momento. Apenas respiraba y tenía los pies pegados como con pegamento al asfalto.

Y yo no pensaba realmente matar a Lakes. Joder, no quería siquiera hacerle daño. Solo quería asustarlo. Se pasaría unas cuantas horas muerto de miedo sudando en el maletero, hasta que alguien lo encontrara. Sí, me había vendido al Lobo, pero sin su ayuda no habría llegado tan lejos. Además, el asesinato no es lo mío. No mato a nadie si no es necesario. Regla número uno.

—Por favor —imploró Lakes—. Haré lo que sea.

—Ya suponía que diría eso —repliqué—. Y hay una cosa que quiero que haga.

Agarré a Lakes por el cuello y le golpeé la cabeza contra el parachoques. El impacto le abrió una brecha en la frente. Retrocedió aturdido por el golpe. Un poco más de fuerza lo habría noqueado. Lo agarré por la solapa y el cinturón y lo metí de cabeza en el maletero del Bentley. Tras un golpe como aquel, Lakes casi colaboró. Era un tipo grande, pero no se resistió. Dejé que los brazos le cayeran sobre la cabeza, él se retorció y se protegió la cara. Era blando como la mantequilla.

Cerré el maletero y miré la hora. Las siete menos cuarto de la tarde.

Quedaban once horas.

## 51

*Kuala Lumpur*

El helicóptero de la policía llegó por el este y pasó en vuelo rasante por encima de nosotros, haciendo un estruendo sordo al cortar el aire. Lo observé por el cristal ahumado de la ventana hasta que se puso a contraluz del sol de la mañana. Era una versión reducida del Eurocopter Twin Squirrel, pintado con colores vivos para que fuera más visible. Sentados en la barra de aterrizaje del helicóptero había dos francotiradores de la PGK con uniforme de combate negro. Me estaban mirando con binoculares equipados con visión nocturna, lo cual resultaba chocante con la luz y el calor de la mañana, pero tenía cierto sentido perverso. Si iban a tomar el banco por la fuerza, cortarían la luz y nos gasearían primero, y luego entrarían con equipos de visión nocturna y nos atacarían a oscuras.

El helicóptero se quedó un momento suspendido en el aire delante de la ventana y se marchó. Dio ocho vueltas al edificio antes de alejarse volando y fue inmediatamente reemplazado por un helicóptero idéntico. Apunté los números de la cola. La Policía Real de Malasia disponía de solo seis helicópteros en todo el país, y había mandado los dos más nuevos solo para nosotros.

Un silencio fantasmagórico reinaba en el banco. Habíamos trasladado a los rehenes a una habitación trasera detrás de los despachos y les habíamos inyectado suficiente tranquilizante como para tenerlos dormidos varias horas. Solo se oía el agudo silbido de la lanza térmica y el incesante aleteo de las hélices del helicóptero. Miré por la ventana. Treinta y cinco plantas más abajo, la policía había acordonado la zona en un perímetro de tres manzanas con furgones policiales Unimog y vallas de madera amarillas. Más allá, el tráfico en todo el centro de la ciudad estaba completamente congestionado.

Llevábamos cuarenta y siete minutos en el banco.

La razón de nuestra presencia, por supuesto, estaba justo detrás de mí, tras dos compuertas de doble cierre controladas por cajeros del banco y una plancha de plexiglás antibalas. Aún teníamos que abrir la cámara acorazada de dos toneladas y triple custodia. Joe llevaba tres cuartos de hora tratando de descerrajar la maldita caja, y estaba cerca de conseguirlo. No hace falta decir que una cámara acorazada requiere verdadera destreza. Hasta los mejores revienta-cajas del mundo tratan de evitarlas. Pero por rápido que Joe trabajara, todos deseábamos que fuera un poco más rápido. Mientras él perforaba, la fuerza policial que rodeaba el edificio iba aumentando, y lo único que podíamos hacer era mirar.

Habíamos previsto que pasaría eso y habíamos tomado toda clase de precauciones. Sabíamos que la policía acabaría por llegar. Nadie se pasa casi una hora robando un banco sin que eso ocurra. Si hubiéramos tenido suerte, en aquel momento solo habría habido un par de coches patrulla fuera del edificio y algunas docenas de agentes armados en el vestíbulo. Pero teníamos helicópteros sobrevolando el banco y un ejército de policías de élite de la PGK montando una barricada alrededor del edificio. No era más que cuestión de suerte, supongo.

El sonido de la perforación llenaba el aire. No voy a pretender que puedo reventar una caja fuerte, pero sé cómo funciona. Para abrir esa clase de cámara acorazada hay que introducir tres claves diferentes en tres paneles diferentes a una hora establecida. Cada clave tiene tres dígitos, con un número entre el cero y el ochenta. Esto significa que la clave completa consta de nueve números entre el cero y el ochenta, introducidos en un orden concreto a una hora establecida. Esto son cien billones de combinaciones posibles.

Si alguien quisiera intentarlas todas, introduciendo un número cada cinco segundos, tardaría cien mil millones de años en adivinar la combinación. La edad del universo es de algo menos de catorce mil millones de años.

Joe Landis lo hizo en cuarenta y ocho minutos.

Joe Landis usó una lanza térmica, un visor de fibra óptica y un aparato modular de escucha. La lanza era una pértiga de metro ochenta de largo, conectada a una bombona de oxígeno puro, cuya punta ardía a ocho mil grados Celsius. Con esto perforó un diminuto orificio en la cerradura. Luego introdujo el cable de fibra óptica por el agujero, tras dejar que se enfriara un poco, y examinó el funcionamiento interno de la cerradura. El aparato modular le permitía escuchar con precisión sobrehumana los engranajes y percibir el más mínimo clic de la leva al engarzarse. Con esas herramientas, Joe podía inspeccionar los diales, ver las muescas libres en cada rueda y alinearlas. Después de esto hacía el proceso inverso para deducir las combinaciones. Por supuesto que había muescas falsas, clics artificiales y claves de alarma a las que prestar atención, pero Joe sabía cómo sortear todo eso. Tras descubrir la clave tenía que adelantar el reloj interno de la cámara acorazada, para que esta se abriera en menos de media hora después de introducir la clave, y Joe hizo todo esto con facilidad. Era el mejor que yo había visto nunca.

Entonces sonó la música celestial:

—Ya estamos dentro, colegas.

Joe no necesitaba decir más para que todos nos acercáramos corriendo. Miré cómo introducía las claves, con la frente llena de sudor pero sin que le temblaran las manos. Giró un disco hacia un lado y el otro, luego hizo lo mismo con el siguiente y luego con el siguiente. Al introducir la última clave se oyó un clic. Hizo girar la palanca y la compuerta se abrió lentamente.

Bingo.

El interior de la cámara acorazada tenía el tamaño de un despacho y estaba lleno de pilas de dinero hasta la altura de la cintura. Dólares malayos rosados, yuanes lilas, baht verdeazulados, rupias azules, rieles anaranjados, dongs verdes, kip grises: un arcoíris de divisas. El interior de una cámara acorazada, sin embargo, resulta siempre un poco decepcionante. Cuando se desvanece el impacto de ver todo el dinero junto, el cuarto de la pasta no es más que otra caja fuerte de alta seguridad.

No perdimos tiempo. Habíamos calculado que tardaríamos cinco minutos en llevárnoslo todo, así que tardamos cuatro y medio. Teníamos que tomar precauciones. Abrimos las cajas e inspeccionamos el dinero por si había bombas trampa. En algunos mazos de billetes había paquetes de tinta ocultos que explotarían tan pronto como se alejaran a más de diez metros del edificio. Dinero envenenado. Antes de llevarnos el bueno teníamos que quitar los paquetes de tinta. No obstante, a diferencia de la carga federal, esos paquetes de tinta eran grandes, burdos y fáciles de detectar. Eso requería que hojeáramos y examináramos antes todos los billetes, lo cual era inconveniente pero no disuasorio. Tardamos un minuto en hacerlo.

Entonces, después de apartar todos los paquetes de tinta ocultos, teníamos que romper y tirar las delgadas tiras verdes que sujetaban los billetes. Las tiras no representaban un peligro inminente, pero podían traer problemas más adelante. Cada tira de papel llevaba impreso el nombre del banco, lo cual después se convertiría en prueba de la relación entre el dinero y el robo. Tan pronto como esas tiras desaparecieran, nada excepto ser pillados in fraganti vincularía ese dinero al atraco.

Oí el helicóptero retumbando encima de nosotros otra vez. Me pregunté cuánto tardarían en mandarnos por las escaleras una brigada con fusiles de asalto y chalecos antibalas. A Hsiu le temblaban las manos mientras llenaba una bolsa negra de plástico con billetes de cien dólares malayos.

—¿Qué vamos a hacer con eso? —preguntó.

—¿Con qué?

—El helicóptero —respondió Hsiu.

—Nuestro plan de huida inicial se ha malogrado —le dije—. No podemos salir por la azotea. Que alguien llame por radio al timonel.

Vincent apareció detrás de mí, me tocó el hombro y me tendió el transmisor-receptor Motorola que teníamos. Por supuesto que la policía estaría escuchando en todas las frecuencias, pero esa radio en particular estaba equipada con un codificador digital de 256 bits que hacía que las transmisiones encriptadas sonaran como ruido de interferencias. La policía estaría escuchando en nuestra frecuencia exacta y no sabría siquiera que estábamos allí. Apreté el botón para hablar.

—Limpiacristales, ¿estás ahí?

—Al habla —respondió Alton.

—Nuestra vía de escape por el tejado se ha malogrado, así que hay que ir al plan B. Coge el furgón blindado. Tendremos que huir disfrazados de guardias. Si lo hacemos bien nadie sabrá que somos nosotros.

—Puede ser peliagudo. Es solo cuestión de tiempo que la pasma descubra que hemos usado el ascensor de seguridad. En cualquier momento pueden bajar al garaje y el lugar entero se convertirá en una galería de tiro.

—Tendremos que arriesgarnos —contesté—. Ten el furgón preparado para huir en cuanto se abran las puertas del ascensor, ¿entendido?

—Daos prisa.

—Afirmativo —respondí antes de devolverle la radio a Vincent.

—¿Y qué demonios hacemos ahora? —preguntó Hsiu.

—Un depósito —dijo Angela.

Sacó las dos llaves doradas que Marcus nos había dado a todos y nos las enseñó. Eran llaves de los depósitos de seguridad.

¿Recuerdan que el gerente del banco le había ofrecido a Angela una caja de seguridad fuera de la cámara acorazada a un precio mucho más reducido? Meses antes de que empezáramos a planear el atraco, Marcus había alquilado, a través de una de sus empresas extranjeras, doce de las cajas de seguridad privadas más grandes del banco. Las cajas habían sido alquiladas legalmente, con papeleo y todo, bajo varias identidades falsas que Marcus controlaba. En ese momento esas cajas estaban vacías.

Estábamos allí para llenarlas.

Así es como funcionaría. En lugar de llevarnos el botín, aba-rrotaríamos de pasta las cajas de Marcus y luego nos largaríamos. Incluso después de un atraco, un banco no puede abrir las cajas de seguridad privadas de sus clientes para ver si se han llevado algo. Son cajas privadas, y el banco no tiene derecho a saber qué con-tienen. A menos que un tribunal lo ordene, esas cajas permanecen cerradas, pase lo que pase, incluso después de un robo. Si metíamos el dinero allí, podríamos volver bajo otra identidad algunos años después y recoger el dinero de manera completamente legítima. El veinte por ciento sería para Marcus, por supuesto, pero eso no importaba. Su plan nos haría inmensamente ricos.

Era una jugada maestra.

Y, además, eran cajas de seguridad grandes. Cada caja medía sesenta centímetros de ancho, noventa de largo y sesenta de pro-fundidad, que son trescientos veinticuatro decímetros cúbicos. Con doce de esas cajas estaríamos hablando de un total de casi cuatro metros cúbicos. Bien aprovechados, estaríamos hablando de más de tres millones de billetes de banco. Haciendo un promedio, esto serían entre treinta y cincuenta millones de dólares en billetes sin marcar y sin numeración consecutiva. Me saqué las llaves del bolsillo con una sonrisa.

Todo aquel dinero no se movería ni cinco metros.

## 52

*Atlantic City*

Los hombres del Lobo me esperaban en el club de striptease abandonado. No lo hacían abiertamente, pero yo sabía que estaban allí. Por las rendijas del contrachapado que tapaba las ventanas les veía la punta de los codos y el humo de sus cigarrillos. Uno de los todoterrenos negros del Lobo estaba aparcado dos manzanas más abajo en la misma calle, entre una valla metálica y un aparcamiento desierto. Pasé por delante del local con el coche.

El club en sí era una obsoleta reliquia de la peor época de Atlantic City. El letrero estaba cubierto de grafitis que lo hacían ilegible, y el contrachapado clavado en las ventanas se había ido deteriorando y empezaba a pudrirse. La maleza asomaba entre el pavimento del aparcamiento y había hiedra reseca trepando por las paredes de estuco. En otros tiempos había sido un lugar elegante, pero de eso hacía años, tal vez décadas. Debajo de la marquesina las luces de neón estaban rotas. El semáforo de la esquina del bulevar parpadeaba lentamente en rojo.

Aparqué, bajé del coche y cerré la puerta dando un portazo para que me oyeran llegar. Al bajar levanté la mano para que me vieran también. La lluvia resbaló por la palma de mi mano y se coló por el puño de mi nueva camisa. Había empezado a llover durante el trayecto hacia allí, esta vez como persistente llovizna. Cuando ya los tenía al alcance del oído, me metí la mano en el bolsillo y empuñé la Beretta.

Había cruzado media calle cuando uno de los palurdos del Lobo salió a recibirme. Seguí andando, me metí en el aparcamiento y me detuve a unos tres metros de él.

Era un tipo nervudo con una sudadera negra con la capucha echada hacia atrás. Se había afeitado todo el pelo de la cabeza, incluso las cejas, y en la frente tenía un tatuaje con dos martillos entrelazados. Me sonrió con una boca desdentada y se subió la sudadera para que yo viera la gran Baby Eagle semiautomática que llevaba en la cintura.

—Saca el arma —me dijo con voz gruesa y arrastrando las palabras—. Te doy cinco segundos.

Saqué la Beretta, le quité el cargador y accioné la corredera para expulsar la bala de la recámara. Le mostré la recámara vacía y el cargador para que viera que el arma era inofensiva, y arrojé ambas cosas al suelo entre él y yo. Volví a meterme la mano en el bolsillo y me encogí de hombros.

—¿Dónde está el Lobo? —le pregunté.

—Esperando —respondió el tipo—. Ahora quiero tu otra arma.

Saqué la mano del bolsillo, le enseñé las dos palmas vacías y me encogí de hombros.

—No hay más —respondí.

El hombre me miró con recelo y avanzó unos pasos tan lentamente como si se moviera por debajo del agua. Me apartó los brazos y me palpó el pecho hasta que encontró el bulto; entonces estiró la mano hasta mi espalda y sacó el revólver. Me apuntó con él y con la mano libre siguió palpándome para asegurarse de que no llevaba nada más. El aliento le olía a mentol, lubricante de armas y cristal.

Me quedé mirándolo despectivamente mientras la lluvia me resbalaba por el cuello.

El tipo dio un paso atrás sin apartar la vista de mí por precaución. Abrió el tambor de mi revólver y empujó la varilla de extracción. Los cartuchos saltaron y se esparcieron por el pavimento.

—Ahora eres el único que va armado —le dije.

Me sonrió con sus dientes mellados, sacó la Baby Eagle de su cinturón y le quitó el cargador. Tiró de la corredera e hizo salir la bala de la recámara. Entonces estiró el brazo con el cargador en la mano para que yo lo viera y fue expulsando las balas con el pulgar. Las balas cayeron al suelo una a una.

Clic, clic, clic.

Nuestras balas rodaron por el suelo y se colaron entre las grietas del pavimento. Yo no decía nada. Ni siquiera me movía. Nos quedamos mirándonos el uno al otro sobre el pavimento, como duelistas de cualquier vieja peli de vaqueros. Un golpe de viento me arrojó una ráfaga de lluvia a la cara.

El Lobo salió por la puerta de entrada. El traje claro que llevaba estaba perfectamente seco, incluso con aquel chaparrón. El agua caía a chorros alrededor de él desde la marquesina.

—Ven —me dijo—. Vamos a hablar.

El club parecía un colador. Cada metro de techo chorreaba agua por agujeros grandes como el pitorro de un cántaro. Tras tantos años de abandono el agua ni siquiera se encharcaba en el suelo. Caía del techo y se filtraba directamente a los cimientos a través de grandes brechas donde el suelo se había hundido. Dentro de la casa había otro de los hombres del Lobo. Llevaba una cazadora de aviador grande y gruesa y estaba en silencio en un rincón.

El Lobo señaló un juego de sillas plegables oxidadas. Eran de aquel modelo antiguo que se hacía con acero chino barato. Entre ellas había una lata de pintura puesta del revés y un trozo de madera contrachapada que hacía de mesa. Seguí al Lobo con precaución.

—Siéntate —me dijo.

Abrí una de las sillas plegables y escruté de arriba abajo al tipo nuevo para ver si llevaba armas. No me pareció ver ninguna, aunque hay un montón de sitios donde se puede esconder un cuchillo, o un Ruger pequeño como el que llevaba Aleksei en la marisma.

—Siéntate —repitió el Lobo.

Al sentarme, el Lobo me sonrió de una manera extraña. Me puso una silla delante, estiró la mano e hizo chascar los dedos. El otro tipo abrió su cazadora de aviador, sacó un revólver del 357 Magnum cromado y lo puso en la palma abierta del Lobo. Era un arma enorme, posiblemente tan grande como la pierna de un bebé y potente como un fusil corto. Era un Taurus modelo 65 de doble acción, lo cual significa que pesaba casi un kilo y podía disparar seis balas en menos de diez segundos, si el tirador sabía un poco.

Miré el revólver y luego al Lobo.

—Pensaba que íbamos a hacer un trato —le dije.

Lobo me sonrió de la misma manera extraña que antes. Levantó el arma, abrió el tambor e hizo caer las balas en su mano empujando la varilla de eyección. Puso el arma vacía sobre la mesa entre él y yo y dejó caer las balas a un lado. No hicieron el débil sonido metálico que suelen hacer las balas. Emitieron el contundente sonido de potentes proyectiles de doce gramos cada uno, gruesos como una moneda de veinticinco centavos y capaces de dejar un agujero del tamaño de dos puños en el cuerpo de un hombre. El Lobo empujó una de las balas con la punta del dedo, que rodó hasta el borde de la mesa y cayó en mi mano.

—Quiero ver la carga federal —me dijo.

Le di la vuelta a la bala. *Magnum* significa «grande» en latín. Era una bala de punta hueca semiblindada, y larga como mi meñique. Era tan exagerada como el arma hecha para dispararla. Devolví la bala a la mesa y la dejé de pie sobre su base.

—Cuando me enseñes el dinero —respondí.

—No, tú primero —replicó el Lobo—. No hace falta que me lo des todo, pero demuéstrame que lo tienes.

Hice una mueca y toqué la bala. La bala cayó de lado y fue rodando hacia el Lobo, que la atrapó antes de que se precipitara al suelo.

—¿Qué clase de prueba quieres? le dije—. Sabes que no lo he traído conmigo. Cuando vea tu buena voluntad te diré dónde está el cargamento para que hagas lo que quieras con él. Hasta entonces no te daré nada.

—¿Has jugado alguna vez a la ruleta rusa? —me preguntó el Lobo.

No dije nada.

—Me gusta jugar —me explicó—. Y a ti también, por lo que me has dicho. En este revólver hay seis recámaras, y, pongamos, solo esta bala. No sé en qué recámara estará la bala, así que cuando apriete el gatillo el arma disparará o no. Es un juego de estadísticas, fíjate. La primera vez que apriete el gatillo, tengo el dieciséis por ciento de posibilidades de volarte los sesos. Si aprieto el gatillo otra vez, las posibilidades aumentan. Veinte por ciento. Luego veinticinco por ciento, luego treinta y tres por ciento, luego cincuenta por ciento. ¿Lo entiendes? A cada nueva jugada, tus posibilidades empeoran.

El Lobo cogió el revólver, abrió el cilindro y metió la bala en una recámara. Hizo rodar el tambor, cerró el arma, la amartilló y apuntó a mi cabeza.

Entonces apretó el gatillo.

# 53

El tambor giró, el martillo cayó y el arma hizo clic al dar el per-cutor en una recámara vacía.

El Lobo hizo rodar el cilindro otra vez, amartilló el revólver y lo dejó delante de él. Yo escuchaba el agua de lluvia que goteaba sobre el cemento. Normalmente, con un revólver grande como aquel se ve a simple vista en qué recámara está la bala, pero no en una habitación oscura donde la única luz venía de las rendijas del contrachapado que cubría las ventanas.

—Querías algo interesante, dijiste —observó el Lobo—. Esto lo es. Dime dónde está el dinero, nos montamos en el coche y vamos a recogerlo. Después te doy tu parte y cada uno se va a su casa.

—Sabes tan bien como yo que me matarás una vez tengas el cargamento.

—Yo no estaría tan seguro —contestó él—. Podría matarte ahora mismo.

El Lobo apuntó el arma a mi cabeza otra vez y apretó el gatillo. Vi cómo giraba el tambor, el gatillo cedía y el martillo bajaba.

Clic.

Saqué mi teléfono móvil y lo abrí. Busqué la foto de la bolsa azul metida en las rocas y se la mostré al Lobo. Yo sabía que ese momento llegaría, pero no que llegaría en circunstancias como aquellas. El Lobo no quería solo la prueba de que yo tenía el di-nero. Quería demostrarme que estaba dispuesto a jugárselo en una ruleta rusa.

—¿Así que es eso? —dijo él—. No ha sido tan difícil, ¿no?

—Ahora sabes que tengo el dinero —contesté yo—. Quiero ver mi tajada.

—Eres inteligente, Ghostman, pero no demasiado listo. Tengo toda la noche para dedicarte. Puedo hacerte hablar, si es necesario.

—¿Crees que me vas a quebrar en un par de horas? Que tengas suerte. No soy débil y no soy estúpido, por si no lo sabes.

—Tengo maneras de hacerlo.

—Tu revólver no me asusta —dije sacudiendo la cabeza.

El Lobo alzó la mano con el revólver.

—Oh, ¿esto? No, esto es solo para mi diversión personal. Cuando llegue el momento hablarás, pero no porque todo el mundo acabe hablando. Hablarás porque no tendrás ninguna otra opción.

Me apuntó otra vez el arma a la cara y apretó el gatillo.

Clic.

Dejó el revólver sobre la mesa entre los dos. Me quedé un minuto en silencio, mirando mi reflejo en el cañón.

—Hablarás —repitió él—, porque después de todo tienes más ganas de vivir que de cobrar.

—Lo has entendido al revés —repliqué.

El Lobo hizo crujir los nudillos y extendió las manos sobre la mesa.

—Eres tú el que quiere vivir —le dije—, y yo soy el que quiere cobrar. No me importa si muero ahora mismo. No me conoces, pero no hago esto para ganar. Hago esto porque no se me ocurre nada más interesante en que emplear el tiempo. Si te propusieras matarme o torturarme, aquí mismo, no diría una sola palabra. Y luego, después de matarme, tendrías un serio problema. He escondido el dinero y nadie más que yo sabe dónde está. Y lo que es más, ¿quién sabe dónde y cuándo puede estallar? Podría ser en uno de tus enterraderos o en alguno de los antros donde trabajan tus muchachos. Y cuando explote, vincularán el dinero contigo. Pagarás años de cárcel por asesinato y atraco a mano armada.

—Lo dudo —contestó el Lobo.

Me encogí de hombros y dije:

—A fin de cuentas, creo que te importa más evitar el trullo que joderme a mí. Aunque no te creas que he escondido el dinero en un lugar que te perjudica, harás un trato conmigo. Te sale mucho más barato hacer un trato conmigo que jugártela otra vez con este revólver.

El Lobo se me quedó mirando en perfecto silencio, como una estatua tranquila e inexpresiva.

—Marcus planeaba endilgártelo todo, Harry —continué—. Él tiene siempre una intención oculta, y tú mordiste el anzuelo. Me costó un poco juntar las piezas, pero al final lo conseguí. Marcus sabía que te enterarías de lo del atraco, y sabía también que serías lo bastante estúpido y orgulloso como para tratar de hacerlo tuyo. Mandando a dos idiotas a robar la carga federal, Marcus te incitó a robarla tú mismo. Marcus quería que mataras a Moreno y a Ribbons. Quería que te llevaras su botín. Quería que trataras de usarlo contra él. Joder, hasta llegó a ordenarles a Moreno y a Ribbons que robaran uno de tus coches solo para que te cabrearas con él, porque cuando tuvieras el dinero podría contarle a todo el mundo que él sabía que planeabas jugársela a los del cártel. Nadie roba una carga federal y sale impune, ni siquiera Marcus, uno de los mejores maquinantes del mundo. ¿Pensabas que tú podrías? No eres más que un narcotraficante. Pretendes ser poderoso, pero dependes del cártel. Para un hombre de tu posición, la reputación vale mucho más que un camión lleno de cristal. Si Marcus dice que estás jugando sucio y las noticias lo corroboran, el cártel no tocará tu dinero. De hecho, creo que para implicarte en el atraco no hace siquiera falta que la carga federal esté oculta en un lugar directamente conectado contigo. Yo diría que si el dinero estalla en cualquier sitio cerca de Atlantic City, el resultado será el mismo: un enjambre de polis se te echará encima y tu reputación se arruinará. Tu nombre será el primero de la lista de todos los detectives de policía los próximos veinte años. Después de esto, todo el dinero que ganes será sospechoso. Todos los traficantes del mundo te conocerán como el hombre que robó la carga federal. La única forma de escaquearte del marrón del atraco al casino es encontrar el dinero y llevártelo tan lejos de aquí como puedas. Así, cuando estalle, podrás endilgarle el papelón a otro. Si no, el cártel te hará pedazos. ¿Y sabes qué? Creo que si no haces un trato conmigo, tu carrera habrá acabado.

El Lobo cogió el 357 Magnum de la mesa, apuntó a mi cabeza y apretó el gatillo. El martillo cayó e hizo clic.

Yo permanecí impasible. Ni siquiera parpadeé.

—Quiero mis ciento cincuenta mil dólares.

El tipo de la cazadora de aviador se movía nervioso. Tenía los músculos tan tensos como la piel de un tambor.

—Si me matas —le dije—, perderás muchísimo más de lo que me vas a pagar. Cuando los cárteles se enteren de que, aunque sea para vengarte de alguien, has robado una carga federal, tu negocio se habrá acabado. Pero aún estamos a tiempo de salir ganando los dos. Dame lo que pido y haré que tu problema desaparezca antes de que salga el sol. Es tu única oportunidad de salir bien parado de esta. Hacemos un trueque. Ciento cincuenta de los grandes por un millón doscientos mil.

El Lobo abrió el cilindro del revólver, metió otra bala, hizo girar el tambor, amartilló el arma y disparó.

Clic.

—Estás desafiando a la suerte —le dije—. Cada vez que aprietas el gatillo corres el riesgo de pegarte un tiro en la frente a ti mismo. No puedes doblegarme y no me harás ceder, así que acepta el trato.

El Lobo dejó el arma en la mesa. La comisura de sus labios se crispó fugazmente. Fue un indicio, un breve atisbo de sus pensamientos, que acabó casi tan pronto como empezó.

—De acuerdo —contestó el Lobo—. Esta es mi oferta y más vale que me escuches bien, porque no vas a sacar más. Quizá no tenga ganas de matarte, pero puedo matar a esa guapita agente del FBI con quien te has estado viendo. Dame el dinero o ella será cadáver antes del amanecer.

## 54

–Haz lo que quieras con ella –respondí–. Tu trato conmigo sigue siendo el mismo.

Estiré poco a poco el brazo sobre la mesa y cogí el 357 magnum por el cañón. Pesaba como si alguien le hubiera atado un ladrillo a un revólver normal. Al ver lo que hacía, el hombre del Lobo se sacó del bolsillo trasero una pequeña semiautomática de polímero y me apuntó con ella. Era poco más que una grapadora, una pistola del calibre 22, con un cañón más corto que una tarjeta de crédito. Un arma como aquella no sería muy precisa, pero a esa distancia sería un milagro que no acertara.

–Despacito, Ghostman –me advirtió el Lobo.

–Solo quiero enseñarte cuánto me importa –repuse.

Sostuve el revólver delante de mí para que lo viera. Dentro había dos balas, no solo una, así que las posibilidades habían cambiado. Hice girar el cilindro y me puse el cañón en la sien. Apretar el gatillo resultó tan fluido y sencillo como rasgar seda. El tambor giró y el martillo cayó.

Clic.

Apreté el gatillo otra vez. Escuché el sonido del trinquete de la recámara al engarzarse, el del fiador del gatillo al ceder y el del martillo al caer.

Clic.

La expresión del Lobo cambió. Estaba incómodo. Como si no estuviera seguro de qué iba a hacer yo a continuación. Como si tal vez pensara que yo me volaría los sesos solo para demos-

301

trarle que podía hacerlo. El Lobo se removió nervioso en su asiento.

Apreté el gatillo otra vez.

Clic.

Bajé el revólver y le hice señas al palurdo de la cazadora de aviador, que también parecía nervioso.

—Antes de seguir con el juego —dije—, ¿puedo fumarme un pitillo?

Asintió con la cabeza y sonrió. Debía de haberlo impresionado. Sin dejar de apuntarme con su arma avanzó unos pasos y sacó un Marlboro de su cajetilla. Luego sacó un Zippo y se inclinó un poco para encenderlo. Me puse el cigarrillo entre los labios y esperé a que el tipo estuviera más cerca de mí. Eché dos caladas, cogí el Magnum, se lo puse bajo el mentón y apreté el gatillo.

Bang.

El bramido del revólver sonó amortiguado, como si lo hubiera disparado a través de una almohada. La bala le troqueló un agujero estrellado en la parte de arriba de la cabeza y se llevó los sesos con ella. La expansión de los gases le despegó la piel del cráneo e hizo volar sangre y fragmentos de hueso por todas partes.

Volqué la mesa de una patada y la empujé con el pie contra el Lobo, que cayó al suelo y se quedó atrapado bajo la gruesa plancha de contrachapado. Mi intención no era hacerle daño, sino tenerlo ocupado mientras yo me encargaba de sus hombres. Me di la vuelta y apunté el arma al cabeza rapada que acababa de aparecer en la puerta. Apreté el gatillo varias veces pero nada ocurrió. Clic. Uno de los cartuchos que el Lobo había cargado en el arma debía de estar vacío, o quizá demasiado húmedo para disparar.

El cabeza rapada sonrió como un energúmeno y arremetió contra mí. Ni él ni yo llevábamos un arma cargada, así que un segundo después estábamos a centímetros de distancia. El tipo me arrancó el Magnum de la mano como quien aparta una mosca. Le di un fuerte zurdazo pero fue como golpear un bloque de hormigón. Era un tipo curtido en prisión maciza, cincelado en el patio de la cárcel por algún escultor poco preocupado por el aspecto que tendría la obra final. Mis primeros puñetazos fueron inútiles. Los suyos no. Me arreó un formidable golpe en el tórax que me dejó sin aire en los pulmones; cinco centímetros más arriba y me habría partido varias costillas. Aun así, no me preocupé de protegerme. Ataqué con todo lo que tenía. Le descargué un gancho de derecha que le quebró la mandíbula y le aflojó los pocos dientes que le quedaban. Un golpe así habría bastado para matar a un hombre, pero no a aquel tipo. Ni siquiera pareció inmutarse. Me sonrió como diciendo: «¿Esto es todo?». Entonces me rodeó el cuello con las manos y me empujó contra la pared con tanta fuerza que agrietó el yeso, y empezó a apretar. Le di cuatro o cinco puñetazos en el pecho, pero ni siquiera parpadeó. La vista empezó a nublárseme al no llegarme oxígeno al cerebro.

Levanté el brazo y descargué el codo como un martillo pilón en el punto débil de su brazo. Le di justo debajo de la vena de chutarse, entre las marcas de aguja, y oí romperse un hueso. El tipo me soltó y se apartó de mí tambaleándose y retorciéndose de dolor.

Continué con un puñetazo en la nariz. El cartílago se rompió y la piel desgarrada de mis nudillos le llenó de sangre la cara. Embestí como un tren de mercancías y seguí con un golpe cruzado. La piel de ese puño se desgarró también. El tipo trató de ponerme la zancadilla, pero yo ya tenía demasiada ventaja. Le descargué otro codazo en el cráneo, donde se unen las placas óseas. El viejo coscorrón. Él se tambaleó aturdido. Le salté encima y le pasé un brazo alrededor del cuello. Le puse mi otro codo en la nuca, entre la columna y el cráneo, y apreté fuerte. Tenía que mantener esa estrangulación durante diez segundos. Es lo que se tarda en cortar el flujo de sangre al cerebro, por lo que funciona más rápido que la asfixia. Es como mantener apretado el botón de encendido de un ordenador portátil. A los pocos segundos se apaga todo.

El cabeza rapada fue trastabillando por la habitación, tratando de quitarse mi brazo del cuello. Me golpeó contra la pared otra vez, pero no pudo zafarse de mí. La sangre de mis manos goteaba por su cráneo y corría por sus ojos vidriosos. El tipo no podía emitir sonido alguno. Abrió la boca como un pez boqueando en el aire, y entonces su cuerpo se encorvó hacia delante y quedó exánime. Lo solté y se desplomó en el suelo como un saco de piedras. El tipo se despertaría varias horas después con la peor jaqueca de su vida.

Entretanto, el Lobo se había liberado y trataba de coger la semiautomática de plástico que el muerto había dejado caer al suelo. Corrí hacia él y le di una patada tan fuerte como pude en la mano, justo cuando ya tenía el arma. La pistola salió resbalando por el suelo y se coló por una grieta entre las tablas de madera. Se oyó un plaf cuando el arma llegó al agua del sótano.

El Lobo levantó la mirada hacia mí sacudiendo la mano que acababa de recibir la patada y gateó un par de metros hacia la puerta, pero se paró cuando le corté el paso poniéndome delante de él. Su traje estaba hecho una pena. Lo levanté por la solapa y le dije:

—Dame una buena razón.

—Ciento cincuenta mil —respondió con voz entrecortada—. En mi habitación de hotel. Dentro de una hora. Si con esto no te das por satisfecho, nos veremos en el infierno.

—¿Qué número de habitación?

—En el ático —contestó—. Nada de trucos esta vez.

Dejé caer al Lobo al suelo y me fui.

# 55

*Kuala Lumpur*

La huida empezó a ir mal en el momento en que se abrieron las puertas del ascensor. Cuando llegamos al segundo subsótano, una gigantesca oleada de luz y sonido me golpeó. No sabía exactamente qué me había pasado, pero una cosa sí sabía.

Era una emboscada de la policía.

No sé cómo ocurrió. Justo antes de entrar en el ascensor que bajaba, Alton nos había dado la señal de vía libre. Nada de policía en el garaje. Fuera había policía atrincherada, por supuesto, y en toda la calle que rodeaba el edificio, pero el segundo subsótano estaba completamente libre y despejado. De alguna manera, en el último minuto y cuarenta segundos, la situación había cambiado.

Me acababan de lanzar una granada.

La explosión no me había derribado, pero me había cegado. No veía ni oía. Noté que alguien me agarraba del hombro y me sacaba del ascensor. Noté el pavimento bajo mis botas. Finalmente percibí disparos. Sonaban flojos al principio, pero enseguida se convirtieron en un fragor. Empecé a recobrar la visión. Vi una rápida sucesión de fogonazos al final del garaje. Una escuadra de la Policía Real de Malasia disparaba contra nosotros desde detrás de una barricada de coches patrulla. Los fogonazos iluminaban el rincón como estrellas fugaces. Una granada de gas lacrimógeno cayó entre nosotros y nubes de denso humo amarillo empezaron a esparcirse en el aire.

Empuñé el fusil de asalto G36, me lo apreté contra la cadera y descargué una ráfaga de balas contra la barricada. Disparaba a ciegas. Cada tiro sonaba como el ruido sordo de un tambor, no como el fuerte chasquido de un arma. Hsiu seguía asiéndome del hombro. Teníamos el furgón blindado a pocos metros de distancia. Corrimos todos hacia él. Yo les rezaba a todos los demonios del infierno para que no hubieran herido a Alton.

Entonces vi caer a Joe Landis. Una bala lo alcanzó en la cabeza, dos pasos delante de mí. Con todo el equipamiento que llevaba en la espalda, más que caerse se desplomó. Murió sin que yo pudiera hacer nada por él, y su mochila seguía llena de nitroglicerina.

Los hermanos italianos fueron los siguientes en salir del ascensor con las escopetas en ristre. Accionaban la corredera con tal rapidez que los cartuchos de escopeta rojos chocaban unos con otros en el aire.

La policía había formado un cuello de botella en la entrada del garaje. Debían de haber bajado apresuradamente con furgones de policía Unimog en el último momento. No podía verlos a todos, pero a esa distancia distinguí a dos hombres con boina negra agachados junto al segundo furgón. Disparaban continuas ráfagas de fuego automático con metralletas MP5A2. Una bala perforó la mochila de Angela.

Mi cargador estaba vacío. Lo saqué apretando el retén y metí otro que tenía debajo de la camisa. Antes de que pudiera accionar el cerrojo sentí un fuerte impacto en el pecho. Me habían dado. La bala me cortó la respiración y me tambaleé. No podía respirar. Entonces me alcanzó otra bala, y luego otra, en rápida sucesión. Cargado con el equipo que llevaba a la espalda y aún no recuperado del primer impacto, me fui al suelo. Me revolví unos segundos sobre el pavimento. Aspiré con toda mi fuerza pero nada ocurrió. El aire no entraba en mis pulmones. Era como si tuviera a alguien sentado sobre mi pecho.

Hsiu y Vincent me salvaron. Se acercaron por detrás, me agarraron por los brazos y me llevaron a rastras hasta el furgón blindado. Vincent me ayudó a subir por la puerta trasera mientras

Mancini, en cuclillas a nuestro lado, repartía tiros desde el interior. Me quitó el G36 de las manos, acabó de recargar el arma y abrió fuego contra la policía en rápidas y cortas ráfagas. Iba de un blanco a otro como si estuviera rompiendo botellas de cristal en una galería de tiro. Conmigo ya a salvo, golpeó con los nudillos dos veces el techo, cerró las puertas y el coche despegó haciendo rechinar las ruedas.

Vi a Alton por la pequeña ventanilla que daba a la cabina. El brusco giro que dio a la izquierda me lanzó contra la pared derecha. Angela trepó por encima de las bolsas de suministros y se sentó a mi lado. Empezó a decir algo, pero las palabras no le salieron.

El furgón blindado se abrió camino entre los dos furgones de la policía, completamente incapaces de contenernos. Nuestro vehículo blindado los abolló con la rejilla del radiador y los arrastró de lado tres metros por la rampa hasta que salieron despedidos en diferentes direcciones.

Un furgón blindado estándar está equipado con dieciséis portillos de defensa que parecen pequeñas ranuras de buzón. Se abren desde dentro con una manija y son apenas lo bastante grandes para meter el cañón de una escopeta. Se basan en el principio de que es casi imposible disparar a un blanco tan pequeño desde el exterior, a menos que uno esté justo al lado.

En la puerta trasera había dos.

Mancini abrió uno. Apuntó cuidadosamente con su mira por el pequeño orificio metálico y disparó una bala tras otra al cuerpo de Joe. Noté las vibraciones del choque de un coche detrás de nosotros y luego una explosión, la nitroglicerina del equipamiento de Landis había estallado. La onda expansiva hizo temblar el pavimento. La oscuridad del lugar se llenó de fogonazos, y luego de olor a pólvora quemada y a cemento volatilizado. Era tan denso que parecía humo. Casquillos de latón ardiente caían uno tras otro de la recámara de Mancini, que estiró la mano hacia mí, sacó un cargador de mi chaleco y recargó el G36.

Yo agonizaba en mi propio universo de dolor. Me retorcía en el suelo del furgón, respirando en cortas boqueadas. Apenas veía.

Todo estaba oscuro. Me quité la gorra y me arañé la pechera hasta que la camisa se abrió. Debajo había un chaleco antibalas con dos placas de titanio diseñadas para detener balas de rifle de asalto. Tenía un trío de balas de punta hueca de 9 mm clavado en la placa izquierda. Habían atravesado el kevlar justo por encima de mi corazón. Saqué una. Parecía un champiñón.

Angela me gritó algo al oído, pero no lo oí. Solo oía un pitido agudo, como si una alarma de incendios se hubiera disparado dentro de mi cráneo. Angela me pasó las manos por las orejas y sus guantes salieron manchados de rojo. De mis tímpanos manaba sangre que chorreaba por el cuello de mi camisa.

Ella siguió gritando hasta que la oí.

—¿Alguna ha atravesado el chaleco? —me estaba preguntando.

—No lo sé —respondí—, pero no puedo respirar.

—¡Mantén la calma! —me gritó al oído—. Te han pegado tres tiros y te han alcanzado con una granada de aturdimiento. No veo más sangre, así que saldrás de esta. Quizá con algunas costillas rotas, nada más.

Una granada de aturdimiento emite un sonido diez mil veces más fuerte que el disparo de una escopeta y despide un fogonazo de luz tan intensa como la del sol. Usa magnesio y nitrato de amonio. Hace que la víctima desee morir. Y me sentía como si nadara en ruido estático. Lo describiría como una terrible migraña sacudiendo todo mi cuerpo.

Angela sacó del bolsillo de su chaqueta un frasquito de cocaína, vertió la mitad del contenido en la palma de su mano y me la puso entre la boca y la nariz. El polvo se me quedó pegado a la cara y al vello incipiente. Noté la sensación entumecedora de la droga. Aspiré. El dolor en mi pecho remitió y el mundo se hizo nítido. De repente, lo que antes veía blanco y negro se convirtió en vivo tecnicolor. Angela me hizo un gesto con la otra mano y me dijo:

—¿Ya estás mejor?

Asentí con la cabeza.

Estaba más que mejor. Me sentía como un dios herido.

Angela apartó la mano de mi boca, sacó una radio de algún lugar y me la puso en la cara. En mi estado de aturdimiento y con el subidón de coca, tardé unos instantes en reconocer el objeto, el voluminoso receptor de radio de policía que llevaba Hsiu.

—Acaban de decir tu nombre —me dijo Angela.

—¿Qué?

—Acaban de decir tu nombre en la puta radio de la policía. Están esperando más helicópteros, y en la frecuencia de la policía no paran de gritar tu nombre, como si fueras tú quien maneja el cotarro.

—No lo entiendo —respondí.

—Maldita sea. —Angela me puso la radio en la cara otra vez—. ¿Cómo pueden saber de Jack Delton?

Al principio no sabía de qué me hablaba. Estaba demasiado aturdido y no podía concentrarme en nada que no fuera el estruendo de los disparos de Mancini. Tardé varios segundos en hacer encajar las piezas. Cuando me di cuenta de lo que había hecho se me desorbitaron los ojos. Finalmente comprendí la magnitud del error que había cometido. Finalmente vi el error, el simple error que me perseguiría durante los cinco años siguientes. Solo oía la voz de Angela.

—¿Cómo demonios pueden saber de Jack Delton?

Me di cuenta en aquel momento.

## 56

*Atlantic City*

Subí al Bentley y me puse en marcha. Nada más llegar a Kentucky Avenue saqué un teléfono de la bolsa de viaje, lo encendí y marqué el número de Rebecca Blacker. El teléfono sonó varias veces, pero nadie contestó.

El Lobo me había ofrecido finalmente un trato claro: ciento cincuenta mil dólares limpios por un millón doscientos mil dólares sucios. Sin embargo, esto no significaba que yo confiara en él. Le había hecho de todo menos matarlo. Había matado a tres de sus hombres y mandado a otros dos al hospital. Hombres de esa clase son reemplazables, sí, pero es muy raro que una banda sufra tantas bajas en tan poco tiempo. Para el Lobo sería de máxima urgencia ocuparse de mí de un modo u otro. Si yo quería salir vivo de esta, tenía que huir rápido. Y, joder, ni siquiera tenía en cuenta lo que el Lobo podía hacerle a Blacker. Solté un reniego y tiré el teléfono al asiento del copiloto.

Miré la hora. Pasaban pocos minutos de las nueve de la noche. Quedaban nueve horas.

Fui por el norte de la ciudad, por la bahía de Absecon, hacia el centro de almacenaje de la marisma. La lluvia amainó y luego paró, dejando charcos en el asfalto. El aire ya no sabía a sal. Olía fresco y limpio como una ducha después de hacer ejercicio. Los baches absorbían el agua con ganas. Empezaba a hacer calor otra vez. Aun habiendo ya anochecido, el termómetro de la oficina del encargado marcaba más de treinta grados. El sitio cerraba de noche, pero había una puerta para que quien tuviera una llave de acceso pudiera entrar en su trastero a cualquier hora. Acceso las veinticuatro horas del día es primordial en ese negocio. Introduje la clave que el chaval había usado para abrir el cerrojo.

Vertí el contenido de la mochila. Las cajas de munición y la funda de la Uzi y los accesorios para armas y las pastillas blancas lisas y el fajo de billetes de veinte cayeron todos al suelo, además del teléfono que Ribbons no tuvo ocasión de usar. Saqué la Uzi de la funda. Era un arma robusta, y el cañón y la recámara parecían limpias, a pesar de haber estado expuestos al calor varios días. Podía dispararla con una sola mano, si hacía falta.

Me arrodillé y metí balas en los cargadores. Había tres en total, con veinticinco balas cada uno. Una Uzi dispara por lo menos mil balas por minuto. La más leve caricia en el gatillo podía soltar una lluvia de plomo y dejar seco el cargador. Con la sacudida del cañón y el retroceso, la precisión sería un problema. Tendría que limitarme a ráfagas cortas. Tres cargadores llenos parecían mucha munición. Pero no lo eran. Tres cargadores significaba tres toques en el gatillo, o unos tres segundos de pura furia. Igual que con las apuestas de la ruleta, diversificar es la única forma de ganar.

Tardé cinco minutos en llenar todos los cargadores. Me guardé los de repuesto en los bolsillos y metí uno en la culata del arma. Antes de colgarme la Uzi del cinturón comprobé que el seguro estuviera puesto. Mi chaqueta no la tapaba del todo, si alguien se fijaba la veía, pero quien me echara un breve vistazo no notaría nada extraño. Al salir del almacén vi mi reflejo en el parabrisas del Bentley. Me encontré ante un hombre que llevaba varias noches sin dormir, barba de dos días, vestido con un traje caro del cual asomaba una metralleta

Entré en el Bentley y me puse en marcha otra vez.

Apenas había salido del aparcamiento cuando un teléfono empezó a vibrar en mi bolsa de viaje. Lo pesqué con una mano mientras conducía con la otra. Reconocí el número en pantalla: Rebecca Blacker. Apreté el botón verde.

—Dígame que no le ha pasado nada —le dije.

—Estoy bien —respondió ella—. Es por usted por quien estoy preocupada.

Salí como un rayo por el lugar donde molinos de viento con aspas de veinte pisos de altura giran incesantemente de día y de noche. Mis faros eran la única luz, excepto por el lejano resplandor de las torres de los casinos. Estaba a dos minutos de la playa donde había escondido el dinero. Podía recogerlo y estar de vuelta en el centro de la ciudad en menos de veinte minutos.

—Acabo de ver al Lobo —le dije.

—¿Ahora lo admite?

—Sí —contesté—. ¿Está rastreando mi llamada?

—¿Qué?

—Que si está rastreando mi llamada. ¿Sí o no?

—No veo qué importa eso ahora.

—Voy al casino —le dije—. Y necesito su ayuda.

# 57

Llegué al Atlantic Regency veinte minutos después. Estar allí me hacía sentir incómodo de alguna manera. Aunque el dinero prometido me esperaba dentro, envuelto con un lazo, el sitio no me daba confianza. En las puertas de cristal de la entrada lateral estaban aún los agujeros de bala del atraco, y había un segurata apostado en la calle haciendo circular a la gente.

No me gusta volver al lugar de un golpe. Ni siquiera me gusta ir al escenario de un crimen que no he cometido. Evoca los peores estereotipos de la gente del oficio. Solo los más arrogantes y altaneros ladrones vuelven a la escena del crimen a regodearse. Para mí es vergonzoso. Un ladrón tiene que hacer su trabajo y largarse como alma que lleva el diablo. Ir a husmear después solo sirve para aumentar los posibles años de cárcel.

Escondí la Uzi bajo la precaria solapa de la bolsa azul de kevlar. Me ajusté la correa de la bolsa en el hombro y practiqué cómo sacar el arma lo más rápido posible, por lo menos hasta el salpicadero del coche. Suponiendo que el ático fuera del tipo suite presidencial, tendría cinco o seis dormitorios, un salón grande y un comedor e incluso quizá una cocina. El dinero estaría posiblemente en una caja fuerte empotrada dentro de un armario del dormitorio principal. Hice una estimación rápida. Podía haber fácilmente media docena de tipos allí. Algo me hacía pensar que incluso con cinco de sus hombres en el recuento de bajas, el Lobo no tendría ningún problema en encontrar voluntarios. Antes se quedaría sin armas que sin hombres que las empuñaran.

Me bajé del coche. El Regency estaba iluminado como para el Cuatro de Julio, aunque eran casi las diez de la noche de un domingo. Desde la calle oía la música y el sonido de las tragaperras dando premios. Hora punta en Atlantic City. Consulté el reloj.

Quedaban ocho horas.

Crucé la sala del casino hacia el vestíbulo principal del hotel, con la bolsa al hombro. No había detectores de metal, así que no tuve problemas para entrar con el arma. Daba una sensación extraña llevar el dinero a donde estaba originalmente destinado a ir. Lo extraño de la situación me excitaba de alguna manera. Pasar por delante de las mesas de blackjack era como robar el cargamento otra vez. Empezaba a entender por qué hay a quien le gusta volver al lugar del atraco. Era como ser el único que ve en una sala llena de ciegos. Yo sabía cosas que ellos no podían ni imaginar.

Había tres recepcionistas y una cola de gente delante de ellos. Me puse en la cola, tras un grupo de turistas con camisa blanca de manga corta. Cuando me tocó el turno le dirigí a la recepcionista la mejor sonrisa de que fui capaz en aquellas circunstancias.

—Me han dicho que pase a recoger una tarjeta de habitación —le dije.

—¿En qué habitación está?

—Estoy con el grupo del ático.

—¿A qué nombre está hecha la reserva?

—Turner —respondí.

Comprobé instintivamente si había guardias de seguridad y supervisores de mesas de juego, y luego miré si había cámaras de vigilancia en el techo. Había muchas más de las que se podían contar. Había una cámara domo negra a cada metro y medio de techo. Debía de haber seis o siete cámaras grabándome a la vez. La recepcionista me imprimió una tarjeta y me la dio con una sonrisa.

Subí en ascensor a la última planta. Una única suite ocupaba la última planta, en la que un largo pasillo llevaba a una serie de puertas de caoba maciza. El ático. Pasé la tarjeta y entré.

La puerta daba a un atrio de estilo romano. En el centro había un estanque con una escultura de escayola de la diosa Juno emergiendo del agua. Enormes columnas dóricas sostenían el techo, y frescos con reminiscencias de la Antigüedad cubrían las paredes. El suelo era de mármol blanco y negro y a ambos lados de la sala había otras puertas de caoba. Era la clase de lugar donde uno esperaría que se alojara el Lobo. Cada detalle era extravagante hasta lo chabacano. El pan de oro y la escayola le daban un aire de dinero fácil y de ostentación grotesca.

Detrás del estanque había dos hombres con traje.

No se parecían a los otros matones del Lobo. Estos iban bien vestidos, acicalados y con la manicura perfecta. Llevaban trajes hechos a medida, gafas con montura de oro y no parecían sorprendidos de verme. Uno estaba cerca de la estatua y tenía un petate negro en el suelo delante de él. El otro estaba a un par de metros del primero, empuñaba una Beretta de 9 mm y tan pronto como aparecí por la puerta levantó el arma y me apuntó a la cabeza.

–He venido a hacer un trueque –les dije.

## 58

*Kuala Lumpur*

Liam Harrison no había muerto.

Yo había supuesto simplemente que sí. En su momento pensé que era una suposición más bien razonable. No hay demasiados chalecos antibalas que resistan una bala del 44 Magnum disparada a quemarropa. Joder, y aunque hubiera sabido que aquel tipo llevaba un chaleco antibalas, habría seguido pensando que estaba muerto. La fuerza de aquella bala tenía que haberle roto las costillas y aplastado los pulmones. Tenía que estar doblemente muerto.

Muerto y bien muerto.

No sabría decir cuántas veces me ha pasado ese momento por la cabeza. A veces, cuando estoy en vela, la escena se me repite una y otra vez. Es la sensación de que un pedazo de mí está aún tendido en el suelo de aquel furgón blindado, con la nariz llena de coca y un trío de balas de punta hueca clavadas en el pecho. Llevo años pensando en aquel momento. Si hubiera prestado más atención, quizá me habría ahorrado un montón de problemas y de dolor. Si hubiera sido más precavido, habría podido salvarle la vida a Joe Landis. Y a Jack Delton.

A lo largo de los años he tratado de justificarme por mi error. Al fin y al cabo, no tenía ni idea de que Liam Harrison hubiera sobrevivido. ¿Cómo iba yo a saber que había escapado con vida de nuestro encuentro y que después nos identificaría? Pero con el tiempo entendí el punto de vista de Marcus. Marcus no se podía permitir tolerancia alguna con el fracaso. En un atraco, el más mínimo error puede traer consecuencias inimaginables. Si Marcus volvía a verme, tendría que matarme. Era la única manera de que el sistema funcionara.

Aquel solo y simple acto —mostrarle mi pasaporte falso a un informador de la policía— desbarató el Golpe de la Bolsa de Asia. Con todo lo que me había preocupado, el golpe no salió mal porque Marcus me la hubiera jugado. No salió mal porque cometiéramos algún error en el plan. No salió mal porque quisiéramos abarcar demasiado. Nada de esto. Salió mal por un chaleco antibalas, un pasaporte falso y una bolsa de nachos.

Cerré con un golpe la puerta de mi burladero y me encerré.

Se supone que después de un atraco no hay que volver al burladero, excepto en circunstancias extremas. Esas lo eran absolutamente. Tras la sangrienta huida con el furgón blindado, la ciudad entera nos estaría buscando. La pequeña habitación detrás de la lavandería era el único lugar que tenía para ocultarme durante unas horas. Sabía perfectamente que no podía quedarme allí. La policía tiene maneras de descubrir cosas. Pasé la cadena de la puerta y mi cerebro empezó a trabajar a toda máquina. Plan nuevo. Ya mismo.

No había dejado demasiadas cosas en el burladero. El jabón y la maquinilla de afeitar seguían allí, por supuesto, pero me había deshecho de todo lo demás, como ropa de repuesto y pequeñas pertenencias. Fui al dormitorio, encendí la radio y sintonicé el boletín de noticias locales. Puse el receptor de la policía al lado de la radio y lo encendí también. Quería escuchar los dos boletines a la vez. Tenía que enterarme de todo lo que la policía sabía y lo que iba averiguando.

El resto de la huida se había malogrado completamente. Si la policía sabía de Jack Delton ya debían de haber descubierto con quién había pasado la aduana. Habría órdenes de captura contra ellos también. Todos nuestros alias se habían ido al garete, no solo el mío. La policía nos estaría esperando en todas las salidas: aeropuertos, estaciones de tren, puertos, autopistas. Si sabían quiénes éramos, seguro que nos esperarían. El aeropuerto sería una trampa mortal. Los de seguridad se nos echarían encima antes de que llegáramos a la puerta de embarque. Nuestra única posibilidad después de salir de aquel banco estaba en separarnos y probar suerte cada uno por su lado.

Esto significaba que no volvería a ver a Angela, pero no tenía tiempo para pensar en eso. La última vez que la vi fue en la parte trasera de aquel furgón blindado.

Primero tenía que deshacerme de la ropa que llevaba. No bastaba con quitarme el uniforme de guardia. No podía conservar nada que hubiera entrado en aquel banco. Y el disfraz no era ni la mitad del problema. Las cámaras de vigilancia tenían mi cara, y en pocas horas mostrarían esas imágenes en todos los boletines de noticias del país. Tenía que encontrar el modo de deshacerme de todo lo que pudiera relacionarme con el atraco, desde los pasaportes hasta el chaleco antibalas. ¿Saben lo difícil que es esto? El kevlar antibalas es un tipo de fibra sintética que ni siquiera arde. Joder, a menos que tengas un alto horno, ni siquiera se derrite.

Segundo, tenía que cambiar de aspecto. No conseguiría nunca salir del país si guardaba el más mínimo parecido con el que había robado el banco. Tenía que transformarme en otra persona inmediatamente, lo cual no iba a ser fácil. Ya había tirado toda mi ropa de repuesto, y no podía ir sin más a una tienda y comprar ropa nueva. El momento de hacer ese tipo de cosas había pasado hacía ya tiempo. Tenía que conseguir ropa sin estar ni un minuto más de lo necesario fuera del apartamento.

Tercero, necesitaba mi pack de huida. Ya he dicho que nunca trabajo sin un pack de huida. En aquel caso tenía el más cercano a medio kilómetro de distancia, en un callejón, detrás de un chiringuito de pescado en el mercado de Pasar Seni. Dentro había diez mil dólares, veinte mil dólares malayos, una pistola de 9 mm, dos teléfonos móviles de prepago, dos tarjetas de crédito y un carnet de conducir limpio y un pasaporte colombiano a nombre de Manuel Sardi. Cavilé formas de acercarme, estrategias de búsqueda, vías de escape y rutas vigiladas por la policía. Una vez recogido el pack de huida, ya no habría margen de error. Tenía que escabullirme y largarme.

Abrí la ventana y me quité la ropa.

Lo tiré todo menos la camiseta y los pantalones. Arrojé la ropa por la ventana desde una segunda planta. Me pareció que sería mucho más efectivo que tirarla a la basura. En aquella parte de la ciudad algún vagabundo se la llevaría en cuestión de horas. Si la policía encontraba el escondite, la ropa incriminatoria no estaría allí, esperándolos en el cubo de la basura. Me desabroché el chaleco antibalas con una mueca de dolor. Dios, cómo dolía.

Me toqué las costillas, en los tres puntos donde me habían disparado. Tres grandes hematomas negros se estaban formando. Era un milagro que no tuviera ningún hueso roto. Comprobé que no sangraba, me acabé de quitar el chaleco y lo lancé sobre la cama. El kevlar puede detener una bala y extinguir un incendio, pero, a menos que sea tratado con sílice, no detendrá un cuchillo. Saqué las placas de cerámica del chaleco y las arrojé por la ventana, y con un cuchillo de cocina corté el kevlar en media docena de pedazos. Parecía que alguien hubiera troceado una mochila. Tiré los pedazos grandes por la ventana y eché los pequeños al inodoro.

Puse la cabeza debajo del grifo del lavamanos y froté y restregué hasta que el maquillaje y el tinte de pelo que había usado en el atraco se escurrieron por el desagüe. Después usé el mismo cuchillo para cortarme el pelo. No tenía tiempo de hacerlo bien. Me recogí el pelo en la nuca y lo corté con varios tajos descuidados. Cuando lo tuve todo más o menos corto, lo enjaboné y me afeité la cabeza hasta dejarla completamente calva. Hay gente identificable por el pelo. Una cabeza afeitada impide eso. No me parecía en nada al chaval que había robado el banco.

Las noticias de la radio y del receptor de la policía no eran nada buenas. A Hsiu la detuvieron a menos de treinta metros del furgón. Le dispararon gas lacrimógeno y ella no pudo reaccionar. Se quedó hecha un ovillo quieta en el suelo hasta que llegaron los paramédicos. Alton Hill cayó a menos de una manzana de su burladero, cuando trataba de robar un coche y se llevó dos tiros de un agente de policía. Vincent y Mancini consiguieron esquivar a la policía, pero sus pasaportes pringados se la jugaron en el aeropuerto. Al pasar el control relacionaron sus nombres con Jack Delton y fueron arrestados antes de llegar a la puerta de embarque.

De Angela no decían nada.

Saqué de la cadena que llevaba al cuello las dos llaves de los depósitos de seguridad. Les eché una larga e intensa mirada. Habían detenido a otros miembros de la banda. La policía habría sin duda reparado en las llaves que llevaban al cuello o en los bolsillos y estarían buscando las mías. Deshacerme de ellas significaba tirar casi dos millones de dólares, pero no tenía elección. El dinero ya estaba perdido. Se perdió en el momento en que las puertas de aquel ascensor se abrieron en la planta baja.

Eché las llaves por el inodoro.

Acerqué un encendedor a una punta del pasaporte de Jack Delton y me quedé mirando cómo las páginas de algodón y poliéster de los visados se iban arrugando y ennegreciendo. Menos de una hora después del atraco, Jack Delton había muerto. Solo el ghostman había sobrevivido.

Abrí la puerta y me marché sin mirar atrás.

Dos manzanas más allá me encontré a un indigente. Era un hombre delgado y de piel pálida al que le faltaban varios dientes. No tuve que fijarme mucho para ver las marcas de aguja en sus brazos y en la yugular. Heroína. El tipo llevaba una cochambrosa camisa hawaiana con el nombre de una banda y unas zapatillas deportivas viejas. Le di un fajo de dólares malayos por ambas cosas. Ni los zapatos ni la camisa me iban bien, pero servirían por un rato. Y me llevaron hasta el mercado del pescado y mi pack de huida.

Tomé el metro para salir de la ciudad. Me subí al primer tren sin importar en qué dirección iba, me bajé dos paradas después y tomé otro tren en dirección opuesta. Huí tal como Angela me había enseñado. Troqué mi ropa por varias cosas de una tienda de segunda mano y con ayuda de un espejo compacto cambié mi aspecto mientras esperaba el monorraíl. Manuel Sardi y Jack Delton eran dos seres humanos completamente diferentes. Manuel no hablaba una sola palabra de inglés y eso me gustaba. Esa identidad se sostuvo lo suficiente para pedir un taxi. Le di al conductor un puñado de dólares malayos para que me llevara a Port Dickson y así ponerme fuera del alcance de la policía local. Allí me subí a un autobús que me llevó a la ciudad de Johor Bahru, en cuyo puerto compré en efectivo una lancha que me sirvió para cruzar el estrecho de Johor y llegar a Singapur. Hundí la barca en la otra orilla y fui al aeropuerto, donde compré un pasaje de clase económica del primer vuelo a Bogotá, Colombia. Después de esto hice lo que mejor sé hacer: pasar desapercibido.

Viajé por todo el mundo sin quedarme más de seis meses en el mismo lugar. Me convertí en una verdadera sombra, porque sabía que si Marcus daba conmigo, yo no cargaría solo con mi culpa, sino también con la de Angela. Al fin y al cabo éramos los dos afortunados que habían conseguido escapar. Algún día todos tendríamos que pagar nuestras deudas.

Durante meses traté de ponerme en contacto con Angela, pero tenía que haberlo imaginado. Tratar de atrapar a un ghostman es como tratar de atrapar humo. Pasé muchos días esperando ver un mensaje de ella en una de mis cuentas anónimas de correo electrónico. Esperé en vano.

La verdad es que ni siquiera sé si Angela sigue viva.

Siempre fue la más lista. Durante los siguientes cinco años, a veces me pasaba días enteros deambulando por las calles de cualquier ciudad, buscando su cara. La veía en todas partes, porque Angela podía ser cualquiera. Tenía la sensación de que ella me observaba. Tenía la sensación de que cualquier día yo saldría de casa y la vería allí, esperándome con un cigarrillo en la boca y una sonrisa maliciosa.

Entonces, cinco años después, hace dos días, Marcus me despertó con un correo electrónico.

59

*Atlantic City*

La puerta de la suite se cerró tras de mí por su propio impulso. Avancé con cautela hacia el hombre de la Beretta, con las manos en alto para que viera que yo no quería que me disparara, pero luego, despacio, hice asomar la Uzi de donde la llevaba escondida y la dirigí hacia él. El tipo me tenía encañonado, pero no me impidió sacar el arma. Ninguno de los dos quería que aquel intercambio se convirtiera en un tiroteo.

El Lobo había intentado ganarme la mano una y otra vez y había fallado siempre. Si era listo les habría dicho a sus hombres que mantuvieran la calma. Eso es lo que parecían estar haciendo. El tipo del arma no parecía nervioso. Tenía una expresión vacía e impasible que sugería que ya había hecho antes cosas así. Ni siquiera el Lobo podría salir bien parado de un tiroteo en el ático de un casino. Si uno de los dos disparaba la primera bala, ninguno de los tres saldría con vida de aquella habitación. La policía respondería con furia y rapidez, así que supuse que el tipo de la Beretta no tenía intención de disparar su arma si yo no lo hacía. Con la Uzi en ristre y el cañón levantado empecé a rodear la estatua.

—¿Quién eres? —me preguntó el tipo.

Debía de haber visto en las noticias locales mi imagen sacada de las cámaras de seguridad, pero yo lucía un aspecto diferente y esto tenía que haberlo desorientado. Pero no podía haber dema-

322

siada gente cargando con un millón doscientos mil dólares metidos en un saco de kevlar y apuntándole con una Uzi a la cara, así que a buen entendedor pocas palabras bastaban.

—Soy el ghostman —respondí—. ¿Dónde está el Lobo?

—El señor Turner no ha querido estar presente en esta transacción —dijo el hombre del petate—, pero me ha pedido que te haga saber que si vuelve a encontrarse contigo, probablemente te meterá una bala en el cerebro.

Asentí con la cabeza y no dije nada. Seguí andando hacia el hombre del petate y me paré cuando tuve la estatua entre el pistolero y yo. El tipo se desplazó un poco para tenerme otra vez a tiro, pero apenas se movió. Yo quería algo con que cubrirme, por si las cosas se ponían feas.

Me descolgué del hombro la carga federal, que cayó sobre el mármol con un ruido sordo. Tras dejar la bolsa en el suelo, empuñé la Uzi con ambas manos y la apunté hacia el tipo de la Beretta.

El hombre del petate me miró, luego miró la bolsa que yo tenía a mis pies y preguntó:

—¿Está aquí lo que prometió?

—Os lo enseñaría, pero si abro la bolsa podría hacer estallar los paquetes de tinta —contesté—. La bolsa está forrada de plomo para bloquear el GPS.

—Puedo verificar el dinero —dijo él—. Tenemos un escáner.

De un cajón sacó un gran aparato electrónico parecido a un expendedor de cinta de embalar. En la parte de arriba había una pantalla táctil azul y en la punta un láser como el del mando a distancia de un televisor.

Empujé con el pie el dinero hacia él.

El tipo entreabrió la bolsa forrada de plomo, metió la cabeza del aparato entre el recubrimiento de plomo y esperó unos instantes. El aparato emitió un zumbido satisfactorio y el hombre lo retiró.

Hizo un gesto de aprobación y dijo:

—Ahí está.

—Y vosotros ¿habéis traído lo prometido?

—Sí —respondió él.

—Enseñádmelo.

El tipo se agachó y abrió la cremallera de la bolsa negra que tenía a los pies. Inclinó la bolsa hacia un lado para que yo viera la pila de billetes de cien dólares del interior. Eran billetes de cien de los antiguos, con la imagen oval de Benjamin Franklin en el anverso, pero sin la tira holográfica de seguridad en el centro. Los fajos estaban sujetos con gomas elásticas y clips metálicos en lugar de cintas de papel, lo cual me indicaba que no eran billetes recién salidos de un banco. Me irían perfectos para la huida, pero primero tenía que asegurarme de que estaban limpios.

—Saca un fajo, el tercero desde arriba —le dije.

El hombre del petate me echó una mirada y obedeció. Apartó los fajos de arriba, sacó uno del centro de la bolsa y me lo enseñó para que viera los billetes de cien a ambos lados del fajo. Entonces trashojó el fajo para que viera la tinta en todos los billetes y que no había papel de relleno. En cada uno de los quince fajos de diez mil dólares había billetes de cien.

—Quítale la goma elástica —le dije—. Abre los billetes en abanico. Quiero darles un vistazo.

El hombre del petate quitó la goma elástica que sujetaba los billetes y los abrió en abanico entre sus manos para que yo me fijara en el timbre de todos los billetes del fajo. Eran todos de cien. Vi los números de serie impresos junto al retrato. Empezaban con diferentes letras, lo cual significaba que procedían de diferentes sucursales de la Reserva Federal. No eran consecutivos. Se distinguía incluso la leve huella de la filigrana en el borde de la derecha. Asentí con la cabeza. Era dinero bueno.

—Cierra la bolsa —le dije—. Y acércamela con el pie.

El hombre cerró la cremallera de la bolsa de dinero. Recogió el petate y empezó a llevarlo hacia mí, pero lo detuve.

—Con el pie —le repetí.

Él paró y dejó la bolsa en el suelo. El hombre de la Beretta se movió poco a poco a la derecha y quedó casi fuera de mi campo visual. No podía vigilarlos a los dos a la vez, así que retrocedí un paso para ampliar mi ángulo de visión. Seguí con el arma apuntada al hombre de la Beretta, pero tenía al otro tipo demasiado cerca. Por un momento pensé que la cosa se iba a poner violenta, pero el hombre del dinero hizo resbalar la bolsa por el mármol y la dejó cerca de mis zapatos.

—Otra cosa —dije—. En el maletero de mi coche hay algo que pertenece al Lobo. Es el Bentley de la cuarta planta del aparcamiento. Deberíais ocuparos de eso cuando podáis.

Me agaché muy despacio y con la mano libre recogí el petate. El hombre de la Beretta bajó el arma. Tumbé la carga federal con el pie y empecé a recular con cautela hacia la puerta. Cuando noté el picaporte en mi espalda abrí con cuidado la puerta que tenía detrás. Un segundo después ya me había largado. Todo había salido bien. Había sido un trato limpio.

Excepto por la línea abierta del teléfono móvil del bolsillo de mi pechera, conectado con Rebecca Blacker.

Cogí el teléfono y corté la llamada. Había estado conectado desde que ella me llamó tras mi encuentro con el Lobo. Con el GPS del teléfono móvil mandando una señal cada quince segundos, ella podía ubicarme con exactitud y, por extensión, ubicar la carga federal. No solo le acababa de proporcionar suficientes pruebas para condenar al Lobo, sino que le entregaba la carga federal y a los dos tipos del ático también.

Y no habría podido hacerlo si ella no hubiera pedido antes una orden de captura contra mí.

Nunca he sido un experto en leyes, pero atracar bancos me ha enseñado algunas cosas. Cuando la policía consigue una buena pista para atrapar a un fugitivo, no necesita una orden de registro para echar abajo una puerta y prenderlo. Solo hace falta una buena razón para creer que el fugitivo está realmente allí. A eso lo llaman «circunstancia imperiosa», porque si hubiera que esperar una orden de registro, el fugitivo podría escapar fácilmente. Cuando Blacker hizo expedir una orden contra mí me convirtió en fugitivo, y la señal GPS de mi teléfono móvil era toda la «sospecha razonable» que necesitaba para ir a buscarme en el ático del Lobo. Cuando ella irrumpiera en el lugar, el principio de «evidencia visible» haría el resto. Blacker podría incautarse de cualquier prueba que encontrara, incluso las de delitos sin relación con mi captura, y usarlas como pruebas. Yo le acababa de proporcionar todo lo que ella necesitaba para respaldar las acusaciones. En veinte minutos tendrían la carga federal sobre una placa magnética en el depósito de pruebas de la policía y el Lobo sería un fugitivo de la policía y de los federales. ¿Y yo? Yo habría desaparecido para siempre.

Me eché los ciento cincuenta mil al hombro con una sonrisa en la cara.

# 60

Salí andando del Regency y me mezclé con el gentío del paseo marítimo. El viento del océano soplaba fresco y las tablas del paseo resbalaban por la lluvia. Me deslicé entre las sombras y seguí una escalera que bajaba hasta la arena. Allí limpié de huellas la Uzi, desmonté el chasis y arrojé las partes en un contenedor de basura cerca del mar.

Zigzagueé un rato entre la multitud y tomé dirección norte atajando por otro casino. Ya estaba a pocas manzanas de la cafetería donde Lakes había aparcado el Accord rojo. Me subí al coche, me recosté en el asiento del conductor y cerré los ojos un momento. Tras dos días de tanto tute, el cansancio empezaba a pasarme factura. Las manos me pesaban como si fueran de plomo. Respiraba entrecortado. Un minuto o dos después, una cuadrilla de coches patrulla pasó a toda velocidad en dirección al Regency. Esperé a que pasaran, encendí el motor y me fui. Marqué el número de Marcus y aguardé. El teléfono sonó y sonó y sonó. Tardaron en contestar más de lo que me esperaba.

—Cafetería Five Star —dijo otra voz con acento del Medio Oeste.

—Tengo que hablar con Marcus.

—Te has equivocado de número, tío.

—Soy el ghostman —le dije.

El intermediario tardó más de lo normal en llevarle el teléfono a Marcus. Allí era aún temprano, las ocho de la mañana. Se oía el sonido de un lavavajillas industrial. Cuando Marcus se puso, no dijo nada. Solo sabía que estaba por su respiración jadeante.

—Encontré el dinero —le anuncié.

A Marcus le dio un brinco el corazón.

—¿Lo has enterrado?

—No —contesté.

—¿Qué piensas hacer?

—Muy pronto entregarán tu paquete a su destinatario original —le expliqué—. Ribbons ha muerto sin dejar pistas. Cuando el dinero desaparezca, nadie podrá relacionarte con el atraco. Del Lobo ya me he ocupado.

—¡Qué! —exclamó Marcus—. ¿Y la carga federal?

—No será un problema —respondí—. El Lobo se ha quedado el dinero en un intercambio que acabamos de hacer. En menos de una hora el FBI lo habrá arrestado por tenerlo.

—¿Cómo diablos lo has conseguido?

—No necesitas saberlo.

—¿Estás seguro de que esto no me salpicará?

—Lo estoy —le dije—. ¿Estamos en paz ahora?

—Sí —contestó Marcus—. Lo estamos.

—Bien —le dije—, porque ahora mismo colgaré, y cuando lo haga desapareceré. No me buscarás ni me encontrarás. No reconocerás mi cara ni distinguirás mi voz. No sabrás qué hago ni de dónde vengo ni maldita la cosa sobre mí. Cuando cuelgue, seremos completos desconocidos uno para el otro. Será como si nunca nos hubieramos conocido, y si de alguna manera nuestros caminos se cruzan de nuevo, en un avión o un restaurante o en un vagón de metro, tú mirarás hacia el otro lado y yo desapareceré. ¿Lo has entendido?

—Jack...

—¿Lo has entendido?

Marcus se quedó en silencio un momento, y luego respondió:

—Lo he entendido.

No esperé a que Marcus se despidiera. Tan pronto como oí aquellas palabras, apagué el teléfono y le quité la batería. Rompí la tarjeta SMS en dos y lo arrojé todo por la ventanilla.

Miré el reloj. Faltaban quince minutos para las once de la noche. Me habían sobrado siete horas.

Esa ciudad no es buen lugar para una huida. Es por la geografía. Atlantic City descansa en un trozo de costa con forma de media luna, separado del resto del continente por kilómetros y kilómetros de marismas desoladas. Desde el paseo marítimo la ciudad puede parecer el centro del universo, pero en realidad, comparada con la mayoría de las ciudades, es bastante inaccesible. Solo hay cinco maneras de entrar o salir. La primera es por el norte, por una única autopista que cruza la ensenada de Absecon. No es muy buena idea. La segunda es tomar una de las tres autovías en dirección este, a través de las marismas. Cualquiera de las tres estaría llena de policía estatal. La tercera sería enfilar por un laberinto de carreteras privadas, por los canales costeros hacia el sur. Imposible. La cuarta manera sería la estación de tren. Tampoco iba a intentar eso. Incluso con una cara nueva y una nueva identidad, no podía arriesgarme a que alguien me reconociera entre la multitud.

Así que tenía que salir de la quinta manera.

Tenía que salir en yate.

Pocas horas antes había comprado uno por teléfono, pagando con una tarjeta VISA negra, por sesenta mil dólares. Si hay una cosa que he aprendido como criminal es que todo está en venta si uno tiene bastante dinero. El coste del yate se comió buena parte de los beneficios que había sacado del Lobo, pero no se trataba de dinero. Lo que me mueve es la intensidad, no los signos de dólar que se le asocian. Podía pasar las dos siguientes semanas navegando anónimamente hacia Cuba, parándome solo para aprovisionarme de combustible y comida. Allí podía hundir la embarcación y empezar otra vez todo el proceso de crear una nueva identidad. Haría lo que he hecho siempre. Desaparecería.

Aunque tardé una hora o dos, por precaución, en llegar al puerto deportivo, allí me esperaba Blacker, apoyada en una columna frente al yate. Había una mirada extraña en sus ojos y una sonrisa maliciosa en su cara. Al verme se apartó de la columna con impaciencia y gritó desde el embarcadero:

—¡Aquí!

La saludé con la mano.

Se encontraba junto al lugar donde estaba amarrado el yate. Era un Carver de nueve metros, modelo antiguo, construido en los años ochenta o antes. Era pequeño y chato, con la cubierta superior cerrada con una tela mosquitera, y una raída bandera estadounidense ondeando al viento en la parte de atrás. El casco del barco era de un color blancuzco sucio y el cristal ahumado empezaba a mostrar marcas del sol. Se llamaba *Palinurus*.

Al acercarme a ella, Rebecca me dijo:

—Tengo al Lobo. Han encontrado la carga federal en su suite hace menos de hora y media. Si eso no bastara para condenarlo, también hemos encontrado a uno de sus hombres encerrado en el maletero de un Bentley en el aparcamiento. El tipo se ha cagado en los pantalones y está dispuesto a declarar contra el Lobo a cambio de inmunidad y protección. Deben de haberlo asustado bien.

—¿Por qué no está usted allí?

—Quería verle —respondió ella—. Por última vez, antes de que se vaya.

—¿Estamos en paz, entonces? —le pregunté.

Rebecca asintió con la cabeza y se quedó mirando el océano.

Desde el borde del embarcadero arrojé el petate negro a la parte trasera del yate.

—¿Cómo ha descubierto lo de este barco?

—Ya le dije que soy buena en esto —respondió—. Pero no tiene de qué preocuparse. No voy a detenerlo.

No dije nada. Descolgué la escalera de mano hasta la cubierta del yate.

—Tengo una pregunta —dijo ella—. Antes de que zarpe y no nos veamos nunca más, dígame una cosa…

—¿El qué?

—Nunca me dijo su nombre, Jack.

Forcé una sonrisa.

—Puede llamarme Ghostman —contesté.

Sin decir nada más bajé a mi yate y solté las amarras. Blacker se quedó mirándome unos instantes y luego se alejó andando por el muelle. Al cabo de unos minutos me hice a la mar, poco después de la una de la mañana.

Mi cuerpo liberó una oleada de endorfinas y las rodillas me flaquearon. Tomé la primera bocanada de aire fresco del mar cuando ya estaba a tres millas del puerto. Prácticamente me derrumbé en el asiento del capitán y cerré los ojos un momento. Había pasado casi dos días de mucho ajetreo, pero a pesar del cansancio sentía una increíble excitación por todo mi cuerpo. No era por la bolsa de dinero que tenía a los pies. Era por el puro éxtasis del trabajo. Me recordó la exquisita sensación de robar un banco, o el primer enamoramiento. Me sentí poderoso y lleno de vida. Dios, qué delicia.

Ya solo me quedaba una cosa por hacer.

Desaparecer.